Nadine Gerber

Zug um Zug zu dir

Autorin und Verlag danken für die Unterstützung:

Elisabeth Jenny-Stiftung

Der Zytglogge Verlag wird vom Bundesamt für Kultur mit einem Strukturbeitrag für die Jahre 2021–2024 unterstützt.

MIX
Papier aus verantwortungsvollen Quellen
FSC® C083411
FSC www.fsc.org

Lektorat: Alisa Charté
Korrektorat: Ulrike Ebenritter
Umschlagfoto: Ildiko Neer / Travillion Images
Umschlaggestaltung: Hug & Eberlein, Leipzig
Layout/Satz: 3w+p, Rimpar
Druck: CPI books GmbH, Leck

ISBN: 978-3-7296-5156-2

www.zytglogge.ch

Nadine Gerber

Zug um Zug zu dir

Roman

ZYTGLOGGE

Prolog

Er betrachtete die gemauerte Wand, die in seinem Atelier stand, aus allen Perspektiven. Er hatte sie extra zu diesem Zweck aufgebaut. Sogar mehrere Mauern aus verschiedenen Materialien waren es geworden, aus Beton, Naturstein, Ziegel. Er hatte es genau nehmen wollen und dafür jede erdenkliche Möglichkeit durchgespielt.

Er machte einen Schritt auf die Mauer zu, einen Schritt zurück. Es änderte nichts am Ergebnis: Alles war spurlos verschwunden. Endlich. Er hätte am liebsten laut aufgeschrien vor Freude. Es hatte tatsächlich funktioniert!

So viele Monate hatte er daran getüftelt. So viel Zeit investiert, so viele Nächte heimlich im Labor verbracht. Das Timing hatte genau passen und die Qualität seinen Ansprüchen genügen müssen. Noch ein paar Tests – und dann konnte es endlich losgehen.

Auch wenn er bereits einen Namen hatte in der Branche – diese Aktion würde sein Meisterstück werden, würde weltweit Aufmerksamkeit erregen. Er hatte eine Stimme – und er würde sie nutzen. Beim Gedanken daran kribbelte es in seinem Bauch. Bald.

1

Daniel ist meine große Liebe.

Nora ließ ihr Smartphone sinken. Was zum Teufel? Sie hob es wieder an und las ungläubig weiter:

Er hat mir bei Instagram zu meinem neuen Job gratuliert. So haben wir angefangen zu chatten. Das war letzten November. An Weihnachten haben wir uns dann getroffen und uns ineinander verliebt.

Weihnachten. Das war vor vier Monaten. Die Trennung war im März geschehen, also vor etwas mehr als einem Monat. Irgendwas war hier schrecklich faul. Ennia hatte ihr den Link zum Online-Artikel geschickt. Ohne Kommentar. Sie öffnete ihren Handy-Chat und tippte: «Ennia, was ist da los?»

«Der Scheißkerl hat mich die ganze Zeit belogen und verarscht», kam postwendend die Antwort. «Und weißt du was? Er streitet es ab.»

«Wo bist du? Ich komme.»

«Das musst du nicht.»

«Aber ich will.»

Sie blickte auf die Uhr auf ihrem Handy. Es war kurz nach sieben Uhr morgens, sie lag noch in ihrem Bett. Das Vibrieren des Smartphones hatte sie aus dem Schlaf gerissen. Es war ein gewöhnlicher Samstagmorgen Ende April – sie hätte ausschlafen können, konnte stattdessen aber genauso gut etwas mit dem Tag anstellen.

«Ich muss arbeiten», lautete die Antwort ihrer Schwester. Natürlich. Ennia musste arbeiten. Das musste sie immer. Sicherlich ein Grund dafür, dass Daniel die Trennung gewollt hatte. Oder zumindest hatten sie das für einen Grund gehalten. Der Hauptgrund hieß jedoch offensichtlich Nadja. Und die war Moderatorin. Eine berühmte noch dazu.

Während Daniel im gewöhnlichen Porträtformat aus dem Smartphone heraus lächelte, hielt ebenjene Nadja ein Mikrofon in der Hand. Die Zeitung, deren Online-Artikel Nora las, hatte einfach zwei Einzelbilder für den Aufmacher verwendet. Offenbar wollte sie die Neuigkeit so schnell wie möglich publizieren, ohne das glückliche Paar vorher noch gemeinsam abzulichten. Das konnte sie auch nächste Woche noch tun – und gleich noch einen Artikel nachliefern. Ein neues Traumpaar. Hurra! Für die Schweizer Medienlandschaft, deren Prominenz hauptsächlich aus Bachelor-Kandidatinnen mit gemachten Brüsten und aufgespritzten Lippen bestand, ein gefundenes Fressen. Nadja passte da zumindest optisch ganz gut rein. Eine «große Liebe» würde medial ausgeschlachtet. Und Daniel, der Hobbysänger, konnte nebenbei auch noch seine Musik präsentieren. Jackpot. Für alle. Außer für Ennia, die diese Schmach wirklich nicht verdient hatte.

«Ich komme ins Krankenhaus und wir trinken da einen Kaffee», beharrte Nora. «Wann?»

«Ich kann um halb eins Mittag machen», gab Ennia schließlich nach.

Fünfeinhalb Stunden. Sie googelte Daniels Namen und den dieser Moderatorin Nadja, die sich vor allem auf Trash-Sendungen – aka Reality-Formate – spezialisiert hatte. Sie kannte sie tatsächlich nicht persönlich – und das, obwohl ihr als Journalistin schon so viele Prominente über den Weg gelaufen waren.

Im Moment konnte sie nichts machen. Sie musste erst mit Ennia reden. Natürlich konnte sie der Berichterstattung einen Riegel vorschieben oder die offensichtliche Lüge und den Betrug entlarven. Es war aber das Problem ihrer Schwester –

und nicht ihr eigenes. Und das musste sie akzeptieren, auch wenn es sie in den Fingern juckte.

Sie konnte sich vorstellen, dass Daniel nicht so wohl war bei der Sache. Immerhin wusste er, dass sie, Nora, sehr gute Kontakte zu allerlei Medien hatte. Auch wenn er den Betrug abstritt – er war nun einmal offensichtlich.

Sie beschloss, eine Runde joggen zu gehen. Damit hatte sie vor ein paar Monaten begonnen. Eigentlich hatte sie nie sonderlich viel für Sport übriggehabt – schöne Dinge wie Mode oder Kunst lagen ihr mehr –, aber sie hatte gemerkt, wie gut ihr die Bewegung an der frischen Luft tat, und letztlich hatte sie sich daran gewöhnt. Sie hatte dadurch nicht nur ein paar Kilos verloren – sie fühlte sich tatsächlich viel fitter und auch wohler in ihrem Körper. Und sie freute sich, dass sie nach einem Sprint auf den Zug nicht sofort komplett außer Atem war. Es kam schließlich oft genug vor, dass sie den Zug nur erwischte, wenn sie rannte, so schnell sie konnte. Sie war einfach zu verpeilt, um pünktlich zu sein.

Sie schlüpfte also in Jogginghose, Laufschuhe sowie einen eng anliegenden Skipulli, über den sie noch einen Sweater zog. Mütze und Handschuhe konnten ebenfalls nicht schaden an diesem kühlen Frühlingsmorgen im April.

Atemwölkchen entwichen ihrem Mund, während sie unter grauem Himmel das Flussufer entlanglief. Zürich schien noch zu schlafen, es war kaum jemand unterwegs – nur ein paar einzelne Spaziergänger mit ihren Hunden. Und da und dort mal ein anderer Läufer. Wer war auch so verrückt, so früh am Samstag seine Runde zu drehen? Dafür hatte sie es nachher hinter sich. Eine warme Dusche, ein schönes Frühstück und der Tag konnte richtig beginnen.

Sie bekam jedoch die Geschichte mit Daniel nicht mehr aus dem Kopf. Wie hatte er Ennia das nur antun können? Es hatte wehgetan, diesen Artikel zu lesen. Sie kannte Daniel schon seit vielen Jahren und in dieser Zeit war er fast wie ein Bruder für sie geworden. Sie hätte ihm so was echt nicht zugetraut. Sie spürte, wie die Gedanken daran ihre Stimmung trübten. Wie musste es nur Ennia damit gehen?

Sie versuchte sich auf ihre Pläne zu konzentrieren. Da sie ohne Musik oder Podcast joggte, gab es für ihre Gedanken während des Laufens viel Raum. Sie joggte bewusst ohne Berieselung – denn genau in diesen Momenten kamen ihr die besten Ideen. Alternativ konnte sie Erlebnisse verarbeiten oder sich auf bevorstehende Aufgaben einstimmen.

Am späten Nachmittag würde sie noch eine Vernissage besuchen, um darüber zu berichten. Sie war Redakteurin bei einem großen Lifestyle-Magazin und zuständig für Themen wie Fashionshows, Kunstausstellungen, Restauranteröffnungen oder Theaterpremieren.

Vor ein paar Jahren entschied sie sich für ein Journalismusstudium, weil sie schon immer sehr gerne geschrieben hatte. Jetzt, mit siebenundzwanzig, hatte sie ihren Traumjob gefunden. Sie arbeitete zwar unregelmäßig, dafür aber selbstständig und mit vielen Freiheiten.

Nach einer halben Stunde drehte sie um und lief dieselbe Strecke entlang des Flusses wieder zurück. Es war ein schmaler Kiesweg, der direkt an die Böschung angrenzte, die hinunter ans Wasser führte. Auf der anderen Seite des Kieswegs waren alleeartig Bäume gepflanzt. Dahinter folgten die Straße und die Häuser. Es zeigten sich schon erste Blütenknospen an den Bäumen. Die Stimmung war trotzdem eher trüb und winterlich – der tiefe Nebel ging direkt in dunkle Wolken über.

Noras Wohnung lag in dem Quartier direkt neben dem Fluss. In den Blöcken hier waren die Wohnungen alt, dafür aber zentral, bezahlbar und mit vielen jungen, hippen Nachbarn. Sie liebte ihre Wohnung, es waren nur zwei Zimmer, die Küche war mit einem Gasherd aus den Siebzigerjahren ausgestattet und das Bad von dunkelgrünen Fliesen überzogen. Aber sie hatte die Wohnung gemütlich eingerichtet, im Skandi-Stil, viel Weiß, viel Holz, viel Stoff. Dazu gab es einen kleinen Balkon und – was auch nicht zu verachten war – eine Sauna auf dem Flur, die natürlich alle Bewohner des Hauses nutzen konnten, was sie auch hin und wieder taten.

Nach einer guten Stunde hatte sie den Eingang ihres Wohnblocks erreicht. Sie beschloss, sich nach dem Lauf etwas Entspannung in der Sauna zu gönnen. Nora stieg die Treppen hoch, nahm immer zwei Stufen auf einmal nach oben. Im ersten Stock kam sie an der Sauna vorbei, sodass sie schon einmal auf den «An»-Schalter drücken konnte. So würde sich der Raum aufheizen, während sie eine kurze Dusche nahm. Es war eine winzige Sauna, die zudem unnötig viel Strom verbrauchte. Da Nora jedoch kein Auto besaß und nie flog, gönnte sie sich hin und wieder die Entspannung.

***

Pünktlich um halb eins stand sie in der Kantine des Krankenhauses, in dem ihre Schwester Ennia arbeitete.

Sie hatte sich bequem angezogen, trug eine lockere Mom-Jeans, violette Chucks und einen schwarzen Hoodie. Ihre langen, fast schwarzen Haare hatte sie sich zu einem hohen Dutt gebunden. Dazu hatte sie ihre Brille mit dem Goldrand aufgesetzt. Sie liebte ihre Brille, wenngleich sie im Alltag oft unpraktisch war und sie daher auf ihre Linsen zurückgriff.

Ennia sah aus wie ein Gespenst, als sie in die Kantine trat. Der weiße Krankenhauskittel ließ ihre bleiche Haut noch bleicher erscheinen, außerdem war sie erschreckend dünn. Ennia hatte auch keinen Hunger, wie sie sagte, doch Nora bestand darauf, dass sie ein Stück warmen Apfelstrudel aß, der an der Dessertausgabe zusammen mit Vanillesauce serviert wurde. Ennias Lieblingsessen.

Auch sie selbst holte sich ein Stück und dazu zwei Gläser Apfelschorle. Ennia brauchte dringend ein paar Kalorien.

Ihre Schwester war schon immer feingliedrig gewesen. Mit ihren orangeroten Haaren, den Sommersprossen und den vollen Lippen war sie eine besondere Schönheit. Ganz anders als Nora, die stets braungebrannt war. Klein und zierlich war aber auch sie selbst. Sie nahm sich zum Apfelstrudel noch eine Schüssel Gulaschsuppe. Jogging und Sauna hatten hungrig gemacht. Doch so wie Ennia appetitlos in ihrem Strudel herumstocherte, befürchtete Nora, sie müsste dieses Stück auch noch verdrücken.

«Dieser verdammte Hornochse», entfuhr es Ennia, während sie ihre Gabel klirrend auf den Teller fallen ließ. Einen solchen Gefühlsausbruch ihrer zurückhaltenden, anständigen Schwester hatte Nora noch nicht oft erlebt. Doch sie freute sich darüber. Ennia gab offenbar nicht sich selbst die Schuld.

«Er ist ein Arschloch», bestätigte Nora. «Aber erzähl mal von vorne. Wie ist es zur Beziehung mit dieser ... Plaudertasche ... gekommen?»

«Er hat sie wohl über Social Media angeschrieben. Und sie ist darauf angesprungen.»

«Daniel hat ständig irgendwelchen Promidamen geschrieben.»

«Wieso weißt du das?»

«Durch meinen Job bin ich mit denen befreundet und konnte es öfters lesen.»

«Warum hast du nichts gesagt?»

«Weil es nicht wichtig war. Mensch, Ennia, das ist Social Media. Jeder schreibt da jedem. Da steckt normalerweise nichts dahinter. Ich fand es eher peinlich und wollte dich damit verschonen. Tut mir leid.»

Ennia hielt nicht viel von Social Media. Sie machte eine zurückweisende Handbewegung und griff wieder nach ihrer Gabel.

«Komm, Ennia. Er will nur den Fame. Du weißt schon lange, dass er mit seiner Band durchzustarten plant. Das ist seine Chance.»

«Na ja, gerade hässlich ist sie nicht. Und wir waren schon länger nicht mehr glücklich.»

«Schau, Ennia. Es ist legitim, eine Beziehung zu beenden. Es ist sogar legitim, sich in jemand anderen zu verlieben. Es ist aber verdammt noch mal nicht legitim, seinen langjährigen Partner zu belügen und zu betrügen.»

«Das weiß ich ja. Der Mistkerl behauptet, er habe zwar mit ihr gechattet, sie aber erst nach unserer Trennung getroffen.»

«Da hätte er sich besser mit ihr absprechen müssen», argumentierte Nora schnippisch. «Sie behauptet in dem Interview, sie hätten sich an Weihnachten zum ersten Mal getroffen und sofort ineinander verliebt. Und an Weihnachten wart ihr definitiv noch zusammen.» Daniel hatte sogar noch mit ihr, Ennia und ihren Eltern gefeiert.

«Es hat monatelang ein Hin und Her gegeben, ob er sich trennen will. Wir seien ja schon so lange zusammen und das werfe man nicht einfach weg. Mann, und ich habe so um ihn gekämpft. Während er längst mit einer anderen geschlafen hat.»

«Und jetzt tingeln sie durch die Medienwelt und feiern ihre große Liebe, während Daniels Fanschar stetig wächst.»

«Amen.» Es klang bitter.

Daniel war der Sänger einer Pop-Band, die regional schon ein paar Erfolge hatte feiern können, die aber nie den großen Durchbruch geschafft hatte. Und natürlich war es Daniels großer Traum, von seiner Musik leben zu können.

« Ennia, lass mich wenigstens dem einen Riegel vorschieben. Ich bin Journalistin, ich kenne die Leute, die über die beiden schreiben. Lass mich denen die Wahrheit sagen. Es kann doch nicht sein, dass am Ende der gewinnt, der lügt. Dass Daniel aus seinem Betrug noch Profit schlagen kann.»

« Nein, Nora. Das möchte ich nicht. Das Leben schlägt irgendwann zurück, da bin ich mir ganz sicher. Sollen sie ihre Show abziehen.»

« Ich werde mir ganz oft in den Hintern beißen müssen, um zu schweigen », meinte Nora verbittert.

« Dann tu das, liebstes Schwesterlein. Bitte. Für mich. Ich möchte wirklich nicht als die eifersüchtige Ex dastehen, die in der Öffentlichkeit die neue Beziehung torpediert. Ich würde mich schämen. Und ich bin überzeugt davon, dass irgendwann alles einen Sinn ergibt. Ich muss das jetzt einfach irgendwie überleben.»

Sie blickte auf ihre Armbanduhr und nahm doch noch einen großen Bissen ihres Apfelstrudels. « Ich muss los. Eine neue Patientin kommt gleich.»

2

Ein neues Liebespaar am Promihimmel – das war in einer kleinen Medienlandschaft wie der der Schweiz ein Thema, das man sich nicht entgehen lassen durfte. Alle Zeitungen, Zeitschriften und Lifestyle-Sendungen stürzten sich auf das neue Traumpaar, machten Fotos, Interviews und Homestorys. Es fiel Nora zunehmend schwerer, nicht ihre Kontakte anzurufen und die Sache aufzuklären. Vor allem fiel es ihr aber schwer, zu sehen, wie Ennia litt. Immer wieder wurde sie von der Sache eingeholt durch die Berichterstattungen und Medienauftritte. Daniel beteuerte stets seine große Liebe zu dieser Nadja – jedes Mal ein Arschtritt in Richtung seiner Ex. Das Paar sprach von Zusammenziehen, Hochzeit und Familie. Nora wusste, wie sehr sich das auch Ennia gewünscht hätte.

Es war Ennia gewesen, die Daniel finanziell unterstützt hatte, damit er sein Studium hatte beenden können. Ennia hatte ihn motiviert, an seinen Songs zu arbeiten und sie aufzunehmen. Daniel hatte sogar ein Lied für Ennia geschrieben – er verkaufte es einer Zeitung nun als Song für deren Nachfolgerin.

Neuerdings sprachen sie in Interviews davon, ihre Beziehung habe erst im März angefangen. Bis dahin hätten sie nur gechattet. Daniel musste seiner Neuen klargemacht haben, dass es gefährlich war, wenn sie erzählte, dass die Beziehung schon an Weihnachten begonnen habe. Nora fragte sich, wieso diese Nadja sich auf solche Lügen einließ. Weil sie in ihn verliebt war, das war gewiss. Es war der blanke Hohn. Ebenfalls war es erschreckend, wie lange die Medien an der Story festhielten. Die Artikel rissen nicht ab, es hörte nicht auf. Ennia hatte sich in ihrem Krankenhaus vergraben und schob Extraschicht um Extraschicht. Sie wurde immer blasser und dünner, und Nora kam kaum noch an sie heran. Der Fall war klar: Ennia musste hier raus. Weg aus dem Krankenhaus, weg von der Medienberichterstattung, weg aus der Schweiz. Sie musste leben, erleben, fühlen. Gutes Essen essen, ins Meer springen, nette Männer daten.

Eine Reise. Eine besondere Reise. Nur sie beide.

Obwohl sie so verschieden waren, anders aussahen und unterschiedliche Interessen pflegten, hatten sich die Schwestern schon immer sehr nahegestanden. Sie waren zwar in der Stadt Zürich aufgewachsen – allerdings am Rand, umgeben von Hügeln und Wäldern. Ihr Vater hatte als Allgemeinarzt gut verdient und sie hatten sich ein schönes Einfamilienhäuschen mit einem kleinen Garten leisten können. Nora und Ennia war stets bewusst gewesen, wie privilegiert sie aufgewachsen waren.

Beide Schwestern waren als Kinder recht wild gewesen. Sie hatten zwar ein Dasein als Stadtkinder geführt, doch die Nähe zur Stadtgrenze verhalf ihnen zu einigen Abenteuern. Es hatte eine ganze Horde Kinder in dem Quartier gegeben, mit denen sie etwas hatten unternehmen können. Sie hatten Baumhütten gebaut, im Bach gebadet, sie waren auf Baustellen herumgetigert und hatten dort Verstecken gespielt. Nora musste schmunzeln, als sie daran dachte – das wäre heute wohl kaum mehr möglich. Sie hatten in einer Sackgasse Fußball gespielt und im Winter hatten sie ihre Schlitten aus dem Keller geholt und waren die verschneiten Hügel hinuntergeflitzt. Sie hatten eine schöne und behütete Kindheit gehabt – dass das ein großes Glück war, war Nora in den Jahren als junge Erwachsene immer mehr bewusst geworden und sie war sehr dankbar dafür.

Natürlich hatte es zwischen den Schwestern auch oft gekracht. Vor allem als Teenagerin war Nora oft eifersüchtig gewesen auf die zwei Jahre ältere Ennia. Während Ennia Partys hatte feiern dürfen, hatte sie, Nora, zu Hause hocken müssen. Dabei war sie die temperamentvollere, getriebenere der beiden Schwestern gewesen, das Warten, bis auch sie alt genug war, hatte sie oft zermürbt.

Es war schließlich aber Ennia gewesen, die sie darin unterstützt hatte, Journalistin zu werden – und nicht, wie von ihrem Vater gewünscht, Jura oder Medizin zu studieren. Die Medizin war Ennias große Leidenschaft – sie hatte nicht gezwungen werden müssen. Genauso wie es Noras große Leidenschaft war, zu schreiben. Letztlich hatte Papa nachgegeben – schließlich wollte er seine Töchter glücklich sehen. Glücklich. Davon war Ennia gerade weit entfernt.

Nora klickte sich durch ein paar Reiseblogs. Sie saß in ihrem Büro und sollte eigentlich einen Artikel schreiben über die Vernissage, die sie am Abend zuvor besucht hatte. Aber die Idee der Reise hatte sich wie ein Floh in ihr Ohr gesetzt. Ein bisschen Inspiration konnte nicht schaden.

Ennia war eigentlich ein sehr fröhlicher, positiver Mensch und für jeden Quatsch zu haben. Genau wie sie, Nora. Da ähnelten sich die Schwestern sehr. Sie waren bodenständig und sich für nichts zu schade. Die Trennung und bestimmt auch die viele Arbeit hatten Ennia runtergezogen. Es würde ein schwieriges Unterfangen werden, sie von der Reise zu überzeugen, die im Idealfall nicht nur zwei Wochen dauern sollte … Sie stieß auf das Reisetagebuch einer gar nicht mal so bekannten Bloggerin. Das klang interessant.

«Nora, wie weit bist du mit dem Artikel?» Ihre Chefin. Die kam genau im richtigen Augenblick. «Ich würde den gerne noch in die nächste Ausgabe bringen. Aber denk daran: Eine halbe Seite reicht. Such noch zwei, drei schöne Bilder raus. Florian hat einen Ordner angelegt.»

«Ich brauche noch ein, zwei Stunden», rief Nora zurück und widerstand der Versuchung, ihren Laptop zuzuklappen.

Das hätte sie erst recht verraten. Ihre Chefin war cool und natürlich durfte sie auch mal Reiseblogs durchstöbern. Aber der Artikel hatte im Moment wirklich Vorrang.

Es war ein kleines Team aus nur zwölf Leuten, die das monatliche Magazin mit Inhalt befüllten. Dazu kamen etliche Freelancer. Einer davon war Florian, der Fotograf. Sie fotografierte selbst leidenschaftlich gern und hatte im Studium sogar einen Kurs in Fotografie belegt – allerdings war sie als Redakteurin eingestellt worden, und so hatte es hier irgendwie bisher keinen interessiert, dass Nora die Fotos jeweils auch gleich mitliefern könnte. Für sie war es aber okay – so konnte sie sich bei einem Event voll und ganz auf den Inhalt konzentrieren. Und die Fotografie fand in ihrer Freizeit statt. Auf diese Weise hatte sie das Privileg, ihre Kreativität ausleben zu dürfen – und nicht zu müssen. Schon viele hatten versucht, ihr Hobby zum Beruf zu machen, und dann unter dem Druck die Freude daran verloren.

Die Gabe, immer schreiben zu können, war ihr von Natur aus gegeben. Es fiel ihr einfach leicht und die Sätze sprudelten nur so aus ihr heraus. Sie musste nie lange über ihr Schreiben nachdenken. Und heute handelte es sich nur um eine halbe Seite. So verbrachte sie die nächsten zwei Stunden ihrer Arbeitszeit tatsächlich mit Arbeiten und schickte den fertigen Text via E-Mail ihrer Chefin Olivia. Diese saß in einem eigenen Büro, das mit einer weißen Holzwand, in die ein großes, gläsernes Fenster eingelassen war, vom Rest abgetrennt war. Die anderen Mitarbeiter teilten sich das Großraumbüro.

Es war ein großer Raum in einer ehemaligen Brauerei im Westen von Zürich. Zürich-West war ein aufstrebendes Quartier, nachdem viele alte Gebäude abgerissen oder saniert worden waren. Clubs, Bars, Restaurants oder Spielhallen befanden sich in Massen entlang der belebten Straßen. Viele Medienhäuser waren vor einigen Jahren in die Gegend gezogen.

Die Wände ihres Büros waren weiß getüncht, allerdings konnte man die Strukturen der alten Backsteinziegel noch gut erkennen. Die Bürotische standen zwischen den hohen, schmalen Fenstern, die vom Boden bis fast an die Decke reichten. In einer Ecke gab es außerdem einen großen Holztisch mit vielen bunten Stühlen – jeder in einer anderen Farbe –, der als Sitzungstisch diente. Die grünen Topfpflanzen sorgten für einen zusätzlichen Farbklecks. Den Fensterfronten entlang standen schön aufgereiht die Bürotische der Redakteure. Es waren schwarze Tische aus Metall mit bequemen, ebenfalls schwarzen Stühlen. Jeder Mitarbeiter hatte seinen eigenen Platz – was nicht selbstverständlich war. Von früheren Tätigkeiten wusste Nora, dass die Tische oft bestimmten Diensten zugeteilt waren, und je nachdem, welchen Dienst man gerade verrichtete, saß man am entsprechenden Ort. An einer Wand prangte in riesigen, kunstvollen Lettern der Name des Magazins: WAY! Es war eine sehr stilvolle, aber gemütliche Umgebung, in der sich Nora wohlfühlte. Sie war aber auch sehr konstruiert. Jemand hatte es hier stylisch und gemütlich machen wollen – es war nicht einfach so passiert, wie etwa bei ihr zu Hause.

Nun, nach getaner Arbeit, konnte sie sich wieder ihren eigenen Recherchen widmen. Sie las weiter auf der Seite der Bloggerin, die zusammen mit ihrem Partner seit geraumer Zeit mit dem Zug durch Europa tourte und dabei die schönsten Städte des Kontinents entdeckte. Ennia liebte Städtetrips. Sie hatten schon einige tolle Städte besucht – viele aber auch noch nicht.

In ihr reifte ein Plan heran. Sie brauchte definitiv noch ein paar Infos – und Ennia musste mitmachen. Es würde ziemlich viel Vorbereitung und Planung vonnöten sein. Aber es könnte klappen – und fantastisch werden.

3

«Du bist komplett verrückt!»

«Ein bisschen vielleicht, mag sein. Aber komm schon, Ennia. Es tut dir gut, hier mal rauszukommen, dich abzulenken und neu zu orientieren.»

«Wir können gerne übers Wochenende nach Wien oder London fliegen.»

«Ein Wochenende – und dann steckst du wieder im gleichen Trott fest. Das reicht nicht.»

«Ich habe aber keine Zeit, um wochenlang mit dem Zug durch Europa zu gondeln.»

«Die Zeit müsstest du dir schon nehmen ...»

«Nein!»

«Warum nicht?»

«Darum.»

«Das ist keine Begründung. Du weißt genau, dass du ewig keine Auszeit hattest. Du brauchst neue Energie», argumentierte Nora.

«Dann lege ich mich drei Wochen an den Strand, aber spule kein Marathonprogramm durch Europa ab.» Das war ein Argument.

«Es sind zehn Städte in drei Monaten. Wir haben also über eine Woche pro Stadt. Wir werden nicht überall so lange brauchen und haben somit auch genügend Zeit zu reisen, mal woanders zu übernachten und uns spontan was anzuschauen. Oder uns an den Strand zu legen.»

Sie saßen mal wieder in der Krankenhauskantine. Anders war Ennia im Moment nicht zu kriegen. Keine Restaurantbesuche, keine Spaziergänge am See, keine Gespräche unter Schwestern auf dem Balkon mit einem Glas kühlen Hugos.

Ennia ging ohnehin kaum nach Hause, hatte sich ein Zimmer im Personalhaus des Krankenhauses gemietet.

Daniel war zwar taktvoll genug, diese Nadja nicht in ihre gemeinsame Wohnung zu schleppen – allerdings wohnte er offiziell noch immer dort und all seine Sachen waren noch da. So war erst einmal Ennia ausgezogen, sie wollte aber die Wohnung, die ihren Eltern gehörte, behalten und verlangte von Daniel, dass er sie verließ. Was er wohl ohnehin tun würde – um gleich mit seiner Nadja in ein gemeinsames Liebesnest zu ziehen. Damit hätten die beiden dann wieder neuen Stoff für Homestorys.

Nora blickte sich in der Kantine um. Obwohl sie erst kürzlich renoviert worden war, versprühte sie keinerlei Gemütlichkeit. Der Boden aus Marmorplatten wirkte kühl und die lange hölzerne Theke, an der sich Mitarbeitende und Gäste bedienen konnten, steril. Das Essen wurde lieblos auf Plastikteller geworfen. Es schmeckte aber gar nicht schlecht, das musste Nora zugeben.

«So ein Ticket ist zudem auch nicht ganz günstig.»

«Ach, Ennia, mit deinem Lohn könntest du dir das locker leisten. Aber ich mache dir ein Angebot.» Sie holte tief Luft. Sie hatte sich das lange überlegt und war überzeugt von der Idee. «Wenn du mitkommst und dich bereit erklärst, in acht der zehn Städte einen Mann zu daten, dann schenke ich dir das Interrailticket.»

«Ich sage ja: total verrückt», brummelte Ennia und rieb sich mit der offenen Handfläche das Gesicht.

«Jetzt überleg es dir doch wenigstens mal ...»

«Malediven? Oder Bali?»

Nora seufzte. Ihre Schwester wusste genau, wie wichtig ihr der Klimaschutz war. Da waren sie und Ennia sich einig – wenn man sich das Fliegen sparen konnte, dann sollte man es auch tun. Ennia zog sie nur auf.

«Ein Scherz, Schwesterlein. Auch wenn ich gegen Meer und Strand wirklich nichts einzuwenden hätte.»

«Es gibt auch in Europa tolle Strände und wir wären ja im Sommer unterwegs.»

«Überhitzte Züge …»

«Jetzt hör mal auf. Die sind alle klimatisiert.»

«Und damit wieder schön klimaneutral», fügte Ennia mit ironischem Unterton hinzu.

«Überleg es dir wenigstens», bat Nora.

«An welche Städte hast du denn gedacht?»

«Zehn Städte, die mit dem Zug oder Schiff erreichbar sind und in denen wir beide noch nie waren.»

Nora spürte, wie der Widerstand ihrer Schwester bröckelte.

«Berlin? Prag?»

«Da war ich schon.»

«In Mailand waren wir zusammen.»

«Und in Madrid und Barcelona damals mit unseren Eltern.»

«Wir müssen auch schauen, dass wir die Destinationen mit dem Zug oder dem Schiff erreichen können.»

«Ich wollte schon immer mal nach Ljubljana.»

«Ljubljana? Wie kommst du denn darauf?»

«Der Name klingt so schön. Er bedeutet so was wie ‹geliebte Stadt›. Liebe. Das klingt doch toll.»

«Also dann, Ljubljana.» Nora schnappte sich ihr Handy, das vor ihr auf dem Tisch lag, und trug die Stadt in ihrem digitalen Notizbuch ein.

«Ich habe noch nicht Ja gesagt», unterbrach sie ihre Schwester.

«Ich sage ja: Denk darüber nach. Wir müssen auch noch beide die Zeit freischaufeln. Wir brauchen wohl unbezahlten Urlaub – und das kurzfristig und in einer Zeit, in der eh schon viele weg sind. Bei mir sollte es klappen, da unser Magazin Sommerpause macht und wir keine Ausgaben produzieren.»

«Um ehrlich zu sein, könnte ich wohl auch weg. Ich fange im Oktober eine neue Stelle in einem anderen Krankenhaus an. Ich möchte noch andere Erfahrungen sammeln und brauche diese Stelle für meinen Facharzt. Und ich habe nur einen Monat Kündigungsfrist.»

Ennias Traum war es, als Gynäkologin Frauen bei den Geburten ihrer Babys zu unterstützen. Sie hatte nie etwas anderes werden wollen als Ärztin. Während Nora – sobald sie alt genug gewesen war – sich als Jugendliche mit Freunden getroffen und Partys gefeiert hatte, hatte Ennia meist medizinische Fachbücher gewälzt. Sie hatte ihr Studium in Rekordzeit und mit Bestnoten durchgezogen.

Daniel hatte sie damals während des Studiums kennengelernt – dieser musste allerdings nach einigen Semestern feststellen, dass er als Arzt nichts taugte. Und so hatte er letztlich zu BWL gewechselt.

«Dann bist du dabei?»

«Nora. Nein. Das ist völliger Blödsinn.»

Nora konnte sich ein Grinsen nicht verkneifen. Sie wusste, dass sie ihre Schwester damit angefixt hatte – diese konnte es nur nicht zugeben. «Überleg es dir», antwortete sie nun. «Und erzähl mir von deinem neuen Job.»

4

Nadja und Daniel zeigen ihr Liebesnest. Body & Style besucht das Traumpaar bei sich zu Hause. Schalten Sie ein, Freitagabend nach den Nachrichten.

Nora verdrehte die Augen. Inzwischen hatte sich Daniels «große Liebe» in ihrem Freundeskreis zu einem Running Gag entwickelt. Alle schickten ihr Links, wenn das Paar wieder irgendwo in den Medien auftauchte. Daniel war noch immer nicht bei Ennia ausgezogen – und da Ennia Dreharbeiten in ihrer Wohnung kaum zugelassen hätte, musste es sich beim «Liebesnest» also um die Wohnung der Moderatorin handeln. Nora hatte sogar versucht, mit Daniel zu reden – ohne das Wissen von Ennia, was ihr einigen Ärger eingebracht hatte. Aber anstatt sein Fehlverhalten zuzugeben oder einsichtig zu sein, hatte Daniel auf Nora herumgehackt und ihr absurde Vorwürfe gemacht, dass sie selbst eine Lügnerin sei. Er müsse sich doch nicht von einer Lügnerin als Lügner beschimpfen lassen, hatte er gemeint. Beispiele für ihre eigenen Lügen hatte er aber nicht nennen können. Irgendwann hatte sie das Gespräch abbrechen müssen – sonst hätte sie sich auf ein Niveau begeben, das ihr nicht gutgetan hätte. Und ganz bestimmt auch keinem sonst. Sie hatte sich mit Daniel doch mal so gut verstanden und ihn wirklich gerngehabt als Freund ihrer liebsten Schwester, als Schwager, Familienmitglied. Und nun war es so, als wären sie Fremde – oder vielmehr alte Feinde. Es gab keine Alternative – sie musste ihn gewähren lassen und Ennia musste darüber hinwegkommen. Eigentlich konnte ihre Schwester froh sein, dass sie diesen Idioten los war und jemanden finden konnte, der sie wirklich verdient hatte.

Dass jemand einen nicht liebte, bedeutete leider nicht, dass man diesen automatisch auch weniger liebte. Aber was wusste sie schon von der Liebe? Ihre einzige längere Beziehung war fünf Jahre her und hatte etwas mehr als ein Jahr gehalten. Seither war sie nie über gelegentliche Affären hinausgekommen. Nicht, weil sie nicht gewollt hätte. Es hatte einfach nie auf beiden Seiten gefunkt. Mal hatte sie sich verliebt, er wollte aber keine Beziehung; oder aber er hätte sich gerne auf sie eingelassen, aber es hatte für sie einfach nicht gereicht. Wobei Nora wusste, dass ihre Ansprüche hoch waren. Wenn ein Mann sich in sie verliebt hatte, war sie oft weggerannt, ohne ihm überhaupt eine Chance zu geben. Allerdings wusste sie auch, dass sie sich Knall auf Fall verlieben konnte, denn wenn sie Gefühle entwickelte, dann sofort. Inzwischen hatte sich Nora an das Singleleben gewöhnt und sich so eingerichtet, dass sie glücklich und erfüllt war. Ein Mann bedeutete eben auch eine Umstellung. Nach Liebe sehnte sich Nora ehrlicherweise trotzdem.

Diese Reise ... Sie freute sich so darauf und hoffte, dass Ennia zusagen würde. Wenn nicht, würde sie sie wohl allein antreten. Nora spürte, dass auch sie eine Veränderung brauchte, raus musste aus dem Alltag und etwas erleben. Sie war noch so jung. Und sie war noch nie für eine längere Zeit verreist. Die Idee hatte sie so angefixt, dass sie das so oder so durchziehen würde.

«Ich komme mit.» Die Nachricht ploppte mit einem lauten Surren auf dem Bildschirm ihres Smartphones auf. Nora griff danach. «Ennia schreibt ...», prophezeite ihr ihre Messenger-App. Sie wartete also ab, was ihre Schwester noch hinterherschicken würde. «Jetzt muss dieser Idiot auch noch in diese Fernsehsendung. Reichen die ganzen Fotos nicht aus?»

«Ich habe es gesehen», tippte Nora zurück.

«Wann geht es los?», kam prompt die Antwort ihrer Schwester.

Nora hätte in Jubelstürme ausbrechen können, wusste aber, dass Ennias Motivation nicht gerade überschwängliche Freude war. Das machte ihr fast ein schlechtes Gewissen. Trotzdem – die Reise würde ihnen guttun. Auch Ennia.

«Sobald wir bereit sind.»

5

Nora ließ ihren Blick hinunter über die Stadt und die Limmat schweifen. Sie hatte ihren Balkon mit bunten Glühlämpchen verziert, die entlang der Brüstung hingen und nun in der Dämmerung leuchteten. Ansonsten war der Balkon voller grüner Pflanzen. Eine gemütliche Lounge aus Holzpaletten mit weißen Kissen und ein kleiner, runder Tisch mit Mosaikmuster sorgten für Gemütlichkeit. Unter dem Tisch lag zudem ein heller Outdoor-Teppich.

Nora machte es sich gern gemütlich und hatte ein Händchen für schöne Dinge. Der Balkon war nicht groß, sie war schon froh, dass sie als junge, alleinstehende Frau in einer Stadt wie Zürich überhaupt einen hatte.

«Wir müssen mal wieder eine schöne Grillparty feiern mit unseren Freunden», sagte sie zu Ennia, die endlich mal wieder bei einem Gläschen Hugo an ihrer Seite saß.

«Das schaffen wir wohl nicht mehr vor unserer Reise», erwiderte diese. Sie war gekommen, um mit Nora die Route zu besprechen. Nora hatte unbezahlten Urlaub bekommen und Ennia hatte gekündigt – in wenigen Wochen konnte es losgehen. Von Mitte Juni bis Mitte September wollten sie unterwegs sein.

Nora konzentrierte sich wieder auf den Laptop, der vor ihr auf dem Mosaiktischchen stand.

«Also, wir haben Ljubljana, Wien, Athen, Stockholm, Dublin und Paris. Ich denke, wir sollten zuerst nach Wien fahren und von da nach Ljubljana. Das liegt nicht weit auseinander.»

«Von Ljubljana aus könnten wir nach Budapest. Das liegt auch da in der Ecke und Budapest soll wunderschön sein», überlegte Ennia laut.

Nora fuhr mit dem Finger über die Europakarte, die den Bildschirm ihres Laptops zierte.

«Budapest ist eine tolle Idee. Aber ich glaube, es wäre von der Route her einfacher, zuerst nach Budapest zu fahren und dann nach Ljubljana. Und dann könnten wir alles hier herunterfahren nach Athen.»

«Und dann mit der Fähre rüber nach Italien.»

«Rom haben wir auch noch nicht auf unserer Liste. Nach Rom wollte ich schon immer mal.»

«Wir sollten dann den ganzen Stiefel entlangfahren. Ich denke, wir haben genügend Zeit, um uns auch im Süden noch etwas anzuschauen. Matera zum Beispiel. Weißt du, diese Felsenstadt, wo auch *James Bond* gedreht wurde.»

Nora notierte sich Matera.

«Von Rom aus sollten wir dann weiter nach Paris.»

«Ich bin mir nicht sicher. Ich würde so gerne noch nach Lissabon, aber das liegt ein bisschen weit abseits. Wir müssten durch Frankreich und Spanien.»

«Ich möchte da auch unbedingt mal hin. Wir können ja wieder irgendwo einen Zwischenstopp machen. Am Meer.»

«Dann denke ich aber, dass wir erst nach Lissabon und auf dem Rückweg nach Paris sollten. Dann nach Stockholm und von da mit dem Schiff nach Großbritannien oder zurück nach Paris und durch den Eurotunnel.»

«Wir werden verdammt viel Zug fahren. Und das im Sommer.»

«Wir müssen einfach immer wieder Pausen einlegen. Oder wir verzichten auf Stockholm und fahren stattdessen nach Brüssel?»

«Wir können ja mal schauen, wie wir in der Zeit liegen, und spontan entscheiden.»

«Moment, ich glaube, es hat geklingelt.»

Nora bewegte ihr Ohr ein wenig näher zur Tür, als ob es etwas bewirken könnte. Dann stand sie auf.

Leise Musik klang durch die halb offene Balkontür vom Wohnzimmer nach draußen. Es war eine Mischung aus entspannenden Melodien und gängigen Popsongs von Noras Playlist. Sie hatten Pizza bestellt und mussten aufpassen, dass sie den Boten nicht verpassten.

Nora ging nach drinnen. Wenige Minuten später trat sie mit zwei warmen, lecker duftenden Kartonschachteln wieder auf den Balkon.

«Abendessen ist fertig», verkündete sie fröhlich und legte die Schachteln auf die Loungekissen. Der Tisch war viel zu klein – selbst für nur eine Pizza. Nora hatte sich eine mit verschiedenen Gemüsesorten bestellt. Sie aß nur selten Fleisch, versuchte sogar, wegen des Klimaschutzes ganz darauf zu verzichten. Ennia, die schon lange kein Fleisch mehr aß, hatte nur Tomaten, Käse und Knoblauch geordert. Der Knoblauchgeruch stach sofort in die Nase.

«Eigentlich kannst du froh sein, dass du allein schläfst, bei der Knoblauchfahne, die du danach hast», witzelte Nora.

«Ich wollte eigentlich hier schlafen», gab Ennia zurück und streckte Nora die Zunge heraus.

«Darfst du, Schwesterherz. Wir können nachher noch die Sauna einheizen. Dann kannst du deinen Knoblauch wieder ausschwitzen.»

«Sauna Ende Mai? Es ist doch schon fast Sommer.»

Ennia hatte ihre Schachtel geöffnet und das erste Stück Pizza herausgeholt. Jetzt biss sie vorsichtig hinein.

«Mmmmh, gut», meinte sie kauend.

«Also steht die Route fest?», fragte Nora, mehr um sich noch einmal zu vergewissern. «Wenn wir nach London noch nach Dublin fahren, haben wir die zehn Städte voll.»

«Logistisch ziemlich unsinnig, aber sonst spannend. Wir fahren viel Zickzack.»

«Weißt du was? Ich freue mich riesig und kann kaum erwarten, dass es endlich losgeht.»

«Wie hast du dir das eigentlich mit diesen Dates vorgestellt?» Ennia griff nach dem nächsten Stück ihrer Pizza. «Knoblauch sollte ich dann wirklich weniger essen», fügte sie grinsend hinzu.

Nora freute sich. Seit sich Ennia entschlossen hatte, die Reise mitzumachen, war sie wie ausgewechselt. Natürlich schmerzte die Trennung noch immer – aber es schien, als würde sie wieder mutig und zuversichtlich nach vorne blicken und nicht mehr in der Vergangenheit festhängen. Sie hatte allmählich auch eingesehen, dass sie ohne Daniel besser dran war. Es ging jetzt nur noch darum, abzuschließen. Doch sie war auf einem guten Weg und sah auch wieder viel besser aus als noch vor ein paar Wochen.

«Wir können Tinder nutzen. Da gibt es eine Funktion, bei der man den Suchradius nach Wunsch einstellen kann. Wir können also schon vorab mit einigen Typen aus der Stadt, die wir als Nächstes in Angriff nehmen, chatten.»

«Ich hoffe, dass ich das schaffe. Das mit Daniel ist ja doch erst ein paar Monate her. Es geht mehr um Ablenkung.»

«Aber das ist doch okay ...»

«Wir müssen einfach ehrlich sein und sagen, dass es sich nur um eine kurze Dauer handelt. Ein Date, vielleicht eine Nacht oder ein paar schöne Tage. Denkst du, darauf lässt sich jemand ein?»

«Klar. Im Idealfall zeigen uns die Jungs auch gleich ihre Stadt. Das wird bestimmt schön. Verlieben auf Zeit. Das wünsche ich mir», sagte Nora schwärmerisch.

«Und wenn es mehr ist als auf Zeit?»

«Dann freue ich mich und finde eine Lösung.»

«Ich möchte mich nicht verlieben. Ich bin nicht bereit dafür.»

«Es passiert immer dann, wenn man es am wenigsten erwartet.»

«Acht Dates finde ich sowieso etwas viel, das macht Stress. Sagen wir fünf? Eins in jeder zweiten Stadt?»

«Bisschen Ansporn soll ja schon dabei sein. Sechs, okay?»

«Deal», meinte Ennia und reichte Nora die Hand. Da war schon wieder so viel mehr von ihrer einst so fröhlichen, positiven Schwester erkennbar. Nora hoffte, dass Ennia das Gröbste nun hinter sich hatte – und die Reise ihr helfen würde, wieder vollends auf die Füße zu kommen.

6

Es war ein beträchtlicher Aufwand gewesen, die ganzen Zug- und Schiffsstrecken herauszusuchen und die Hotels zu buchen. Eigentlich hatten sie sich spontan für Übernachtungsmöglichkeiten entscheiden wollen – gerade im Sommer waren aber viele Hotels ausgebucht und sie wollten sicher sein, dass sie zumindest in einigen großen Städten eine Buchung hatten. Das machte sie dafür weniger flexibel, was ihre Route anbelangte. Unterwegs konnten sie aber noch immer haltmachen, wo es ihnen gefiel. Sie hatten genügend Zeit.

So hatten sie also mehr oder weniger einen Plan für ihre Strecke. Sie packten alles, was sie brauchten, in große Rucksäcke, um nicht ständig einen Rollkoffer herumschieben zu müssen. Sie waren nicht weitab vom Schuss und es würde kein Problem werden, Gebrauchsgegenstände wie Zahnpaste oder Shampoo bei Bedarf nachzukaufen. Ihre Kleider mussten sie unterwegs mal waschen, es ging nicht anders, das war klar.

Sie hatten so wenig wie möglich eingepackt. Da sie in Hotels oder in den Zügen schlafen würden, brauchten sie keine typischen Campinggegenstände. Lediglich einen dünnen Schlafsack, der sich zu einer kleinen Rolle zusammenfalten ließ, hatten sie eingepackt. Da Sommer war, hatten sie vor allem praktische Kleidung dabei wie kurze Jeans, Shirts, luftige Kleidchen, Sonnenbrille, Hut, bequeme Sandalen und Turnschuhe. Beide hatten aber auch je ein schickes Outfit eingepackt. Ein Bikini und ein großes Strandtuch durften auf keinen Fall fehlen. Und auch ein paar Pullis und eine leichte Jacke mussten mit – vielleicht würde es mal regnen oder kühler werden. Auf schwere Bücher hatten sie verzichtet, dafür jedoch einen Reader gekauft und etliche E-Books darauf gespeichert. Nora hatte auch ihre

Kamera dabei – sie freute sich darauf, schöne Erinnerungsbilder zu schießen. Und beide hatten ihre Tablets eingepackt. Ennia wollte im Zug für ihren Facharzt lernen und Nora die Erlebnisse in einem Tagebuch festhalten und ihre Erinnerungsfotos bearbeiten.

Der Rucksack war tatsächlich ziemlich schwer. Nora hoffte, sie würde damit zurechtkommen. Sie hatte noch einen kleineren Rucksack, der sich zusammenfalten ließ, eingesteckt. Sie musste den großen Rucksack einfach ins Hotel tragen und dann den kleinen mit den nötigsten Gegenständen mitnehmen auf die Entdeckungsreisen.

Nora war aufgeregt, gleich würde es losgehen. Sie würden mit dem Nachtzug nach Wien fahren und hatten dafür zwei Betten in einem Schlafwagen gebucht. Sie waren in der Nähe des Bahnhofs mit ihren Eltern und einigen Freunden zum Abschied noch essen gegangen – immerhin würden sie sich mehrere Monate nicht sehen – und standen nun auf dem Perron.

« Komm, wir müssen einsteigen », rief Ennia Nora zu, die gerade im Begriff war, ihre Mama zu umarmen.

« Ich komme ! »

Ennia wuchtete ihren Rucksack die Treppe des nicht mehr ganz neuen, grünen Zugwaggons hinauf. Nora schnappte sich ihren, den sie auf dem Boden abgestellt hatte, und folgte ihrer Schwester.

« Passt auf euch auf ! », rief ihre Mutter ihnen hinterher, und ihr Vater schickte einen Luftkuss.

« Ruft ab und zu an ! »

« Machen wir, Mama. Und wir schicken jede Menge Fotos. »

Kurz nachdem sich die Tür geschlossen hatte, setzte sich der Zug in Bewegung. Nora und Ennia konnten aus dem Fenster die geliebten Menschen sehen, die ihnen wie verrückt hinterherwinkten. Dann waren sie allein. Es fühlte sich für einen Augenblick seltsam und traurig an. Sie mussten erst in den Reisemodus finden, das war Nora bewusst.

Ennia hatte ihre Reservation aus der Tasche gezogen. Obwohl Nora die Idee gehabt, die Zugtickets organisiert und die Hotels gebucht hatte – unterwegs war Ennia die Praktischere der beiden. Nora war eine Chaotin vor dem Herrn und sie konnte nur hoffen, dass sie nichts verbockt hatte und wirklich überall ein Zimmer für sie frei war. Sie schmunzelte über Ennias dicke Mappe voller wichtiger Papiere. Der Rucksack wog damit bestimmt ein Kilo mehr.

«Vierunddreißig A und B», las sie vor, während sie langsam den schmalen Flur des Zugs entlanggingen. «Sind das wohl die beiden oberen Betten oder die zwei übereinander?»

«Ist ja egal, ich hoffe nur, dass nicht noch jemand mit uns im Abteil ist.»

Sie hatten nur ein Vierbettenabteil reservieren können.

«Hier, zweiunddreißig, dreiunddreißig, gleich sind wir da.»

Sie öffneten die Tür zu ihrem Schlafwagen und traten ein. Es war ziemlich dunkel, doch in der unteren, rechten Ecke brannte ein Licht.

«Hi», erklang eine männliche Stimme. Nora erschrak, sie versuchte, ihre Augen an die Dunkelheit zu gewöhnen. Ein Kerl saß auf einem der unteren beiden Betten, auf seinen Knien leuchtete der Bildschirm eines Laptops.

«I'm Andy and I'm pretty nice», sagte er in breitestem Englisch. Nora konnte diesen Andy in der Dunkelheit kaum erkennen.

«Macht ruhig das Licht an», sagte er nun, weiterhin auf Englisch.

Nora drückte auf den Schalter, der sich neben der Tür befand. Endlich konnte sie etwas sehen.

«A und B sind oben», erklärte Ennia, ohne den Engländer weiter zu beachten, und hob ihren Rucksack auf eines der oberen Betten. Es gab Kissen und Duvets mit weißen Bezügen. Die Betten sahen gar nicht so ungemütlich aus, allerdings ruckelte der Zug ziemlich und Nora fürchtete, dass sie kein Auge zukriegen würde. Warum mussten sie ausgerechnet mit einem Mann im selben Abteil schlafen? Sie hatte doch bei der Reservierung angegeben, dass sie Frauen waren.

Er hatte sich wieder seinem Laptop zugewandt. Offenbar wollte er den Schwestern das Gefühl vermitteln, dass sie sich nicht unwohl zu fühlen brauchten. Nora musterte ihn. So ganz wohl schien er sich bei der Sache auch nicht zu fühlen.

Er war – zugegebenermaßen – ziemlich attraktiv, vielleicht ein bisschen älter als sie selbst, Anfang dreißig. Er hatte blonde, etwas längere, wuschelige Haare. Zudem trug er eine Brille mit schwarzem Rand. Er hatte etwas Intellektuelles an sich. Bestimmt würde er sie nicht mitten in der Nacht im Schlaf abstechen, schätzte Nora die Situation in Gedanken ein.

In einer Nische gab es ein kleines Lavabo. Das WC und die Dusche befanden sich irgendwo auf dem Flur. Sie hatte alles, was sie für die Nacht im Zug brauchte, in eine Außentasche gepackt, damit sie nicht den ganzen Rucksack auseinandernehmen musste. Ein guter Tipp von Ennia.

Nur: Wie sollte sie sich bloß umziehen? Sie ging davon aus, dass der Kerl im Bett – Andy hatte er sich genannt – kein Deutsch verstand. «Wir müssen uns wohl auf dem Klo umziehen», sagte sie zu Ennia, die die Leiter hoch auf das Bett über diesem Andy geklettert war. «Warum muss es ausgerechnet ein Kerl sein?»

«Du willst ja Kerle kennenlernen», frotzelte Ennia. «Und er ist doch ganz süß.»

«Du bist doof. Ich will ja nicht zuallererst mit ihnen gemeinsam irgendwo übernachten. Das muss ein Buchungsfehler sein.»

Andy schaute weiterhin ungerührt auf seinen Laptop. Er trug Kopfhörer – wahrscheinlich guckte er sich einen Film an.

«Es ist jetzt halt so. Ich möchte nicht deswegen die SBB aufscheuchen. Noch dazu um diese Zeit. Ich ziehe mich mal um», meinte Ennia und ging mit einer kleinen Tüte, in die sie ihre Sachen für die Nacht gestopft hatte, nach draußen. Nora kletterte indessen die Leiter hoch auf ihr Bett. Es war eine relativ schmale Pritsche, allerdings lang genug für ihre eins siebenundsechzig. Zudem hatte das Bett ein Gitter an der Seite – ein Rausfallschutz wie bei einem Baby. Sie kramte ihren Schlafanzug und ihre Zahnbürste heraus, um gleich alles auf dem WC erledigen zu können, denn sie wollte nicht, dass dieser Andy sie beim Zähneputzen sah.

Es war kurz vor zehn Uhr abends. Sie hatten einen Direktzug genommen, der etwas länger brauchte als der Zug, bei dem sie hätten umsteigen müssen. Das war aber egal – um acht Uhr morgens würden sie ankommen, das war früh genug, und nicht umsteigen zu müssen war ein Vorteil mitten in der Nacht. Zudem: Was hätten sie morgens um fünf in Wien anstellen sollen?

Sie wollte es sich gerade mit ihrem Reader gemütlich machen, als Ennia zurückkam und sich Nora ihrerseits auf die Toilette verzog.

Nora spürte, dass sie nicht schlafen konnte. Sie war viel zu nervös, außerdem war der Raum alles andere als standfest. Sie ärgerte sich, dass sie keine Ohropax eingepackt hatte. Der Zug war laut und es ruckelte und zuckelte und schüttelte die ganze Zeit. Sie musste sich in Wien unbedingt welche kaufen. Nun beschloss sie, ihren neuen Reader einzuweihen. Ennia war bereits im Reich der Träume. Aus ihrem Rucksack, den sie am Fußende ihrer Pritsche deponiert hatte, zog sie den Reader heraus. Mit einem Auge schielte sie auf das Bett schräg unter ihr, wo noch immer der Laptopbildschirm leuchtete. Der Mann schien eine gute Kondition zu haben. Oder er konnte ebenfalls nicht schlafen.

Sie holte noch ihre Thermosflasche, die sie mit kaltem Wasser aufgefüllt hatte, aus dem Rucksack und trank einen kräftigen Schluck. Die Flaschen hatten sie mitgenommen, um sie immer wieder auffüllen zu können. Sie wussten jedoch, dass es nicht überall Trinkwasser direkt aus dem Hahn gab – und sie oft würden Wasser kaufen müssen.

Es war inzwischen nach Mitternacht. Sie schaffte es nicht, aus dem Fenster zu schauen, da dieses nicht bis zu ihr hochreichte. Es war draußen ohnehin dunkel. Das Buch war leider nicht so spannend, wie sie es sich vorgestellt hatte, also klickte sie unmotiviert auf ihrem Smartphone herum, scrollte sich durch ihr Instagram-Menü und schaute Stories an.

«Kannst du auch nicht schlafen?», hörte sie eine tiefe Stimme in breitem Englisch fragen. Sie schielte nach unten und bemerkte, dass der blonde Wuschelkopf sie anlächelte. Er hatte wirklich nichts Bedrohliches an sich.

«Es ist viel zu laut», hörte sie sich antworten.

«Und es schüttelt einen richtig durch», fügte er hinzu. «Kommt ihr aus Zürich? Ich komme aus Manchester, wohne aber in London.»

«Und was machst du in Zürich?»

«Umsteigen», antwortete er schmunzelnd. «Ich bin unterwegs nach Wien, um eine Galerie zu besuchen.»

Eine Galerie in Wien? War er Galerist? Künstler? Kurator? Das klang interessant ...

«Warum nimmst du dann nicht den Flieger?»

«Hm, ich habe es nicht so mit dem Fliegen. Ich möchte auch meinen ökologischen Fußabdruck so klein wie möglich halten.»

Diese Aussage gefiel Nora, da musste sie ehrlich sein. Sie saß schließlich aus demselben Grund in diesem Zug. Oder besser: lag. Sie griff nach ihrer Brille mit dem Goldrand, setzte diese auf und kletterte dann aus ihrem Bett hinunter zu dem jungen Briten.

Sie setzte sich im Schneidersitz auf das untere, leere Bett. Hier rumpelte es gleich noch viel mehr. Sie konnte nicht mal flüstern, da das regelmässige Schnaufen des Zugs alle anderen Geräusche verschluckte. Ein Wunder, dass Ennia schlafen konnte.

«Magst du Tee?», fragte Andy und hielt ihr eine Thermoskanne vor die Nase.

«Gerne.»

Er füllte die dampfende Flüssigkeit aus der Kanne in einen Pappbecher, den er aus seinem Rucksack gezogen hatte. Es war viel zu düster, um irgendwas richtig erkennen zu können.

«Wie heißt du eigentlich?»

«Nora», antwortete sie, bevor sie in den Becher blies. Der Tee war viel zu heiß.

«Du kannst nur Engländer sein, wenn du im Hochsommer Tee servierst», stichelte sie. Sie musste sich konzentrieren, um ihr bestes Englisch abzurufen. Klar konnte sie die Sprache sprechen, allerdings tat sie es nicht jeden Tag und ihr Englisch war etwas eingerostet. Ein bisschen üben konnte da nicht schaden. Sie würde die Sprache in den nächsten Monaten öfter brauchen.

Er lachte laut auf.

«Bleibst du lange in Wien?»

Das schien die falsche Frage gewesen zu sein, denn seine Miene verfinsterte sich, soweit sie das erkennen konnte.

«Ich weiß es noch nicht», antwortete er dann freundlich. «Es kommt ein bisschen darauf an, was ich erreichen kann. Ich werde aber auch noch weitere Städte und Galerien besuchen müssen. Und wohin fahrt ihr?»

«Nach Wien», antwortete sie grinsend. Immerhin saßen sie im Zug genau dorthin.

«Blöde Frage. Warum fahrt ihr nach Wien? Ist sie deine Freundin?» Er deutete mit dem Zeigefinger nach oben, sie konnte es im Licht des Laptops erkennen.

«Meine Schwester. Wir wollen eine Städtetour machen. Wir besuchen insgesamt zehn Städte in Europa und haben dafür drei Monate Zeit.»

«Wow. Was steht noch auf der Liste?»

«Ljubljana, Budapest, Rom und noch ein paar mehr ... Wir haben viel zu tun.»

«Gibt es einen Grund für die Reise?»

«Na ja, wir mussten einfach beide mal raus.» Ennias Liebesdrama brauchte ihn nicht zu interessieren. Sie trank einen weiteren Schluck Tee. Er war nicht gesüßt und schmeckte sehr speziell, herb, aber nicht bitter. Es war schon seltsam, im Schlafanzug auf dem Bett neben einem Fremden zu sitzen. Der sich zudem ganz und gar nicht fremd anfühlte.

«Was machst du denn so im Leben? Warum besuchst du Galerien?», wollte sie von ihm wissen.

Er lächelte sie an. «Ich unterrichte Kunst in London», begann er dann zögerlich. «An einer Hochschule. Ich helfe jungen Studenten, ihren Stil zu finden. Ich suche Galerien, in denen sie ihre Werke ausstellen können. Es ist eine sehr renommierte Schule und in der Regel sind die Galerien recht offen für unsere Künstler. Ich mache die Tour jeden Sommer.»

«Du bist Künstler?», rief Nora erstaunt aus. Kunst war eine ihrer großen Leidenschaften.

«Ich helfe eher anderen», meinte er bescheiden. «Magst du Kunst?»

«Und wie. Ich schreibe für ein Magazin über Kunst, Mode und Design.»

«Oh, dann bist du Journalistin?»

«Genau. Welche Art von Kunst machst du denn?»

«Ich bin ein Zauberer», antwortete er verschmitzt. «Schau mal.»

Er zog seine Decke weg und bewegte sich zur Bettkante. Dort platzierte er seinen Laptop so, dass er den dunklen Raum ein wenig erleuchtete. Nun konnte Nora ihm auch in die Augen schauen. Er zog zwei Gummibänder von seinem Handgelenk, er hatte sie als Armbänder getragen. Dann spannte er je einen Gummi um Daumen und Zeigefinger seiner beiden Hände, sodass die Gummis ineinander verkeilt waren.

«Siehst du? Sie sind fixiert, ich kann sie nicht trennen.»

Er zog an den Gummis, um Nora zu beweisen, dass sie tatsächlich ineinander festhingen. Dann pustete er auf seine Finger, machte eine ruckartige Bewegung, ohne die Gummis von den Fingern zu lösen. Dann zog er die Hände auseinander. An jeder Hand befand sich der noch immer gespannte, aber nun nicht mehr verkeilte Gummi.

«Das ist gut», meinte Nora, die den Trick nicht durchschauen konnte. «Hast du noch mehr davon?»

«Hol mal eine Münze aus deinem Geldbeutel», bat er sie.

Sie musste die Geldbörse auf ihrem Bett aus dem Rucksack holen und kletterte nach oben. Sie zog die Börse heraus und stieg wieder hinunter. Dort kramte sie in dem Beutel herum und überlegte, welche Münze sie ihm geben könnte. Es musste auf jeden Fall eine Schweizer Münze sein – eine solche würde er wohl kaum haben. Sie zog ein Zehnrappenstück heraus und reichte es Andy.

«Sie ist aus dem Jahr 1996, siehst du?» Er gab sie ihr zurück, damit sie die Jahreszahl überprüfen konnte. 1996. Sie betrachtete die Münze mit dem Licht ihres Handys.

Dann nahm er die Münze wieder zu sich, pustete darauf – warum Zauberer wohl immer pusteten? – und öffnete die Hand. Die Münze war weg. Er griff in den Rucksack hinter sich, zog einen Briefumschlag heraus und reichte ihn Nora.

«Mach auf», bat er sie.

Der Umschlag war zugeklebt. Eine Münze war darin, das konnte Nora fühlen. Er sollte doch nicht ... Sie riss den Umschlag auf und zog die Münze heraus. Es war tatsächlich eine Schweizer Zehnrappenmünze aus dem Jahr 1996. Wie zum Teufel hatte er die in das Kuvert gekriegt?

«Wow», sagte sie verblüfft. Er grinste sie fröhlich an, schien zufrieden mit seinem Erfolg.

«Und damit kriegst du alle Frauen rum?»

Er lachte wieder auf.

«Frauengeschichten sind nicht auf meiner Tagesordnung. Ich ... hatte lange niemanden mehr.»

Andy war groß und schlank, wie sie jetzt, wo ihn keine Decke mehr verdeckte, erkennen konnte. Er trug ein weißes Shirt und eine dunkelblaue Jogginghose. Er war barfuß. Seine Studentinnen mussten doch reihenweise auf ihn abfahren.

Er schaute sie an – liebevoll und voller Zuneigung. Ein Blick, der eigentlich nicht zu ihrer Situation passte und der ihr Herz zum Rasen brachte. Was war da los?

Ennia schlief friedlich weiter.

«Denkst du, du kannst nun schlafen?», wollte er wissen.

Nora fühlte sich noch aufgekratzter als zuvor.

«Ich glaube nicht», meinte sie, verschwieg aber, dass er der Grund dafür war. Sie wollte noch mehr Zeit mit ihm verbringen.

«Willst du mit mir einen Film schauen?» Er deutete auf seinen Laptop, der noch immer aufgeklappt auf dem Rand des Betts stand.

Sie schaute auf die Uhr. Kurz nach halb zwei. Es würde eine kurze Nacht werden. Vielleicht lohnte es sich aber? Sie nahm die Decke des unteren, leeren Betts und legte sich vorsichtig neben Andy. Sie wollte nicht unter seine Decke schlüpfen.

«Worauf hast du Lust?» Die Pritsche war wirklich nicht gemacht für zwei Personen. Sie berührte ihn, obgleich sie Abstand zu halten versuchte.

«Ein leichter, lustiger Film wäre schön.»

«Eine Liebeskomödie?» Er klang belustigt.

«Warum nicht?»

Andy klickte sich durch das Netflix-Angebot.

«Ich habe das WLAN des Zugs angezapft», erklärte er. «Es ist ganz gut. So, dieser Film könnte dir gefallen. Kennst du ihn?»

Nora schaute auf den Bildschirm und verneinte. Sie war langsam müde, aber sie wollte die Zeit mit Andy genießen. Sie fühlte sich sehr zu ihm hingezogen – und er sich zu ihr, das konnte sie fühlen. Er wollte nichts falsch machen, das spürte sie auch. Ihr nahe sein, aber nicht zu nahe, um sie nicht zu verschrecken.

Nach ein paar Minuten des Films, der wirklich ganz amüsant war, legte er vorsichtig einen Arm um sie und zog ihren Kopf an seine Brust. Endlich war es bequem zu zweit in dem schmalen Bett. Er roch sehr gut – nach einem herben Aftershave und ein kleines bisschen nach Schweiß und Mann, nur so viel, dass es noch angenehm war. Mit der anderen Hand griff er nach ihrer und schob seine Finger in ihre. Sie fühlte sich müde, entspannt, angenehm gelöst. Und nur kurze Zeit später schlief sie – friedlich an Andy gelehnt – ein.

7

« Verdammte Scheiße », fluchte er leise. Er wollte Nora nicht wecken. Er streichelte sanft über ihre Haare, ihre Wangen, die Nase und die Schultern. Diese Frau haute ihn um. Und das war das Letzte, was er aktuell gebrauchen konnte.

So gerne hätte er sie geküsst. Er hatte schon gespürt, dass sie etwas Besonderes war, als sie den Wagen betreten hatte. Wie sie dort im Licht gestanden hatte, als die Tür aufgesprungen war. Obwohl er sie aus der Dunkelheit heraus nicht gut hatte erkennen können, hatte sein Herz einen Sprung gemacht. Etwas, was er – auch jetzt, ein paar Stunden später – nicht einordnen konnte.

Er hätte sie einfach in Ruhe lassen sollen. Nun hatte er den Salat. Das Problem war: Er sehnte sich nach Nähe, Liebe. Dieses ewige Singleleben war kein Zustand. Bisher hatte ihn aber auch keine Frau so fasziniert wie diese Nora. Und das so aus heiterem Himmel heraus – er kannte sie ja noch nicht einmal. Trotzdem hätte der Zeitpunkt nicht schlechter sein können. Er spürte ihren Atem an seinem Hals und es kribbelte in seinem Bauch.

Im Moment gab es an seiner Situation nicht viel zu ändern – er hatte noch ein paar Stunden Zeit, sich zu überlegen, wie er vorgehen würde. Er sollte wirklich versuchen, noch etwas zu schlafen. Immerhin hatte er noch sehr viel vor.

Andy legte seine Hand auf Noras Schulter und zog die Decke über sie. Es war nicht kalt – aber zugedeckt war es einfach gemütlicher. Wobei diese Pritsche für sie beide schon viel zu klein war. Er hätte sich einfach in das Bett nebenan legen können – aber er wollte in ihrer Nähe bleiben, solange es noch möglich war. Dann legte er seinen Kopf zurück und schloss die Augen.

8

Sie hatte keine Ahnung, wo sie war, als sie aufwachte. Es war eng und unbequem, laut und wie verrückt am Rumpeln. Ein vertrauter Geruch nach Männerparfüm. Sie erschrak, als sie sich an die Nacht zuvor erinnerte, und öffnete die Augen. Andy. Da war er. Und wo war Ennia? Was war passiert?

Er hatte einen Arm um sie gelegt, der andere ruhte auf ihrer Schulter. Er schlief. Sie löste sich aus seiner Umklammerung, auch wenn es ihr schwerfiel. Was war da passiert zwischen ihnen beiden? Sie kletterte, so leise sie konnte, aus dem Bett und die Leiter hinauf zu ihrem Schlafplatz. Ein Blick auf das Smartphone zeigte, dass es kurz vor halb sieben war. Ein paar Stunden hatte sie immerhin geschlafen. Ennia noch ein paar mehr, wie es schien. Die roten Haare ihrer Schwester lagen breit gefächert auf dem weißen Kissen, der Rest war unter der Decke vergraben.

Sie mussten wohl bald aufstehen und sich bereit machen für den Tag. Wie würde es mit Andy weitergehen? Sie hatte überhaupt keine Lust, sich von ihm zu trennen. Es war lange her, seit sie sich zu einem Mann so hingezogen gefühlt hatte. Sie kletterte wieder hinunter und setzte sich auf die Kante seines Betts. Er öffnete die Augen und lächelte sie an.

«Guten Morgen», flüsterte er, es war im lauten Zug kaum zu hören. Er griff nach ihrer Hand, schob seine Finger in ihre. «Ich weiß, das ist verrückt. Aber ich würde dich so gerne küssen.»

«Dann tu es doch», erwiderte sie lächelnd. Es war in der Tat verrückt. Beinah wirkte er schüchtern. Sie streichelte mit einer Hand über seine Wange, sein Ohr, seine dichten, hellen, verstrubbelten Haare. Sie saß noch immer auf der Bettkante. Diese verflixte Pritsche war so schmal.

Er beugte sich zu ihr vor, sie kam ihm entgegen und kurz darauf trafen ihre Lippen auf seine. Ganz vorsichtig berührten sie sich, sie spürte seine weichen, vollen Lippen, dann ganz vorsichtig die Zunge. Der Kuss war sanft, zärtlich, liebevoll. Er hatte nichts Forderndes, keine Ansprüche. Es gab Küsse und Küsse – manche passten einfach, andere musste man üben. Dieser gehörte zur ersten Kategorie.

« Das ist mir noch nie passiert », flüsterte er in ihr Ohr. « Ich kann es nicht fassen. » Und dann küsste er sie erneut. Es fühlte sich einfach schön an. Und: richtig.

« Nora? Nora, wo bist du? » Die Stimme ihrer Schwester ertönte und Nora riss sich los. Dabei wäre fast ihr Kopf gegen das obere Bett, in dem Ennia lag, geknallt.

« Ich bin hier unten. Wollte gerade zur Toilette gehen », antwortete sie hastig und sprang auf. Andy ließ ihre Hand nicht los und grinste sie frech an. Mistkerl, dachte Nora, während sie ihn herausfordernd anfunkelte. Doch in seinen Augen sah sie pure Liebe.

« Wir müssen uns langsam umziehen », raunte Ennia verschlafen. « Es ist schon fast sieben. Hast du gut geschlafen? »

Hoffentlich bemerkte ihre Schwester nicht, dass ihre Decke unbenutzt war. Wobei sie Ennia später eh alles erzählen würde. Sie riss sich los, schnappte sich ihre Klamotten und ihr Necessaire und stürmte aus dem Schlafwagen.

***

Als sie wieder zurückkam, war Andy weg. Ihr stockte der Atem. Sein Gepäck war noch da, vor allem diese auffällige, gelbe Ledertasche, die am Fußende des Betts lag. Was sich wohl darin befand? Andy hatte noch einen schwarzen Rucksack dabei. Der Zug befand sich in voller Fahrt und Andy war bestimmt nicht rausgesprungen.

«Frühstück ist fertig», hörte sie wenig später eine tiefe Stimme sagen. Die Tür sprang auf und Nora zur Seite, weil sie sonst davon getroffen worden wäre. Andy stand da – er balancierte ein Tablett auf seinen Händen. Er trug jetzt ein dunkelblaues Shirt und eine beige Kakihose. Dazu Flipflops. Seine Haare standen noch immer in alle Richtungen – allerdings nicht mehr so wirr wie in der Nacht, es sah gewollter aus. Und richtig süß, wie Nora zugeben musste. Es kribbelte in ihrem Bauch.

Sie selbst hatte sich ein bequemes, graues Kleid aus Baumwolle angezogen, dazu weiße Turnschuhe. Die Haare hatte sie zu einem hohen Pferdeschwanz gebunden. Eine praktische Reisefrisur, die ihr zudem gut stand. Sie hatte ihre goldene Brille weggepackt und stattdessen ihre Linsen eingesetzt. Zum Reisen war die Brille einfach unpraktisch – vor allem bei hellem Sonnenschein. Ihre Sonnenbrille prangte auf dem Kopf. Sie packte ihre Sachen aus der Nacht zusammen und stopfte sie in ihren Rucksack.

«Ich habe Kaffee und Brötchen geholt», verkündete Andy. Ennia hatte schneller reagiert und den Tisch, der sich zwischen den unteren Betten befand, heruntergeklappt.

«Das ist ja lieb», meinte sie, während Andy das Tablett auf dem Tisch abstellte. «Ich habe richtig Hunger. Wo hast du denn das alles her?»

Nora schaute ihre Schwester an, die eine kurze Jeans und ein schwarzes Tanktop trug. Ihre roten Haare hatte sie zu einem hohen Dutt geknotet. Ennia war zweifellos eine Schönheit. Doch Andy hatte nur Augen für sie, Nora. Warum wohl?

«Aus dem Speisewagen», antwortete er, nachdem er seinen Blick von Nora abgewendet hatte. Er räusperte sich.

«Was läuft da zwischen euch?», wollte Ennia plötzlich wissen. Sie stellte die Frage an Nora gewandt auf Deutsch und griff nach einem Brötchen. Der Zug ruckelte und zuckelte aufgeregt seinem Ziel entgegen. Bald waren sie da. Nora fragte sich, wie es wohl weitergehen würde. Sie hatte nicht mal Andys Nummer.

«Was meinst du?», fragte sie scheinheilig und musste sich zwingen, nicht in Andys Arme zu fallen. Sie musste eigentlich keinen Zirkus darum machen – offensichtlich fanden sie sich gegenseitig toll und hatten daher eine schöne, spezielle Nacht verbracht. Sie entschloss sich dazu, mutig zu sein, und setzte sich neben Andy aufs Bett, der dazu übergegangen war, Kaffee in die Pappbecher zu füllen.

Andy legte einen Arm um sie und gab ihr einen Kuss auf die Stirn.

«Wir konnten nicht schlafen», erklärte Nora ihrer Schwester nun auf Englisch. «Also haben wir geredet und uns kennengelernt. Und gemerkt, dass wir uns … mögen.»

«Wow!», meinte Ennia erstaunt. «Und das alles, während ich geschlafen habe?»

Andy war ungewöhnlich still, er wirkte nachdenklich und auch etwas blass. Kein Wunder, er war ja kaum zum Schlafen gekommen.

Schweigend frühstückten die drei und Nora wurde immer nervöser. Warum fragte er sie nicht nach ihrer Nummer? Warum war er so still? Er hielt sie weiterhin fest umklammert, wollte sie nicht gehen lassen. Sie konnte spüren, wie der Zug langsam abbremste, der Blick aus dem Fenster zeigte, dass sie in den Wiener Hauptbahnhof einfuhren. Mit einem lauten Quietschen kam der Zug zum Stillstand.

Andy packte sie. Er küsste sie fest auf den Mund.

«Du bist etwas ganz Besonderes, Nora», flüsterte er. «Das, was diese Nacht passiert ist, das war echt. Für mich. Aber ich kann nicht … Es tut mir leid.»

Er sprang auf, schnappte sich seinen schwarzen Rucksack und die ominöse gelbe Tasche, öffnete die Tür und eilte aus dem Schlafwagen. Nora saß wie angewurzelt auf dem Bett, doch Ennia hastete ihm nach. Nach ein paar Sekunden kam sie zurück.

«Er ist weg. In der Menge des Bahnhofs untergetaucht. Komm, nimm deinen Rucksack. Wir müssen hier raus.»

Ennia bugsierte eine völlig konsternierte Nora und zwei schwere Rucksäcke aus dem Zug. Dass die Reise so beginnen würde, damit hatte keine von ihnen gerechnet.

9

PAXX-Graffiti an Brandenburger Tor wie durch Zauberhand verschwunden

Das vor wenigen Tagen auf das Brandenburger Tor in Berlin gesprayte Bild des Streetart-Künstlers PAXX ist wieder weg. Es bleibt rätselhaft, wie der Künstler das Bild unsichtbar werden ließ. Kunstexperten aus aller Welt spekulierten zuvor, aus welchem Grund PAXX ein denkmalgeschütztes Bauwerk als Untergrund für seine Botschaft gewählt hatte. Normalerweise nutzt der weltbekannte Künstler weniger bekannte Bauten für seine Graffitis. Wegen Verstoßes gegen den Denkmalschutz begann auch die Polizei gegen PAXX zu ermitteln. Das Graffiti ist nun jedoch restlos verschwunden, versichern Experten. Man habe keinerlei Rückstände finden können. Noch ist unklar, ob die Ermittlungen infolgedessen fallengelassen werden. Die Kunstexperten waren in heller Aufregung gewesen – schon seit mehreren Monaten war kein neues Gemälde von PAXX mehr aufgetaucht. Die Bilder haben teilweise einen Wert von mehreren Zehntausend Dollar. Das in Berlin gefundene Graffiti zeigte die Skyline der Stadt, aus der Rauch emporstieg. Experten hatten gerätselt, was es damit auf sich hatte, zumal das Besprayen des Brandenburger Tors natürlich illegal ist.

Es ist nach wie vor unklar, wer hinter dem Pseudonym PAXX steckt. Kunstexperten aus aller Welt bemühen sich, die Identität zu lüften – es wird ein Schweizer Künstler hinter dem Namen vermutet. Andere gehen hingegen von einer Frau oder einem Kollektiv aus. PAXX' Werke sind stets gesellschaftskritisch und thematisieren aktuelle globale Krisen. Es ist zu erwarten, dass PAXX das Rätsel um das verschwundene Bild in Berlin bald selbst aufklären wird.

10

«Was soll diese Scheiße?»

«Nora, ich habe keine Ahnung. Aber du lässt dir von diesem Idioten jetzt nicht am ersten Tag die Reise verderben.»

Die Schwestern liefen Seite an Seite in Richtung Hotel, das sich nicht weit entfernt vom Bahnhof befand. Sie hatten versucht, zentrale Hotels zu buchen, damit sie nicht auf Taxis oder Busse ausweichen mussten. Das hatte aber nicht immer funktioniert. Sie wollten ihr Gepäck dort deponieren und dann erste Teile der Stadt erkunden. Noras Laune, Abenteuerlust und Vorfreude waren im Keller. Wie hatte sie sich von diesem Idioten nur so täuschen lassen können? Sie hatte geglaubt, das, was in der Nacht passiert war, sei etwas Besonderes.

Sie musste ihre Enttäuschung überwinden, sich auf das Abenteuer einlassen. Einen interessanten Mann daten, die Stadt entdecken. Und diesen Andy vergessen. Was bedeutete schon eine einzige Nacht? Und es war ja noch nicht einmal etwas passiert.

«Du hast recht, Ennia. Ich werde mir von dem Idioten nicht die Reise vermiesen lassen.» Sie holte ihr Smartphone aus der Tasche. «Lass mich mal sehen, wen ich hier so treffen könnte.»

***

Nora fühlte sich müde und matt, regelrecht enttäuscht. Sie konnte sich das alles nicht erklären. Am liebsten hätte sie sich im Hotel direkt ins Bett gelegt und wenigstens ein paar Stunden geschlafen. Allerdings war das Zimmer noch nicht bereit und so mussten die Schwestern sich schon am frühen Morgen auf den Weg machen, die Stadt zu erkunden.

«Lass uns zuerst zum Naschmarkt gehen», bat Ennia. «Ich habe richtig Hunger. Und den muss man am frühen Morgen sehen, wenn die ganzen Köstlichkeiten noch frisch sind.»

Der Markt war jeden Tag geöffnet. Es befanden sich zudem viele Restaurants und Cafés auf der belebten Straße. Das Angebot war reichlich: Obst, Gemüse, Backwaren, Fisch, Fleisch und internationale Spezialitäten. Ennia probierte sich durch die Marktstände, kaufte hier ein Süßgebäck, da eine Tüte Beeren und dann noch einen Smoothie.

«Es ist mir egal, wenn ich fünfzehn Kilo zunehme», erklärte sie, während sie in ein Hörnchen biss. «Ich werde diese Zeit einfach genießen.»

«Recht hast du», antwortete Nora betrübt. «Mir ist nur der Appetit vergangen.»

Ennia lachte. «Eigentlich habe ich gedacht, ich wäre diejenige, die mit Liebeskummer reist.»

«Haha.»

«Komm, Nora, es war nur eine Nacht und der Typ ist ein Idiot. Du wirst einen besseren finden.»

Nora wusste, dass ihre Schwester recht hatte – aber so was hatte sie schon lange nicht mehr gefühlt. Ihre Begegnung war von Bedeutung gewesen. Das wusste sie. Aber es hatte keinen Sinn – Andy war weg. Sie hatte keine Chance, ihn irgendwie ausfindig zu machen, dafür wusste sie zu wenig über ihn. Außerdem wollte er das auch gar nicht. Sie musste sich auf die Reise konzentrieren. Sie würde so viel für sie bereithalten.

«Ich mag auch eins haben», meinte Nora nun und stellte sich in die Schlange des Stands.

Später schlenderten sie durch die Innenstadt, besuchten den Stephansdom und seine Krypta, von der vor allem Ennia fasziniert war. Nora konnte den ganzen adeligen Toten nicht viel abgewinnen.

«Komm besser hier rauf», bettelte sie stattdessen.

Wieder etwas zuversichtlicher erklomm sie die über 300 Treppenstufen zum Südturm, während Ennia hinter ihr schnaufte wie eine alte Dampflok.

«Du solltest mehr joggen», frotzelte Nora. Auf einmal fiel ihr ein, dass sie seit ein paar Stunden nicht mehr an Andy gedacht hatte. Sie verdrängte den Gedanken sofort wieder, was in diesem Moment nicht sonderlich schwierig war.

«Wow!»

Wien lag ihr zu Füßen. Die Sonne stand um diese Uhrzeit, am späten Nachmittag, bereits tief am Himmel und verbreitete ihr orangegelbes Licht auf den Dächern der Stadt. Die wenigen Schleierwolken am Himmel waren violett gefärbt. Nora wischte eine dunkle Strähne aus ihrem Gesicht und zog ihre Kamera aus dem Rucksack. Sie hatte das wenige Fotoequipment in ihren Rucksack gestopft, wo sich auch Portemonnaie, Wasserflasche und Sonnencreme befanden. Sie wühlte weiter, um auch ihr Weitwinkelobjektiv zu finden, das sich für eine Aufnahme der Stadt besser eignete.

«Das ist ja Wahnsinn», meinte nun auch Ennia, die neben sie getreten war und ein Foto mit ihrem Smartphone schoss.

«Komm, wir machen ein Selfie», meinte Nora und stellte sich direkt neben Ennia ans Geländer. Ennia drückte einige Male auf den Auslöser.

«Das können wir gleich Mama und Papa schicken.»

Nora machte endlich ihre Aufnahmen von Wien von oben.

«Komm, ich möchte unten noch ein paar Bilder machen. Das Licht ist jetzt perfekt.»

«Dass du immer so hetzen musst», lachte Ennia, die den Fotofimmel ihrer kleinen Schwester kannte. Sie folgte ihr über die Treppe nach unten zurück auf die Straße.

Nora wollte jede Stadt in einer Fotoreportage festhalten – Sehenswürdigkeiten genauso wie kleine Details von der Stadt, ein Türschild, ein spezieller Stein am Boden, ein Restauranttisch oder eine lokale Köstlichkeit.

«Ein ehemaliger Kollege schreibt mir gerade, er arbeitet jetzt hier in Wien», erklärte Ennia mit Blick auf ihr Smartphone. «Ah», machte Nora, während sie die Mariahilfer Straße hinunterflanierten und sie da und dort auf den Auslöser drückte. «Mist», fluchte sie dann und rubbelte mit der Papierserviette an dem schwarzen Fleck herum, der sich auf ihrem weißen Shirt gebildet hatte. «Eine Taube hat mich erwischt.»

«Das bringt Glück», scherzte Ennia. «Er fragt, ob wir mit in den Prater gehen heute Abend. Er käme mit einem Freund.»

«Wie kommt er darauf, dass du hier bist?»

«Story», erklärte ihre Schwester zu Noras Verwunderung.

«Seit wann stehst du auf Social Media?»

«Das war hier bei WhatsApp», antwortete Ennia. «Komm, das ist doch eine gute Gelegenheit. Peter ist echt nett und wir könnten die Dates für Wien schon abhaken.»

Nora hatte sowieso keine Lust auf Tinder und Flirten – nach der Pleite mit Andy. Sie blickte auf ihre Armbanduhr. Es war schon nach zwanzig Uhr und sie hatte Kohldampf. «Ginge es bei den beiden auch morgen? Ich bin hundemüde, ich verhungere und bin vollgeschissen. Bis ich umgezogen bin und wir was gegessen haben, ist es schon super spät.»

«Heute ist aber Samstag. Morgen ist Sonntag und die müssen am Montag wieder arbeiten.»

«Dann am späteren Nachmittag. Riesenrad im Abendlicht – romantischer geht gar nicht. Versteh mich nicht falsch. Wir können nicht in Wien sein und nicht in den Prater gehen. Ich möchte da unbedingt hin. Und am Sonntag ist das eh noch toller, weil sicherlich sonst nicht so viel läuft.»

«Ich frage», gab Ennia schließlich seufzend nach.

«Danke, Schwesterherz. Dafür lade ich dich auch auf ein Schnitzel ein.»

11

Nora war froh, als sie an diesem Abend endlich im Bett lag. Es war eine lange Nacht gewesen und ein ereignisreicher Tag, an dem sie kaum Zeit gehabt hatte, nachzudenken. Sie wusste, dass die Nacht mit Andy etwas bedeutet hatte. Nicht nur ihr. Warum war er einfach abgehauen? War er selbst überrumpelt gewesen von der Intensität dieser Begegnung und hatte Angst bekommen? Fakt war: Sie wusste nichts über ihn und sie würde ihn nie wiedersehen. Und genau darum musste sie ihn vergessen und sich auf ihre Reise konzentrieren. Sie wusste, dass sie sich verlieben konnte – wenn der Richtige kam. Und das würde wieder passieren, ganz bestimmt.

Am nächsten Morgen fühlte sie sich tatsächlich fitter und nicht mehr ganz so matt und traurig. Es war nur eine Nacht gewesen, was konnte so was schon bedeuten? Ennia schlief noch tief und fest. Sie beneidete ihre Schwester um ihren gesunden Schlaf. Sie war noch nicht mal dreißig und hatte schon Schlafprobleme wie eine alte Frau. Hauptgrund dafür war ihr Kopfkarussell, das sich zu drehen begann, kaum lag sie irgendwo in der Horizontalen und schloss ihre Augen.

Sie hatte sich angewöhnt, Meditationsübungen zu machen, die ihr halfen, ihre Konzentration auf den Schlaf zu lenken. Das funktionierte in der Regel gut, so auch in dieser Nacht. Trotzdem war sie jetzt schon wach, während Ennia den Schlaf der Gerechten schlief. Sie wollte ihre Schwester nicht aufwecken und griff deshalb zu ihrem Handy. Sie liebte es, frühmorgens die Nachrichten zu checken, und las sich deshalb durch ihre liebsten News-Seiten.

«Neues PAXX-Graffiti in Wien entdeckt», las sie auf der Titelseite. Sie klickte den Artikel an. Als Kunstredakteurin war sie fasziniert von diesem Künstler, über den keiner etwas wusste. Sie hatte noch nie ein PAXX-Bild live gesehen und wusste, dass sie so schnell wie möglich dorthin musste. «An der Hinterwand des Stephansdoms», «Motiv zum Thema Klimawandel – wie in Berlin». Am Stephansdom? Der Kerl musste verrückt sein, dachte Nora. Wer auch immer PAXX war – das war ein arges Risiko. Was bezweckte er damit? Sie musste das Bild unbedingt sehen.

Es war kurz vor halb neun. Sollte sie sich einfach rausschleichen? Sie betrachtete liebevoll den roten Schopf ihrer Schwester, der auf dem Kissen lag, der Rest von ihr war unter der weißen Decke begraben. Wie man bei diesen Temperaturen bloß so eingemummelt schlafen konnte?

Nora band sich ihr Haar zu einem hohen Dutt, sie schlüpfte in ein schwarzes Kleidchen und in ihre geliebten schwarzen, ausgetretenen Chucks, schnappte sich ihren Rucksack und verließ leise das Zimmer. Sie tippte kurz eine Nachricht, um Ennia mitzuteilen, wo sie war.

Wenn sie nur den Stephansdom wiederfand. Das Hotel war nicht weit davon entfernt, das wusste sie. Aber Ortskunde war nicht ihre Stärke.

Sie trug ihre Brille mit dem Goldrand und bereute es schon bald. Die Sonne blendete bereits zu dieser frühen Stunde. Nachher musste sie auf ihre Kontaktlinsen wechseln und die Sonnenbrille aufsetzen. Sie hasste es, wenn ihre Augen im hellen Sonnenlicht tränten.

Den Dom fand sie schneller als erwartet. Und auch das Bild. Obwohl sie es nicht sehen konnte. Denn vor der Mauer stand bereits eine riesige Menschentraube. Wow, dachte Nora. Sie hatte geglaubt, um diese Tageszeit allein unterwegs zu sein. Noch dazu an einem Sonntag. Zudem war das Bild ja erst vor ein paar Stunden entdeckt worden. PAXX hatte es wohl in der Nacht an die Mauer gesprayt. War die Kirche nicht bewacht?

Nora drängte sich in die Traube. Irgendwann mussten die Leute das Bild ausreichend bestaunt haben und Platz für die Neuankömmlinge machen. Sie bereute, keine Sonnencreme eingepackt zu haben. Das würde rote Schultern geben. Inzwischen war sogar bestimmt schon Faultier Ennia wach.

Es dauerte eine geschlagene Viertelstunde, bis Nora endlich in Sichtweite des Graffitis gedrängt wurde. Sie war inmitten der Meute und konnte kaum vor noch zurück. Die Leute, die das Bild gesehen hatten, bogen vorne nach links und rechts ab und die hinteren rückten nach. Das war crazy – als wäre sie bei einem Konzert von Justin Bieber.

Das Graffiti war typisch PAXX. Es war quadratisch angelegt und – so schätzte Nora – nicht ganz zwei mal zwei Meter groß. Es war nur in schwarzer Farbe aufgesprayt. PAXX überzeugte weniger durch einen bestechenden künstlerischen Stil, sondern mehr durch seine stets treffende Gesellschaftskritik. Das machte seine Kreativität aus. Wie man mit so wenig Aufwand so viel ausdrücken konnte, beeindruckte Nora.

PAXX hatte eine Bergwelt erschaffen, passend zu einem Land wie Österreich, und thematisierte die Gletscherschmelze durch die Klimaerwärmung. Er hatte die dunkleren Flecken an der Mauer sauber ins Bild integriert, sodass ein 3-D-Effekt entstand. Sie wäre gerne mit dem Finger darübergefahren, traute sich aber nicht, das Kunstwerk zu berühren.

Nora zog ihre Kamera aus dem Rucksack und machte ein paar Bilder. Sie überlegte kurz, diese an ihre Chefin zu schicken – doch das machte wenig Sinn. Das Magazin war in der Sommerpause und es gab bestimmt schon Tausende Fotos bei den Bildagenturen.

«Macht mal vorwärts!», rief die Meute hinter ihr. Sie hätte kommen sollen, wenn der ganze Rummel vorbei war.

Sie hatte das Graffiti aber ausgiebig bestaunt und es sprach daher nichts dagegen, den anderen Schaulustigen Platz zu machen. Unglaublich, wie viel Rummel und Medienresonanz PAXX' Kunstwerke auslösten. Und dass bisher keiner herausgefunden hatte, wer hinter dem Pseudonym steckte. Viele seiner Kunstwerke waren eher klein – manchmal nur ein paar Zentimeter. Dagegen war dieses hier fast schon überdimensional groß.

Sie bewegte sich zur Seite, von der Meute weg, als sie einige Frauen und Männer erkannte, die die Menschen zur Seite drängten. In kurzer Zeit spannten sie eine Abgrenzung um die Mauer, wo sich das Graffiti befand. «Zurücktreten!», riefen sie. «Nicht berühren!» Die Stadt Wien musste Kunstexperten ausgeschickt haben, dachte Nora. Verrückt, welchen Zirkus die Menschen um diese Bilder machten.

Sie machte sich auf den Weg zurück ins Hotel, allerdings nicht ohne noch den einen oder anderen Schnappschuss festzuhalten. Abseits des PAXX-Trubels war es um diese Uhrzeit in Wien tatsächlich noch sehr ruhig. Sie atmete tief ein und sog die Stadt in sich auf. Wien. Es war interessant, wie anders jede Stadt, die sie sah, doch war. Und jede war auf ihre Weise wunderschön.

Nora liebte Details. Ein Schild an einem Ladenlokal, eine Topfpflanze, der Eingang eines herrschaftlichen Hauses, ein schön gedeckter Tisch in einem Restaurant. Details, die das Flair der Stadt wiedergaben. Das Licht war um diese frühe Uhrzeit auch noch richtig schön.

Langsam hatte Nora aber Hunger und Ennia hatte schon etwa dreimal auf ihrem Handy angerufen – und so machte sie sich dann doch auf den Weg zurück ins Hotel.

12

Sein Herz machte einen kleinen Hüpfer, als er sie erblickte. Am liebsten wäre er zu ihr gegangen und hätte sie in seine Arme geschlossen. Sie stand am Stephansdom und betrachtete das Graffiti. Er hätte nicht gedacht, dass er sie in einer so großen Stadt wie Wien noch einmal wiedersehen würde.

Als er sie entdeckt hatte, war er ums Eck im Schatten verschwunden und hatte dann vorsichtig um die Hausecke gelinst. Nora interessierte sich tatsächlich für Kunst. Das hatte sie zwar schon erzählt, doch nun konnte er sehen, dass sie es auch so gemeint hatte. Das machte sie in seinen Augen gleich noch besonderer. Nora aus der Schweiz. Ob er sie später wiederfand? Jetzt war der falsche Zeitpunkt, das war ihm klar. Zumindest in seinem Kopf. Sein Herz pochte wie verrückt und war offenbar anderer Meinung.

Am liebsten wäre er auf sie zugerannt. Doch dann hätte er auch gleich bei ihr bleiben und ihr die Schmach seines plötzlichen Verschwindens ersparen können. Wobei sie nicht so aussah, als würde sie ihn vermissen. Es war doch Blödsinn, so zu denken. Warum sollte sie wochenlang um ihn trauern – nach einer Nacht? Und dann war er auch noch abgehauen. Sie musste eine große Wut auf ihn haben, dachte er. Ein Gedanke, der ihn traurig machte.

Es geht nicht, schalt er sich noch einmal. Es geht jetzt einfach nicht. Er steckte sein Handy, das er in der Hand gehalten hatte, in den schwarzen Rucksack und lief in die entgegengesetzte Richtung davon.

13

Die Tropfen rannen über ihre Stirn, als sie in das mit Butter und Honig bestrichene Brötchen biss. Sie griff nach der Papierserviette, um sich abzutupfen. Die Schwestern saßen auf der Hotelterrasse. Ennia hatte Nora ihren kleinen Exkurs nicht übel genommen.

«Boah, ist das eine Hitze. Es sollen fast vierzig Grad werden heute. Dabei ist es erst Juni. Die Hitzetage starten immer früher und es werden immer mehr. Und dann sagen die Leute noch, der Klimawandel sei nur eine abstruse Behauptung einiger verrückter Wissenschaftler.»

«Wir tun doch, was wir können. Wir essen kein Fleisch und wir wären mit Flugzeug und Auto viel schneller unterwegs. Zudem kaufen wir gebrauchte Kleidung.»

«Wir reisen aber. Am ökologisch sinnvollsten wäre es, wenn dir da blieben, wo wir sind. Unseren Bewegungsradius möglichst klein halten. Das wird man wohl selbst von der klimabewusstesten Jugend nicht verlangen können. Wir sind jung und wollen die Welt entdecken. Ich weiß nicht, ob man uns das vorwerfen kann. Es ist nur die Frage, wie wir es tun.»

Nora biss in ein Apfelstück, das sie sich vom Buffet geholt hatte.

«Was wir tun, reicht nicht. Alle müssen mitmachen. Ich wünschte, meine Stimme wäre lauter. Ich finde es großartig, was dieser PAXX macht. Seine neuesten Graffitis drehen sich um das Thema Klimawandel und seine Stimme ist richtig laut. Ich hoffe, er wird damit ein paar Leute erreichen.»

«Das Bild in Berlin ist ja wieder weg», warf Ennia ein.

«Keine Ahnung, was er sich dabei gedacht hat. Aber bei PAXX macht am Ende meist alles irgendwie Sinn. Warten wir mal ab.»

«Bist du sicher, dass du zum Schloss Schönbrunn möchtest?», fragte Ennia nun, während sie zuschaute, wie sich Nora erneut mit der Serviette den Schweiß von der Stirn tupfte.

«Was wäre denn deine Idee?»

«Na, baden natürlich. Irgendwo ins kühle Wasser springen. Wir haben ja keine Eile. Wir können auch morgen noch zum Schloss.»

«Du bekommst noch ganz viel Strand und Meer», entgegnete Nora grinsend, war der Idee aber nicht abgeneigt. «Und wo möchtest du baden?»

«Ich habe mal ein bisschen recherchiert, als du auf PAXX' Spuren gewandelt bist. Es gibt einige schöne Badeseen und auch ein Strandbad an der Alten Donau.»

«Alte Donau klingt toll. Also gut, überredet, gehen wir dort schwimmen.»

«Du hast schon einen Sonnenbrand, meine Liebe. Du musst ein bisschen aufpassen.»

«Jawohl, Frau Doktor.»

«Ich will dir nur helfen.»

«Ich bin blöderweise vorhin ohne Sonnencreme los. Ich hatte nicht damit gerechnet, dass ich so lange in der Schlange stehen muss, und es hat schon so runtergebrannt.»

«Wir suchen uns ein Plätzchen im Schatten.»

«Das ist für einen Käse wie dich ohnehin besser», witzelte Nora, und Ennia streckte ihr die Zunge heraus. Natürlich war Ennia bleich mit ihren roten Haaren und den Sommersprossen. Nora wunderte sich indessen über ihren Sonnenbrand. Normalerweise verbrannte ihre ohnehin gebräunte Haut nicht so rasch. Ein weiteres Zeichen dafür, wie intensiv und unbarmherzig die Sonne geworden war.

«Frag doch mal die Jungs, ob sie auch mit baden kommen wollen, und dann fahren wir danach zum Prater?»

«Ich schreibe Peter mal. Nette Gesellschaft kann ja nicht schaden.»

***

Peter und sein Freund Finn entpuppten sich zwar als nett und höflich – allerdings wirkten sie auch etwas unbeholfen. Nora hatte Mühe, mit den beiden ins Gespräch zu kommen. Sie waren beide Ärzte und kannten kaum andere Themen. Es war nicht so, dass Nora die Medizin gänzlich uninteressant fand – im Wiener Prater und auf dem nostalgischen Riesenrad aus dem Jahr 1897 hätte sie sich jedoch gerne über etwas anderes unterhalten als über Techniken, mit denen die Haut für eine Operation aufgeschlitzt werden konnte.

Nora hörte also nur mit halbem Ohr hin, während sie den Sonnenuntergang über Wien vom Riesenrad aus mit der Kamera festhielt. Ihre Gedanken schweiften ab – zu Andy. Immer wieder versuchte sie sich das Geschehene kleinzureden. Es war nur eine Nacht gewesen. Es war ja nichts passiert. Ihr Herz hatte sich bloß verirrt. Es begann sofort viel stärker zu pochen, wenn sie nur an Andy dachte. Er hatte etwas in ihr ausgelöst, das sie lange nicht mehr erlebt hatte. Vielleicht sogar noch nie ... Sie hatte sogar versucht, ihn zu googeln. Doch ohne Erfolg. Sie kannte nicht mal seinen Nachnamen. Es gab ein paar Kunstdozenten in England, die Andy oder Andrew hießen, doch keiner sah annähernd so aus wie der Typ aus dem Schlafwagen. Andy musste gelogen haben – entweder bei der Angabe seines Namens oder bei der seines Berufs. Und beides sprach nicht sehr dafür, dass sie ihn unbedingt wiedersehen sollte. Am wenigsten sprach dafür, dass er sie sitzen gelassen hatte. Sie durfte sich von diesem Idioten wirklich nicht so runterziehen lassen.

Das Verrückte war: Etwas in ihr glaubte, sein Weglaufen sei spontan geschehen. Aus einer Laune heraus, ungeplant. Nora glaubte gar, Andy hatte das nicht gewollt. Er hatte vielmehr nicht anders gekonnt.

«Noooooraaaaaaa!»

Sie blickte auf, blinzelte und sprang dann so schnell sie konnte aus der Gondel des Riesenrads. Hatte sie doch glatt ihren Ausstieg verpennt.

Zu viert bummelten sie durch den Prater, während sich Peter und Finn angeregt mit Ennia unterhielten. An dem ein oder anderen Fahrgeschäft verweilten sie und später aßen sie in einem der zahlreichen Restaurants zu Abend. Das Thema Medizin begleitete sie die ganze Zeit über und Nora verlor immer wieder den Anschluss.

Die drei anderen schienen sich jedoch prächtig zu amüsieren und so hakte sie innerlich einfach das Treffen als erstes Date der Reise ab, irgendwie erlöst darüber, nicht nach einem nächsten Treffen suchen zu müssen. Sie hoffte, die fünf nächsten würden prickelnder werden. Sie wusste auch, dass sie sich auf ein, zwei Dates wirklich einlassen musste. Nur schon deshalb, um das Debakel mit Andy aus dem Kopf zu bekommen.

***

Ennia wollte sich am nächsten Tag unbedingt noch einmal mit Finn treffen, der es ihr – zu Noras Überraschung – richtig angetan hatte. Sie hatte ihn eher langweilig gefunden – allerdings war ihre Ansicht nicht ganz repräsentativ, sie war schließlich keine Ärztin. Finn hatte dafür sogar extra seinen Dienst getauscht.

So machte sie sich auf, noch einmal das PAXX-Graffiti zu betrachten. Vielleicht waren an diesem Tag weniger Leute da.

PAXX faszinierte sie schon seit geraumer Zeit. Sie folgte ihm auch in den sozialen Medien. Sie fand es immer wieder erstaunlich, wie er mit so wenigen Mitteln stets ins Schwarze traf.

Es interessierte sie noch nicht einmal, wer dahintersteckte. Vielmehr fand sie es cool, dass er (oder vielleicht war es auch eine Sie) sich für die wichtigen Themen der Welt einsetzte – und eben auch gehört wurde. Man nannte diese Mitteilungsart «Kommunikationsguerilla».

Nora würde gerne mal eine Ausstellung von PAXX besuchen, die er ab und zu selbst organisierte. Er nahm in unregelmäßigen Abständen auch Auftragsarbeiten an, etwa für wohltätige Organisationen. Es gab sogar Versteigerungen von PAXX-Graffitis, bei denen die Besitzer der besprayten Mauern die ausgelösten Wandteile verkauften. Womöglich hatte PAXX bekannte Objekte für seine Klimawandelgemälde gewählt, weil diese nicht so einfach herausgebrochen werden können?

Zu Noras Überraschung standen noch immer sehr viele Leute um das Graffiti herum. Die besprayte Mauer des Doms war noch immer großzügig abgesperrt, schwarz gekleidete Mitarbeiter einer Sicherheitsfirma standen hinter den Absperrungen und hielten die Schaulustigen davon ab, dem Gemälde zu nahe zu kommen. Ein paar Frauen und Männer – Nora schätzte sie als Kunstexperten ein – wuselten im abgesperrten Bereich herum und machten Fotos und tippten emsig in ihre Computer.

Es gab immer wieder investigative Journalisten und sogar ganze Ermittlerteams, die versuchten, PAXX' Identität zu lüften. So kursierten einige Theorien, wer hinter dem Pseudonym stecken könnte, teils sogar mit Beweisführungen, aber die Bestätigung der Theorien blieb letztlich immer aus. PAXX schaffte es, unerkannt zu bleiben.

Inzwischen hatte er seine Graffitis schon auf der ganzen Welt verteilt, doch hauptsächlich konzentrierte er sich auf Europa. In Zeiten des Klimawandels war es natürlich auch für ihn schwierig, nach Übersee zu reisen. Zumindest, wenn er sich für das Thema Klimawandel interessierte, wovon Ennia nach den Graffitis in Berlin und Wien ausging. Er müsste dafür wochenlang unterwegs sein, womöglich auf Segelschiffen, wie die junge Klimaaktivistin Greta Thunberg, die 2019 mit dem Segelschiff zur UNO-Versammlung nach New York gereist war, um ihren ökologischen Fußabdruck so klein wie möglich zu halten. Man konnte nicht glaubwürdig auf den Klimawandel aufmerksam machen und sich für den Klimaschutz einsetzen und dann mit dem Flugzeug von Stadt zu Stadt jetten. Vor ein paar Jahren, als der Klimawandel noch kein so großes Thema war, tauchten seine Graffitis in New York, Tokio und sogar Sydney auf.

Nora kam nicht näher an das Bild heran als am Vortag, es war sogar eher schwieriger geworden. Somit musste sie sich mit den Fotos begnügen, die sie bereits hatte. Sie machte sich auf den Weg zum Schloss Schönbrunn, wo sie das Gebäude selbst, aber auch die riesigen, wunderschön angelegten Gärten besuchen wollte. Und auch ein Rundgang durch den angrenzenden Tierpark stand auf ihrer To-do-Liste.

Die Schwestern blieben noch zwei weitere Tage in der österreichischen Hauptstadt. Aus der Zeitung erfuhr Nora, dass inzwischen auch das Wiener PAXX-Graffiti spurlos verschwunden war. Nora wollte sich unbedingt das Wandstück noch einmal ansehen, das weiterhin abgesperrt war. Von dem Bild war tatsächlich nichts mehr zu erkennen.

Ennia hatte indessen herausgefunden, dass Finn Frau und Tochter zu Hause sitzen hatte, und verlor somit die Lust auf weitere Treffen mit ihm. «Schon wieder so ein Mistkerl», schimpfte Ennia, als sie im Hotel ihre Sachen packten. «Sind denn alle Männer betrügerische Schweine?»

Nora bedauerte ihre Schwester. Die erste Erfahrung nach der Trennung von Daniel hätte wirklich nicht so enden müssen.

Ennia hatte ihr Kleid, das sie im Begriff zu falten gewesen war, auf das Bett fallen gelassen, sich selbst daraufgesetzt, ihr Gesicht in ihren Händen vergraben und bitterlich angefangen zu weinen.

Nora setzte sich neben sie und nahm sie in die Arme. Sie wusste, dass Ennia nicht um diesen Finn weinte, sondern um Daniel – und auch ein bisschen um ihretwillen, dass jemand, den sie geliebt hatte, so mies mit ihr umgegangen war.

Am liebsten hätte Nora gleich mitgeheult, während sie an Andy dachte. Viel schlimmer hätte die Reise wirklich nicht beginnen können.

«Ich hätte auch nicht gedacht, dass dieser Finn so drauf sein könnte. Und es tut mir leid, dass es dir die Freude an den Dates geraubt hat. Ich bin überzeugt, dass das eine Ausnahme war, ganz sicher», meinte Nora, die sich damit auch ein bisschen selbst zu trösten versuchte. Nein, Wien hatte in Sachen Dates nicht viel für sie beide übriggehabt.

Und so verließen die Schwestern Österreich – begeistert von der Stadt und etwas weniger begeistert von der Männerwelt, die sie zu bieten hatte.

14

Die Zugfahrt von Wien nach Budapest dauerte weniger als drei Stunden. Sie würden am frühen Abend in der ungarischen Hauptstadt eintreffen und hatten bereits für diesen Tag ihr Hotel gebucht.

Nora stellte ihr Tinder schon mal auf Budapest ein. Das Treffen mit Peter und Finn war nett gewesen – mehr aber auch nicht. Trotzdem sehnte sie sich nach Ablenkung und nach einem Treffen, das Nähe und Leidenschaft versprach. Vielleicht hatte sie in Ungarn Glück?

Der linke Daumen wischte eifrig. Meist nach links – das hieß, der Kerl war raus.

«Eigentlich ist diese App schon sehr entwürdigend», sagte Nora, während sie fleißig weiterwischte. «Aber es ist fast die einzige Chance, jemanden kennenzulernen.»

«Es hat in Wien ja auch ohne geklappt», erwiderte Ennia.

Nora verdrehte die Augen. Auf so ein Date hatte sie wirklich keine Lust mehr, dann doch lieber mit der App.

«Gibt es denn in Budapest ein paar hotte Ärzte?»

«Nein», lachte Ennia. «Zumindest keine, die ich kenne.»

«Ich habe im Text geschrieben, dass wir nur wenige Tage in der Stadt sind und hoffen, dass uns jemand ein paar nette Plätzchen zeigt.»

«Nette Plätzchen können auch Matratzen sein», stichelte Ennia.

«Ach, du weißt, wie ich es meine.»

«Ich schon, ja.»

Nora streckte ihrer Schwester die Zunge raus. Sie formulierte den Text daraufhin so um, dass klar wurde, dass sie die

Stadt anschauen wollten und nicht die Schlafzimmer potenzieller Liebhaber. Obwohl sie sich das schon vorstellen konnte – wenn es denn passte.

Sie dachte unwillkürlich an Andy. Sie hatte mit ihm das Bett geteilt und er hatte sie einfach nur festgehalten, ohne sie zu etwas zu drängen. Es war so schön gewesen. Sie brauchte definitiv einen «Ersatz-Andy», jemanden, mit dem sie ein paar schöne und liebevolle Stunden verbringen konnte. Schmetterlinge im Bauch – auf Zeit. Wobei sich das mit Andy eher nach «für immer» angefühlt hatte. Ob sich dieser Idiot bewusst war, was er aufgegeben hatte? Oder ob es ihm egal war?

«Ich habe schon drei Matches», erklärte Nora.

«Ich zwei», meinte Ennia, die ebenfalls zum Links-rechts-Wischspiel übergegangen war.

«Wir haben ja keine Eile, wir bleiben schließlich ein paar Tage in Budapest. Es ist erst Donnerstag, ein Treffen am Wochenende wäre schön.»

«Jaja, die jungen Leute, die immer nur in ihre Telefone starren», raunte plötzlich eine Frauenstimme aus dem Abteil gegenüber in breitestem österreichischem Dialekt. Sie hielt Stricknadeln in der Hand, an denen die Ansätze einer blauen Socke hingen. Ihre Stimme klang heiser und tief.

«Früher gab es solch Gedöns nicht», krächzte sie und wackelte mit den Stricknadeln in der Luft herum.

Nora steckte ihr Smartphone in den Rucksack und konzentrierte sich auf die Dame. Sie trug kurze graue Haare, eine Lesebrille, einen langen, dunkelroten Rock und einen überraschend modernen weiß-blau gestreiften Blazer. Sie musste weit über achtzig sein. Nora hatte sich vorgenommen, die Zugfahrten auch zu nutzen, um interessante Gespräche mit fremden Menschen zu führen.

«Warum fahren Sie nach Budapest?», wollte Nora wissen.

«Meinen Enkel besuchen. Und meine drei Urenkel. Mein Sohn ist vor vielen Jahren nach Ungarn ausgewandert. Er ist dann leider gestorben, aber seine Familie ist noch dort. Und zwei- bis dreimal pro Jahr fahre ich hin, solange ich noch kann. Man weiß ja nie, wann es das letzte Mal ist.»

«Es tut mir sehr leid wegen ihres Sohns», meinte Ennia, die sich nun auch auf die alte Dame konzentrierte.

«Er ist erst vor drei Jahren gestorben, war auch schon über sechzig. Früher wurde man jung Mutter, da ist man nicht herumgereist mit dem Telefon wie heute.»

Die Schwestern mussten schmunzeln.

«Aber es ist auch schön, dass die Frauen heute so viele Freiheiten haben. Ich habe noch den Weltkrieg miterlebt. Ich war noch ein Kind. Aber danach, als junge Frau, da musste ich arbeiten und heiraten. Etwas anderes blieb mir nicht übrig.»

«Ich bin froh, dass ich heute arbeiten darf, was ich möchte, und heiraten kann, wen ich möchte. Dass es mir überlassen ist, wie ich mein Leben gestalte», meinte Nora nachdenklich.

Die alte Frau schüttelte den Kopf. «Früher war trotzdem alles besser. Da ging wenigstens alles seinen Lauf, jeder wusste, was er zu tun hatte und wo sein Platz im Leben ist», erklärte sie überzeugt. «Heute wissen die jungen Dinger doch gar nicht mehr, was sie mit ihrem Leben machen sollen. Wenn man zu viel Wahl hat und damit nicht umgehen kann, wird man depressiv.» Sie widmete sich wieder ihrer blauen Socke.

War dem so? War das Leben vielleicht einfacher, wenn man weniger Auswahl hatte? Nora beobachtete Ennia, die wieder angefangen hatte zu wischen. Tinder war ganz klar … ja, krank. Die Auswahl war riesig und man fühlte sich wie in einem Schlaraffenland – so viele Männer waren potenziell zu haben und priesen sich an. Andererseits bot die App auch Chancen, Menschen zu treffen, die man sonst niemals kennengelernt hätte. Früher hatte man einfach den Sohn des Nachbarbauern geheiratet. Wenn Nora daran dachte, wer dann ihr künftiger Gemahl gewesen wäre, musste sie breit grinsen. Nein, Johann wäre definitiv nicht ihr Typ gewesen. Natürlich war sein Vater kein Bauer gewesen, sie waren in der Stadt groß geworden. Aber trotzdem. Außerdem – das war inzwischen klar – mochte er lieber Männer. Seine Liebe frei zu leben wäre ihm vor ein paar Jahrzehnten ebenfalls nicht möglich gewesen.

Vielleicht war es manchmal eine Qual, die Wahl zu haben. Meistens bedeutete sie aber einfach Freiheit. Und diese war Nora extrem wichtig. Zu entscheiden, was sie arbeitete und wann, wohin, mit wem oder wie sie reiste. Es war gut möglich, dass der Klimawandel die Menschheit dazu brachte, viele Freiheiten aufzugeben, denn persönlicher Verzicht schien der einzige Weg, diesen aufzuhalten. Leider waren nicht alle dazu bereit, dabei war es mit einigen Tricks sehr gut möglich, Freiheiten und Privilegien aufrechtzuerhalten. Und Nora schätzte, dass sie die Wahl hatte, so zu leben, dass sie der Erde diente. Auch wenn es noch Luft nach oben gab, das war ihr bewusst.

Statt ihres Smartphones zog sie nun ihren E-Reader aus dem Rucksack. Sie hatte ein schlechtes Gewissen, in der Gegenwart der Dame weiter zu tindern – und ein bisschen lesen konnte keinesfalls schaden. Wobei es fraglich war, ob die Frau das Gerät als Buch erkennen würde. Es konnte ihr aber auch herzlich egal sein.

Ennia lernte jetzt für ihren Facharzt – ebenfalls auf dem Tablet. Für schwere Bücher war in ihrem Gepäck einfach kein Platz gewesen.

Die Fahrt nach Budapest war schnell vorbei. Kurz vor Einfahrt in den Bahnhof – die Dame im anderen Abteil war eingeschlafen – griff Nora doch wieder zu ihrem Handy.

«Oh, ein Balint hat geschrieben, schau, der sieht echt nett aus.» Sie hielt sein Foto vor Ennias Nase. «Er will uns die Stadt zeigen und auch einen Freund mitbringen.»

«Sieht gut aus.»

Das Foto zeigte einen jungen Mann mit kurz rasierten Haaren und Dreitagebart. Er lachte und hatte schöne Zähne. Nora mochte keine aufgemotzten Typen aus der Fitnessbude. Normal bis leicht nerdig durften sie sein. Ihr waren Sanftheit, Intelligenz und Selbstreflexion wichtiger als viele Muskeln. Und Balint schien diese Merkmale zu erfüllen. Er schrieb eine nette, offene und sehr unaufdringliche Nachricht mit dem Angebot, Stadtführer zu spielen und ein schönes Abendessen mit ihnen zu genießen. Er habe am Samstag und am Sonntag Zeit. Nora tippte ein paar Zeilen zurück, dann musste sie auch schon alles in den Rucksack packen und sich für den Ausstieg bereit machen.

15

Budapest. Die geteilte Stadt an der Donau. Entstanden aus den beiden Städten Buda und Pest. Nora war überwältigt. Zugegeben, es war leicht, sie zu faszinieren. Aber von Budapest hatte sie definitiv weniger erwartet.

Sie gönnten sich ausnahmsweise ein Taxi, das sie vom Bahnhof zum Hotel brachte – in der Abendsonne entlang der imposanten Donau. Und Nora spürte bereits ein Kribbeln in ihrem Bauch. Sie konnte es kaum erwarten, die Stadt zu entdecken. Eigentlich hatten sie auf Autos verzichten wollen, doch sie waren müde und der Weg war zu weit, um ihn zu Fuß zurückzulegen, noch dazu mit dem ganzen Gepäck.

Es war ein älteres Hotel, günstig, aber nicht allzu weit weg vom Zentrum. Sie hatten sich je ein Zimmer gebucht, weil es ein guter Preis war und weil sie manchmal etwas Zeit für sich und räumliche Distanz brauchten. Nora war die Chaotin, sie ließ gerne mal alles dort liegen, wo es gelandet war. Ennia war die Organisierte, sie liebte Struktur und Ordnung. Und so half es manchmal, sich ein wenig aus dem Weg zu gehen.

Am nächsten Morgen war Nora wieder früh wach und beschloss, ihre Schwester schlafen zu lassen und ein wenig die Gegend zu erkunden. Sie bekam an der Rezeption einen Stadtplan und erkannte, dass die Markthalle ganz in der Nähe war.

Dort angekommen, roch es nach gebratenem Fleisch, Fisch, würziger Paprika und nach frisch gebackenem Brot. Die Markthalle befand sich in einem großen Gebäude aus Backsteinen und war zweistöckig. Von außen erinnerte der Bau ein wenig an einen alten Bahnhof. Die Fenster und Türen waren bogenförmig in die roten Backsteinziegel eingelassen. Die Wände waren zudem in einem eckigen Muster von helleren Steinen durchzogen. Auf dem Dach prangten kleine Türmchen. Riesige, ebenfalls bogenförmige verglaste Fenster im oberen Stock sorgten für Licht. In diesem oberen Stock wurden Souvenirs und Trachten feilgeboten.

Auch das Innere glich einem Bahnhof, dachte Nora. Einzig, dass der Boden mit weißen und blauen Fliesen ausgelegt war. Links und rechts waren keine Gleise verlegt, vielmehr reihte sich Verkaufsstand an Verkaufsstand.

Nora schnupperte sich durch die Halle, probierte hier ein Stück Wurst, da einen Bissen Brot und kaufte eine Tüte voller leckerer Kirschen. Ihr Magen knurrte. Sie hätte nicht vor dem Frühstück hierherkommen sollen, dachte sie mit einem Schmunzeln. Sie wollte sich aber auch nicht den Magen vollschlagen, sondern das Hotelfrühstück mit Ennia genießen.

Sie blickte auf die Uhr auf ihrem Smartphone. Es war kurz nach neun Uhr. Zu ihrer Überraschung hatte ihre Tinder-Bekanntschaft Balint schon geschrieben. Er habe bereits heute frei und Zeit, ihr und Ennia die Stadt zu zeigen.

«Warum nicht?», dachte Nora. Sie tippte, sie sei in der Markthalle, und Balint antwortete, er sei in ein paar Minuten dort.

Nora tippelte nervös auf und ab. Sie hatte noch nie ein Tinder-Date in einer fremden Stadt – und vor allem noch nie mit dem Ziel, dass es auf eine Stadtführung mit dem maximalen Zusatz «plus» hinauslaufen könnte. Zudem war sie auch eigentlich nicht auf ein Date vorbereitet. Sie hatte nur eine kurze Jeans und ein hellblaues Top übergezogen und war in ihre Flipflops geschlüpft. Geschminkt war sie ohnehin nie. Ihre Haare fielen ihr in dunklen Wellen weit über die Schulter. Sie spürte bereits die nasse Hitze im Nacken. Ihre dichten, schweren Haare führten dazu, dass ihr rasch heiß wurde, daher band sie diese lieber zusammen. Im Moment aber ging es, so früh am Morgen war es noch nicht ganz so heiß.

Sie erkannte ihn sofort, als er lächelnd auf sie zukam. Er war kleiner, als sie erwartet hatte, sah ansonsten aber aus wie auf den Fotos. Er umarmte sie herzlich und drückte ihr zwei Küsse auf die Wangen.

«Ich bin Balint und ich freue mich, dass wir uns kennenlernen», sagte er in bestem Englisch. Noras Nervosität war sofort verflogen. Balint war charmant.

«Ich bin Nora», antwortete sie. «Und ich bin am Verhungern.»

«Du stehst in einer Markthalle.»

Sie lachte laut auf. «Ganz schön blöd, was? Ich wollte mit meiner Schwester im Hotel frühstücken.»

«Mein Kumpel hat erst morgen Zeit. Denkst du, deine Schwester kann dich für einen Tag entbehren? Oder machen wir eine Stadtführung zu dritt?»

Nora überlegte. Eigentlich hatte sie schon Lust, ein paar Stunden mit diesem netten Kerl allein zu verbringen. Ennia würde es ihr gönnen, da war sie sich ganz sicher.

«Ich glaube, meine Schwester wird auf mich verzichten können. Aber ich muss ihr Bescheid geben.»

«Komm, mein Bus steht draußen im Parkverbot.»

«Ein Bus? Im Parkverbot?»

«Du wirst gleich alles sehen», versprach er ihr und hakte sie unter.

16

Der Bus entpuppte sich als dunkelblauer Kleinbus. Balint öffnete die Beifahrertür und Nora kletterte hinein.

«Ich liebe es, damit zu reisen und zu campen», erklärte der junge Ungar. Er setzte sich auf den Fahrersitz und zog einen rot-weiß karierten Vorhang zur Seite, damit Nora einen Blick in den Laderaum werfen konnte. Es gab ein Fenster, ein Bett, das – wie sie erkennen konnte – zur Seite hochgeklappt war, und zu ihrem Erstaunen: zwei Fahrräder.

«Ich dachte, wir könnten eine Fahrradtour machen und die Stadt auf zwei Rädern entdecken», meinte Balint lachend.

«Du hast dich ja richtig ins Zeug gelegt.»

«Man spielt nicht jeden Tag Reiseführer für eine Frau wie dich.»

Sie boxte ihn in den Oberarm und er startete den Bus. Zu Noras Erstaunen konnte sie kaum ein Motorgeräusch hören. Offensichtlich handelte es sich um ein E-Fahrzeug. Sie hatte schon ein bisschen ein schlechtes Gewissen gehabt, als sie eingestiegen war. Aber jetzt freute sie sich tatsächlich auf den Trip.

«Ein Wochenende mit einer tollen Frau kommt gerade zur rechten Zeit.»

«Warum?»

«Meine Freundin hat sich erst vor ein paar Wochen von mir getrennt und irgendwie bin ich wohl noch nicht frei für etwas Neues. Aber ich habe Lust auf ein bisschen Flirten und Ablenkung.»

«Das klingt fair», meinte Nora lachend. Sie hatte auch Lust darauf. «Fahren wir kurz zum Hotel und informieren meine Schwester? Und dann schwingen wir uns auf die Räder.»

***

Sie drückte wie verrückt auf die Gangschaltung, um einen tieferen Gang einzulegen. Es gab keinen mehr. So ein Mist. Sie kam sich vor wie eine alte Dampflok. Aber in dieser Stadt ging es nur rauf und runter.

Balint schien damit keine Probleme zu haben. Er trat in die Pedale, als wollte er die Tour de France gewinnen.

«Alles okay? Wir sind gleich da.»

«Alles prima», stieß sie keuchend hervor – es musste wirklich verzweifelt geklungen haben, denn er stoppte abrupt.

«Sorry, ich fahre hier oft mit dem Rad rauf und runter.»

«Ich bin eher die Läuferin. Und das auf flachem Gebiet», erwiderte sie, bereits wieder etwas fröhlicher.

«Da oben sind die Halászbástya und die Matthias-Kirche. Das musst du unbedingt sehen.»

«Die Hala... was?»

«Die Halászbástya, die Fischerbastei. Wahrscheinlich die Sehenswürdigkeit, die man am ehesten mit Budapest verbindet.»

Nora konnte das Bauwerk kurz darauf erblicken. Es sah skurril aus. Weiß, mit verwinkelten Türmen und Treppen. Sie bat Balint, ihr Rad zu halten, und holte die Kamera aus dem Rucksack. Die Sonne stand bereits etwas zu hoch, um ein wirklich gutes Bild zu machen, doch ihre Chance war eben jetzt. Sie konnte nicht immer alles in der Golden Hour fotografieren.

«Wir sind hier im Stadtteil Buda», erzählte Balint. «Da drüben, auf der anderen Seite der Donau, siehst du Pest. Die Fischergilde musste im Mittelalter diesen Teil der Stadtmauer bewachen. Deshalb wurde die Bastei dieser Gilde zu Ehren gebaut.»

Sie schritten langsam durch die verwinkelten Gänge und stiegen die Treppen zur Aussichtsplattform empor.

«Woher weißt du das alles?»

«Ich bin hier aufgewachsen», erklärte er lachend.

«Komm, stell dich hier in den Schatten. Ich mache ein Foto von dir.»

«Du solltest besser die Bastei ablichten», meinte er, lehnte sich dann aber lässig an die Wand eines kleinen, weißen Tunnels. Nora drückte auf den Auslöser und fand, dass Balint und die Fischerbastei wirklich gute Motive abgaben. Sie versprach, ihm die Fotos später zu mailen.

Auf dem Weg zur Matthias-Kirche, die gleich neben der Fischerbastei lag, kaufte Nora noch zwei Flaschen Wasser. Sie war am Verdursten. Es war um die fünfunddreißig Grad heiß.

«Wow», stieß sie aus, als sie vor dem imposanten Gebäude stand. «So eine schöne Kirche habe ich noch nie gesehen. Und dieses Dach.»

Die Kirche an sich war schneeweiß, doch das Dach bestand aus Tausenden und Abertausenden kleinen Ziegeln, die Mosaikmuster in allen Farben ergaben. Sie sahen aus, als würden sie in der Sonne glitzern.

«Die Kirche hat eine bewegte Vergangenheit», erklärte Balint. «Wusstest du, dass Sissi und Franz Joseph hier zum Königspaar gekrönt worden waren?»

«*Die* Sissi?»

Er lachte. «Genau, die berühmte Sissi aus den Filmen. Der Name der Kirche geht auf König Matthias Corvinus zurück, der den Turm und das Oratorium spendete. 1541 eroberten die Türken die Stadt Buda, und die Kirche wurde zu ihrer Hauptmoschee. Später gehörte sie dann den Jesuiten und dann der Stadt Buda. 1867 wurden Franz Joseph und Elisabeth hier gekrönt.»

«Dass du dir diese Zahlen merken kannst ...»

«Na ja, die Kinder lernen das hier in der Schule, und da ich Lehrer bin, ist es gut, wenn ich ein bisschen mehr darüber weiß.»

«Du bist Lehrer? Das hattest du noch gar nicht erzählt.»

«Komm, wir gehen was essen, dann erzähle ich dir noch mehr von mir. Und du mir von dir?» Er blickte ihr tief in die Augen und ihr Herz begann zu klopfen. Sie fühlte sich ausgesprochen wohl an Balints Seite. Sie hoffte nur, Ennia erlebte einen so schönen Tag wie sie selbst.

***

Nachdem sie gegessen hatten – Nora war wirklich ziemlich hungrig gewesen, sie hatte sich auf Empfehlung Balints Paprikahähnchen bestellt und sich somit ausnahmsweise etwas Fleisch gegönnt, er selbst hatte ein Gulasch geordert, von dem er sie hatte kosten lassen –, waren sie wieder unterwegs auf dem Fahrrad.

Das Essen hatte dazu geführt, dass sie sich noch mehr in Ungarn verliebt hatte. Balint versprach ihr einen ganz besonderen Platz und Nora konnte es kaum erwarten. Beim Essen hatte er ein wenig von sich erzählt. Er war Lehrer an einer Grundschule, außerdem liebte er Surfen und Klettern. Dafür besuchte er oft auch Österreich oder Tirol. Er hatte zwei Brüder, von denen einer in der Schweiz lebte, in Bern. Sie hatte ihm von ihrem Job als Journalistin erzählt, ihm ihre Fotos gezeigt und ihm erklärt, was es mit dem Trip mit ihrer Schwester auf sich hatte. Auch von den Dates in den verschiedenen Städten hatte sie berichtet.

Sie konnte das Wasser riechen. Sie mussten gleich an der Donau sein. Es war der ganz spezielle Geruch nach Salz, obwohl Nora wusste, dass Flüsse gar kein Salz enthielten. Sie fuhren über die berühmte Kettenbrücke von Buda nach Pest, wobei Nora nicht genau festmachen konnte, wieso die Brücke so hieß. Sie konnte nämlich keinerlei Ketten erkennen. Sie nahm sich vor, Balint zu fragen. Nach ein paar Minuten stieg Balint vom Fahrrad. Er stellte es an einen Pfeiler und bedeutete Nora, ihm gleichzutun. «Den Rest gehen wir zu Fuß», erklärte er. «Es ist wichtig, dass wir uns ein bisschen sammeln und vorbereiten.»

«Wo gehen wir denn hin?»

«Das siehst du gleich», meinte er lächelnd und griff vorsichtig nach ihrer Hand. Sie hatte nichts dagegen. Hand in Hand spazierten sie einige Meter der Donau entlang. Nora konnten nichts erkennen außer einer weiteren Brücke in weiter Entfernung.

«Hier ist es», erklärte Balint plötzlich.

«Was denn?»

«Schau mal auf den Boden.»

Nora blickte nach unten und sah auf einmal, dass in loser Reihe Dutzende Schuhe nebeneinanderstanden. Sie alle zeigten mit den Spitzen in Richtung Fluss. Und sie alle waren aus Metall.

Sie ging in die Hocke, um die Schuhe genauer zu betrachten. Sie wirkten ... ja, erdrückend. Es waren keine modernen Schuhe. Sie wirkten wie aus der Zeit gefallen. Nora spürte einen kalten Schauer auf ihrem Rücken. «Das ist ein Mahnmal», sagte sie, während sie sich wieder erhob. Balint nickte. Sie gingen langsam den Schuhen entlang, während Balint erzählte.

«Es sind sechzig Paar Schuhe. Sie erinnern an die Massenerschießungen von ungarischen Juden am Donauufer im

Zweiten Weltkrieg. Historiker sprechen von bis zu dreieinhalbtausend Opfern. Die Schuhe liegen hier wie zufällig übrig geblieben.»

Nora schlug die Hand vor den Mund. «Das ist ja furchtbar.»

«Es wurden in Ungarn natürlich noch sehr viel mehr Juden ermordet. Ein größeres Mahnmal gibt es bei der Synagoge. Hier geht es um jene Menschen, die buchstäblich in die Donau geschossen wurden.»

«Die Schuhe haben etwas Beklemmendes. Ohne zu wissen, worum es geht, fühlte ich mich irgendwie traurig. Ich glaube, ich habe noch nie ein so treffendes Mahnmal gesehen.»

«Komm, fertig mit den trüben Gedanken.» Er drehte um und ging zurück zu den Fahrrädern, nicht ohne erneut nach ihrer Hand zu greifen. Es war erstaunlich, sie genossen den Tag zusammen, lernten sich kennen, fühlten sich wohl miteinander. Nora konnte sich alles vorstellen. Balint war aufmerksam, klug und attraktiv. Und unter anderen Umständen hätte sie sich vielleicht wirklich in ihn verliebt.

«Da vorne ist das Parlamentsgebäude», erzählte er nun. «Das ist wahnsinnig eindrucksvoll – noch viel eindrucksvoller aber, wenn man es vom Boot aus sieht. Wollen wir eine kleine Bootstour machen?»

«Es dämmert schon.»

«Umso schöner wird die Tour, versprochen.»

Einige Zeit später befanden sie sich auf einem der Schiffe, die Touristen über die Donau schipperten.

«Ich fühle mich typisch touristisch», meinte Balint lachend.

«Für dich muss das doch furchtbar sein.»

«Nein, gar nicht. Ich habe das auch noch nie gemacht. Es ist spannend, die eigene Stadt mal aus der Sicht eines Touris zu sehen. Schau, da vorne kommt das Parlamentsgebäude.»

Balint hatte nicht zu viel versprochen. Fast majestätisch thronte es am Ufer der Donau, hell beleuchtet von unzähligen Lichtern. Nora erhob sich von ihrem Sitz und trat an die Reling, bewaffnet mit ihrer Kamera. Das Gebäude war so nah am Wasser, dass sie an Land nicht genügend Distanz gehabt hätte, um es komplett auf ein Bild zu bekommen. Dazu kam noch die Spiegelung des Wassers, die das Gebäude reflektierte.

Es war noch nicht ganz dunkel, der Himmel und das Wasser leuchteten in bunten Gelb- und Lilatönen, gingen da und dort sogar fast ins Violette über. Balint war neben sie an die Reling getreten. Er legte einen Arm um sie und sie lehnte sich an seine Schulter.

«Ist das schön hier», seufzte sie zufrieden.

«Bleibst du heute Nacht bei mir?», fragte Balint leise und Nora schaute ihn an. «Ich kenne einen schönen Platz, wo wir den Bus parken können. Wir können unter freiem Himmel schlafen.»

«Irgendwie klingt das nach einem verdammt guten Plan», erwiderte Nora, und Balint küsste sie sanft auf die Stirn.

17

Vielleicht war es verrückt, eine Nacht unter freiem Himmel mit einem Fremden zu verbringen. Aber es fühlte sich gut an. Beide wussten, worum es ging und woran sie waren – nicht wie bei Andy, wo sie sich für eine kurze Zeit alles vorgestellt und am Ende gar nichts bekommen hatte. Es ging um Nähe, um Zweisamkeit, vielleicht um Sex, ja. Und dann würden sie sich wieder trennen und es war okay. Oder?

Balint fuhr eine ganze Weile aus der Stadt heraus, bog dann ab und fuhr zurück in Richtung Donau. Zumindest vermutete Nora dies. Er hatte gesagt, sie würden zu einem kleinen, inoffiziellen Campingplatz fahren, wo sich viele seiner Freunde an den Wochenenden trafen.

«Ich will nicht, dass du denkst, ich schleppe dich allein irgendwo in die Wildnis», hatte er schmunzelnd erklärt. Der Platz gehörte gemäß Balint dem Großvater seines Freunds Kristof, der es den jungen Leuten erlaubte, an den Wochenenden dort zu campen und ein bisschen zu feiern.

«Geh schon ran», flüsterte sie. Das Telefon tutete und tutete fröhlich vor sich hin.

«Nora!», erklang endlich Ennias Stimme – völlig außer Atem. «Wo steckst du?»

«Was machst du denn? Du bist ja völlig fertig.»

«Ich bin aus der Dusche gehechtet. Ich war bis eben unterwegs. Wie läuft es mit diesem Balint?»

«Super, es ist sehr schön mit ihm. Deshalb rufe ich an. Ist es okay, wenn ich bei ihm übernachte?»

«Bei ihm?»

«In seinem Bus auf einem Campingplatz. Es sind noch andere Leute dort, unter anderem sein Kumpel Kristof, der uns dann morgen auch begleiten will.»

«Ich bin nicht deine Mutter, liebe Nora.»

«Ach, Ennia. Ich bitte dich auch nicht um deine Erlaubnis, sondern möchte wissen, ob es für dich okay ist, wenn du allein bleibst und ich weg bin.»

Sie hörte ihre Schwester kichern. Nora wusste, dass Ennia die Stunden ohne sie genoss.

«Quatsch. Ich bin heute mit einem Touristenführer herumgelaufen und habe alle Sehenswürdigkeiten abgeklappert. Es war toll.»

«Budapest ist so eine schöne Stadt. Also, hör zu, dann holen wir dich morgen nach dem Frühstück ab, okay? Und dann lassen wir uns von den Jungs noch mehr davon zeigen.»

«Bis morgen. Pass auf. Und Nora … Genieß es.»

Plötzlich sah Nora Lichterketten, bunte Lämpchen in allen Farben, die zwischen den Baumästen hingen. Auf einer Lichtung standen drei oder vier Campingbusse. Dahinter glitzerte im Mondschein die Donau. «Das sieht ja schön aus.»

«Hier verbringe ich oft meine Wochenenden, wenn ich nicht wegfahre zum Klettern.»

Er fuhr auf die Lichtung und parkte den Bus ein bisschen abgelegen direkt bei den Bäumen. «Die sind alle unten am Fluss und grillen da oder singen Lieder. Wenn du magst, können wir hingehen.»

«Wer sind denn alle?»

«Kristof, Andras, Sandor, Gabor und die Freundinnen von Sandor und Gabor, sie heißen Judit und Eszter.»

«Himmel, ich hoffe, ich kann mir das alles merken. Ist es denn für sie okay, wenn du mich mitbringst?»

«Klar. Es bringt immer mal wieder jemand jemanden mit. Vielleicht auch heute.»

Balint war ausgestiegen und hatte die hintere Tür des Busses geöffnet. Er klappte die Matratze hinunter, die sogleich den ganzen hinteren Raum ausfüllte. «Das war Maßarbeit», erklärte er lachend. Dann hob er aus einer Kiste eine Tüte. «Unser Abendessen, du hast bestimmt Hunger.»

«Daran hast du gedacht?»

«Ich habe immer etwas dabei. Die Kiste ist gekühlt, wie ein kleiner Kühlschrank. Ich habe Spieße und ein bisschen Brot. Und Maiskolben, die man grillen kann. Und Früchte. Und natürlich kühles Bier.»

«Das klingt herrlich.»

Sie sprangen sogar noch in die Donau, um sich abzukühlen, aßen am Feuer, Nora lauschte den Liedern, die sie nicht kannte, die von Gabor auf der Gitarre begleitet wurden. Sie fühlte sich wie in einem kitschigen Film.

Es war schon mitten in der Nacht, als sie mit Balint zurück zum Bus ging – lachend, tanzend, glücklich und ein wenig berauscht vom Bier und von dem Kribbeln in ihrem Bauch. Es fühlte sich alles so natürlich an. Kein Druck, keine Erwartungen, sie hatte nicht das Gefühl, überzeugen oder gefallen zu müssen.

Er öffnete den Bus und drückte einen Schalter. Zu Noras Überraschung ging eine Lichterkette an, die Balint rund um seinen Bus gespannt hatte. Er legte sich auf die Matte, nahm ihre Hand und zog sie zu sich hinunter. Dann nahm er ihr Gesicht in seine Hände, blickte sie erwartungsvoll an. Sie nickte leise. Zärtlich begann er sie zu küssen.

18

Nora erwachte nackt in Balints Armen. Er war bereits wach und lächelte sie an. Ein paar wenige Sonnenstrahlen schickten ihr Licht durch das mit einem Rollo abgedunkelte Fenster.

«Wir müssen wohl mal wieder zurück in die Realität, was?», raunte er ihr zu.

«Nein, noch nicht», erwiderte Nora.

Sie hatte wirklich keine Lust, diese Insel zu verlassen. Eine Insel voller Leidenschaft, alle Probleme und Gedanken weit weg. Es war ihr völlig egal, dass sie nicht mal die Zähne geputzt hatte, sie ein bisschen nach Schweiß roch oder ihre Haare in alle Richtungen abstanden.

Die dünne Decke auf der heruntergeklappten Matratze war zerwühlt – die einzige Augenzeugin der vergangenen Nacht. Sie musste herzhaft gähnen. Viele Stunden Schlaf waren das nicht gewesen. Bei Balints Anblick konnte sie aber wahrlich nicht an Schlafen denken.

«Was möchtest du machen?»

Sie antwortete nicht, sondern zog seinen Kopf zu sich heran und begann ihn leidenschaftlich zu küssen. Sie streichelte seine Schultern, Flanken, seinen Rücken, den flachen Bauch. Er spielte ihr Spiel sofort mit, küsste ihren Hals, die Brustwarzen, fuhr mit seinen Fingern über ihre Taille und die Hüfte.

«Ich möchte dich spüren», raunte sie ihm zu, bevor sie ihn erneut küsste.

Er ließ nicht von ihr ab, doch sie konnte erkennen, wie seine Hand nach etwas tastete. Kurz darauf hatte er ein Kondom gefunden. Er löste sich von ihr, um es sich überzuziehen.

«Bist du sicher?»

«Was glaubst du?», frage sie ihn mit einem Lächeln. Natürlich war sie das, alles mit Balint hatte sich einfach wunderschön angefühlt. Sie wollte es genießen, solange sie noch konnte. Sie drehte sich auf den Rücken und öffnete ihre Schenkel. Er beugte sich über sie, begann sie wieder zärtlich zu küssen, auf den Hals, die Wange, die Nase, die Stirn. Dann konnte sie spüren, wie er langsam in sie eindrang.

19

Eine Träne tropfte auf den Zettel in ihrer Hand und verschmierte eine Zahl. Die Sieben. Es stand nicht viel auf dem Papierfetzen – nur eine Telefonnummer. Balints Telefonnummer. Und in ihrem Herzen war alles durcheinander.

«Das war schön, was?», fragte Ennia und wechselte ihren Sitz, sodass sie direkt neben Nora saß. Sie legte ihren Arm um sie und zog sie an ihre Schulter.

«Genau so habe ich mir die Reise vorgestellt.»

«Mit Liebeskummer?»

Nora lächelte und schüttelte den Kopf, ohne aber den Blick vom Zettel abzuwenden. «Mit tollen Erlebnissen und Bekanntschaften.»

«Wenigstens ist Andy nun weit weg.»

Wieder schüttelte Nora den Kopf. «Nein, Andy ist da.» Sie legte eine Hand auf ihr Herz und blickte Ennia an. «Andy, der war es. Der Mann meines Lebens. Das habe ich gespürt. Allerdings bekam ich keine Chance, daraus etwas zu machen, und ich muss mein Herz wieder öffnen.»

«Und Balint?»

«Balint war eine Wucht und kam im perfekten Augenblick. Er ist genau das, was ich mir erträumt hatte. Verliebtsein auf Zeit, ein Kribbeln im Bauch für ein paar Tage. Nicht einfach nur Sex, sondern auch Gespräche, gemeinsame Erlebnisse. Ich dachte, es wäre schwierig, so etwas zu finden, und dass es nun geklappt hat, finde ich einfach wahnsinnig schön.»

«Du hast dich nicht in ihn verliebt?»

Nora schüttelte den Kopf. «Nein. Nicht unter diesen Umständen.»

Sie lehnte ihren Kopf zurück, sodass er die Lehne des grünen Zugsitzes berührte. Sie hatten gefeiert, getanzt, gebadet, gegessen, sich geliebt. Sie hatten noch weitere Sehenswürdigkeiten der Stadt besucht, zusammen mit Ennia und Kristof. Die Stephansbasilika, den Burgpalast, den Heldenplatz und die Zitadelle. Sie hatten auf dem kleinen Campingplatz gefeiert, waren wieder und wieder in die Donau gesprungen, hatten Mücken gejagt und Lieder gesungen. Ennia hatte mit Kristof in dessen Camper übernachtet. Es sei nichts gelaufen, hatte sie gesagt. Sie hatten sich gut verstanden, aber ansonsten keine Anziehung verspürt. Nora dagegen hatte noch zwei leidenschaftliche Nächte mit Balint verbracht.

Als die Jungs wieder arbeiten mussten, hatten sie und Ennia noch eines der vielen Bäder besucht. Budapest war bekannt für seine Thermen – und obwohl das Wetter überhaupt nicht dafürgesprochen hatte, hatten sie sich dieses Erlebnis nicht entgehen lassen wollen.

Budapest hatte Nora alles gegeben, was sie sich von dieser Reise erhofft hatte. Die Stadt war nicht nur wunderschön, sie hatte auch kulturell so viel zu bieten. Die Menschen waren offen und nett. Nora erinnerte sich daran, wie sie in der Golden Hour die Fischerbastei ein zweites Mal besucht, das weiße Bauwerk mit den vielen Türmen in der Abendsonne geleuchtet und sie von hoch oben einen Blick über die Stadt, die Donau und die vielen Brücken geworfen hatte. Für einen kleinen Augenblick hatte sie ein Gefühl des Angekommenseins verspürt.

Balint hatte ihr am letzten Abend seine Nummer gegeben und am liebsten hätte sie ihn angerufen, um noch eine weitere Nacht mit ihm zu verbringen. Erst jetzt fühlte sie, wie sehr ihr Nähe und Geborgenheit fehlten. Doch das wäre nicht zielführend. So hatte sie den Zettel in ihr Portemonnaie gesteckt und die letzte Nacht mit Ennia im Hotel verbracht.

«Ich wünsche dir auch einen Balint. Ein Erlebnis mit einem Wahnsinnsmann in einer eindrucksvollen Stadt. Ich wünsche dir das Gefühl, die Zeit anhalten zu wollen. Zu lachen, zu knutschen, zu tanzen, zu lieben – als gäbe es kein Morgen. Ich glaube, das habe ich gebraucht. Irgendwie fühle ich mich so … frei gerade. Klingt blöd, was?»

«Klingt poetisch», meinte Ennia. «Aber wenn sich für mich die Chance ergibt, werde ich sie nutzen. Und du wirst mich großzügig ziehen lassen.»

«Klar», versprach Nora. «So wie du mich. Aber keine Sorge – in jeder Stadt ziehe ich das nicht durch. Dafür ist so eine Erfahrung viel zu außergewöhnlich. Das kann man nicht einfach wiederholen, ohne dass es an Zauber verliert, glaube ich. Jetzt bist du dran. Und ich mache in der Zeit meine Fototour.»

Und jetzt, jetzt saßen sie also im Zug nach Ljubljana, der Hauptstadt Sloweniens. Ihre nächste Destination. Was sie wohl bereithielt? Intensiver konnte ihr Trip schon fast gar nicht mehr werden. Zumindest nicht für Nora.

20

Es tat gut, die achteinhalb Stunden im klimatisierten Zug zu verbringen. Nora konnte ihren Gedanken nachhängen, die Geschehnisse verarbeiten und sich auf Ljubljana freuen. Sie blickte aus dem Fenster. Unglaublich, dass der Zug über acht Stunden brauchte für eine Strecke von weniger als vierhundert Kilometern. Die Zugfahrt von St. Gallen nach Genf dauerte nur etwa vier Stunden und die Strecke war fast genauso lang.

Ennia war wieder auf den Sitz gegenüber gewechselt und hatte ihr Tablet ausgepackt. Sie lernte für ihre Facharztprüfung. Nora wusste, dass Ennia froh war, diese Zeit dafür nutzen zu können. Sie bewunderte ihre Schwester für ihren Ehrgeiz. Nora beantwortete ein paar E-Mails und bearbeitete am Laptop die Fotos aus Budapest. «Ich weiß nicht, ob ich in Ljubljana wieder daten kann», meinte sie mehr zu sich selbst. «Irgendwie war das bisher eine emotionale Achterbahnfahrt.»

«Musst du ja auch nicht», antwortete Ennia und blickte von ihrem Tablet auf. «Wir haben ja ein paar Städte frei und du kannst stattdessen auch einfach schöne Tage mit deiner großen Schwester verbringen.»

Nora blickte aus dem Fenster. Es sah gar nicht so anders aus als zu Hause. Grüne Wiesen, Hügel, da und dort ein paar Sonnenblumenfelder.

Der Zug bummelte durch die Landschaft. Sie waren noch vor Sonnenaufgang losgefahren und würden Mitte Nachmittag die slowenische Hauptstadt erreichen. Der Wagen war praktisch leer – außer den Schwestern war nur noch ein Ehepaar in den Fünfzigern im Waggon. Nora fand sie süß, die Frau hatte sich an die Schulter des Mannes gekuschelt und er streichelte unablässig ihren Oberarm. Ob sie frisch verliebt waren? Oder hatten sie ihre langjährige Ehe so prickelnd halten können? Das würde sie sich auch so wünschen. Eine Partnerschaft auf Augenhöhe, die im Idealfall bis ans Ende ihres Lebens hielt. Dass das in der heutigen Zeit eine Ausnahme war, war ihr dabei durchaus bewusst. Eine Familie? Ja, warum nicht? So richtig hatte sie darüber nie nachgedacht. Sie merkte, wie die Reise, die Erlebnisse, die sich in ihr Herz brannten, sie dazu brachten, über so manches nachzudenken. Sie dachte an ihren Job, den sie über alles liebte. Ob sie ihn würde aufgeben können für etwas Profanes wie die Liebe? Was, wenn sie ihren Traummann fand – und der in einem anderen Land lebte? Sie dachte an Balint, an die wunderschöne Begegnung mit ihm, an seinen Blick, als sie sich verabschiedet hatten. Keiner von ihnen wollte Gefühle hochkommen lassen – und trotzdem hatten sie in der kurzen Zeit alles gegeben. Und alles genommen.

Sie dachte an Andy. Andy, der etwas in ihr ausgelöst hatte, das sie noch nie gefühlt hatte. Das sie nun verdrängte, versuchte zu vergessen. Obwohl sie wusste, dass es dieses Gefühl war, das sie suchte. Dieses – und nicht weniger. Ob sie es noch einmal finden würde? Der Gedanke an Andy gab ihr mal wieder einen Stich ins Herz. Würde er versuchen, sie zu finden?

Sie schloss die Augen, öffnete sie wieder und griff nach ihrem Laptop. Ein paar nüchterne Nachrichten konnten nicht schaden.

Weiteres Klimawandelgraffiti in Warschau aufgetaucht

Es handelt sich bereits um das dritte Graffiti von PAXX zum Thema Klimawandel in Europa in den letzten Wochen. Die Graffitis in Berlin und Wien sind nach wenigen Tagen spurlos verschwunden, Experten gehen davon aus, dass auch dieses Bild nicht lange bestehen bleiben wird.

Die Frage ist, was PAXX mit seinen Bildern bezwecken will. Dass ihm die Erde und das Klima ein Anliegen sind, hat er immer wieder unter Beweis gestellt. Kunstexperten gehen davon aus, dass die Einzelbilder Teil einer viel größeren Aktion sind. Die Frage ist, wann und wo ein weiteres Bild von PAXX auftauchen wird.

Das Bild in Warschau zeigt eine Fabrik, die große Abgaswolken ausstößt. Es fällt auf, dass die Bilder immer einen Bezug haben zu dem Land, in dem sie gesprayt werden. Es bleibt abzuwarten, wann und wo der Künstler wieder zuschlägt.

Bilder zeigen, wie die Stadtregierung versucht, das Bild mit Abdrücken zu erhalten. Es wurde sogar überlegt, die Mauer auszubrechen – der Gedanke wurde jedoch wieder verworfen, das Gebäude steht unter Denkmalschutz.

Warschau also. Noch immer rätselte die halbe Kunstwelt über das Motiv von PAXX. Dass noch mehr Bilder auftauchen würden, dessen war man sich inzwischen sicher. Doch worauf wollte er hinaus?

Ihre Gedanken schweiften wieder ab zu Balint. Er war auf einigen Bildern vertreten, die sie nun durchklickte, um sie zu bearbeiten. Sie hatte ihm versprochen, ihm ein paar Fotos zu schicken. Als Erinnerung. Er hatte sie wiedersehen wollen. Sie schloss das nicht aus, es hatte aber im Moment keine Dringlichkeit. Sie wollte erst herausfinden, was diese Reise noch für sie bereithielt. Nicht nur in Bezug auf Männer – vor allem auch wollte sie herausfinden, was sie sich für sich selbst wünschte. Und er musste erst seinen Liebeskummer überwinden.

«Boah, ist das auf einmal eine Hitze hier drin», stöhnte plötzlich Ennia und steckte ihr Tablet in den Rucksack. «Ich kann diese Texte außerdem bald nicht mehr sehen.»

«Du solltest mal ein gutes Buch lesen», empfahl Nora.

«Ich möchte einfach diesen Facharzt möglichst bald bestehen und keine Zeit verlieren. Und während der Zugfahrten habe ich so viel Zeit zum Lernen. Aber mir brummt langsam der Kopf.»

«Trink», befahl Nora und reichte Ennia ihre Wasserflasche. Es war tatsächlich viel heißer als bei ihrer Abfahrt. Ob die Klimaanlage ausgefallen war? Nora wollte sich auf die Suche machen nach dem Zugspersonal und stand auf.

Plötzlich machte der Zug einen Ruck und Ennia hustete. Das Wasser spritzte über ihr Shirt und den kleinen Tisch, der vor ihr an der Seite des Abteils angebracht war.

«So ein Mist», brachte sie mühsam heraus und hustete erneut.

«Du musst einen Schluck nehmen, das hilft», erklärte Nora und wischte mit einem Zipfel ihres Shirts über das Tischchen. Ennia trank erneut, diesmal einige große Schlucke. Dann blickte sie auf die Uhr. «Wir müssten in weniger als einer Stunde da sein.»

«Da bringt es wohl nicht mehr viel, wenn ich mich wegen der Klimaanlage beschwere», meinte Nora und setzte sich wieder auf ihren Sitz. Das Paar ein Abteil weiter begann zu ihrer Überraschung plötzlich laut zu streiten – es schien den beiden egal zu sein, dass Nora und Ennia sie hören konnten. Nora musste grinsen. Es war nicht immer alles Gold, was glänzte. Allerdings gehörte Streit zu einer leidenschaftlichen Beziehung wohl ebenso dazu wie perfekte Harmonie. Sie konnte kein Wort verstehen, es war jedoch sehr laut, und der Wagen heizte sich immer weiter auf. Und so war Nora froh, als sie endlich das vertraute Quietschen der Bremsen hörte und der Zug zum Stillstand kam.

21

Ljubljana. Die Hauptstadt Sloweniens mit etwa dreihunderttausend Einwohnern. Das Wort «Ljubljena» bedeutete auf Slowenisch «geliebte Stadt» und die Einwohner waren überzeugt, dass der Name ihrer Heimat daraus resultierte.

Nora hatte den Eindruck, in einer städtischen Idylle gelandet zu sein. Hier war alles so schön und ruhig, es war sauber, den Menschen ging es gut, die Probleme schienen ganz weit weg.

Nora und Ennia schleppten ihre Rucksäcke zu dem Hotel, das sie gebucht hatten. Sie mussten eine Weile suchen, es lag in einer Seitengasse, die direkt auf die Flusspromenade mit vielen Läden und Cafés führte. Die Ljubljanica führte mitten durch die Stadt. Das Hotel befand sich in unmittelbarer Nähe zum Wahrzeichen Ljubljanas: den drei Brücken.

Das Zimmer, das sie sich hier teilten, war nur ein paar Quadratmeter groß. Durch das große Doppelbett hatte es kaum Platz darin. Die Wände waren von schwarz-beige gestreiften Tapeten überzogen, auf dem Boden lag ein dunkelgrauer Teppich und das Badezimmer – das man rückwärts wieder verlassen musste – war nur durch eine Glaswand vom Zimmer getrennt. Man hatte vom Bett aus den perfekten Blick auf die Toilette.

«Zum Glück hat es da noch einen Vorhang», meinte Ennia und zog an dem dicken, grauen Stoff, bis er das WC halbwegs verdeckte.

«Ich habe das Hotel gewählt, weil es auf dem Dach einen Pool hat», versuchte Nora die Misere zu erklären.

Ennia lachte. «Das Hotel ist gut. Es liegt ja total zentral. Und es sind nur ein paar Nächte.»

«Abenteuer wie mit Balint werden hier kaum möglich sein», erwiderte Nora grinsend.

«Dann lass uns wenigstens mal in den Pool springen. Ich bin richtig durchgeschwitzt von den Stunden im Zug.»

Ennia schüttete den kompletten Inhalt ihres Rucksacks auf das Bett – und das war doch eine ganze Menge. Nora stand staunend daneben. Normalerweise war sie für das Chaos zuständig.

«Ich muss eh mal alles auslüften und neu packen», meinte sie entschuldigend und wühlte in dem Haufen nach ihrem Bikini. Nora hatte ihren wiederum in die Außentasche gepackt und überdachte Ennias Idee, alles auszulüften, während sie sich umzog. Dann griff sie nach einem der beiden Bademäntel, die die Hotelangestellten ihr und Ennia in eine hölzerne Ablage im Badezimmer gelegt hatten.

«Der Pool ist oben auf dem Dach?», vergewisserte sich Ennia und ging aus dem kleinen Zimmer. Nora griff noch geistesgegenwärtig zu der Schlüsselkarte, bevor die Tür hinter ihr ins Schloss fiel.

Sie mussten zwei Stockwerke nach oben. Das Hotel war nicht groß und hatte nur fünf Etagen. Nora trat als Erste auf die Dachterrasse. Der Pool war passend zum Hotel klein und befand sich am vorderen Rand der Terrasse, sodass man über das Geländer blicken konnte. Es gab keine anderen Gäste hier um diese Tageszeit, die waren alle ausgeflogen.

Ennia sprang mit einem flachen Kopfsprung in den Pool. Er war nicht sonderlich tief, sie konnte gut stehen, das Wasser ging ihr etwa bis zu den Schultern.

«Komm her!», rief sie. «Es ist herrlich.»

Nora ging zum Rand des Pools und drehte den Kopf nach links und rechts.

«Man kann ziemlich viel sehen von hier aus.»

Dann stieg sie etwas langsamer in das Wasser. Es war kühl, aber nicht kalt, und so stand sie bald neben ihrer Schwester. Es gab einige Häuser, die höher waren, dennoch konnten die Schwestern den Ausblick über weite Teile der Stadt genießen. Sie erkannten sogar den berühmten Hügel, auf dem sich ein altehrwürdiges Gebäude befand – die Burg von Ljubljana.

«Da müssen wir unbedingt noch rauf», meinte Nora.

«Aber heute nicht mehr. Heute gehen wir noch lecker essen und dann ins Bett. Das sage ich dir.»

22

Nora richtete sich – auf einen Schlag hellwach – im Bett auf und hielt sich die Ohren zu. Was verdammt noch mal war das? Ein Blick auf die Uhr ergab, dass es kurz nach zwei Uhr nachts war. Der Blick in die andere Richtung zeigte außerdem, dass Ennia weg war. Die Tür ihres Hotelzimmers stand weit offen.

Nach ein paar Sekunden kam Ennia zurück, sie hielt ihre Hände ebenfalls fest auf die Ohren gedrückt.

«Es ist keiner da!», brüllte sie durch den ohrenbetäubenden Lärm hindurch. «Das ist der Feueralarm. Wir müssen hier raus.»

Ennia stopfte sich Ohropax in die Ohren, was den Lärm nur bedingt dämpfte, wie Nora wusste, da sie ebenfalls den Schutz in den Ohren trug, und sammelte die wichtigsten Sachen zusammen – Pass, Portemonnaie, Laptop und Handy. Nora schnappte sich ihren noch immer vollgepackten Rucksack und schlüpfte in ihre Flipflops. Dann rannten die Schwestern über die Treppe nach unten und raus auf die Gasse, wo schon einige andere Hotelgäste standen.

Von einem Feuer war weit und breit nichts zu sehen. Nicht mal ein klitzekleines bisschen Rauch stieg auf.

«Das ist ein Fehlalarm», brüllte eine Frau neben ihnen, die sich mit den Händen die Ohren zuhielt. Nora kam sie seltsam bekannt vor … Sie überlegte.

«Ich glaube, das ist diese Klimaaktivistin aus Frankreich, diese Anouk Dubois. Die ist inzwischen superbekannt geworden durch ihre Aktionen. Was sie wohl hier macht?» Die Frage richtete sich an Ennia. Nora musste gegen den Lärm anbrüllen.

«Sich lauthals beschweren, das ist mal sicher», antwortete Ennia mit lauter Stimme, um Alarm und Aktivistin zu übertönen.

Es dauerte mehrere Minuten, bis endlich Hotelangestellte eintrafen sowie ein paar Techniker, die sich um das Problem kümmerten. Noch immer war von einem möglichen Brand weit und breit nichts zu erkennen.

Nochmals einige Minuten später herrschte wieder Ruhe – fast gespenstische Ruhe, wie Nora fand, während sie sich die Ohropax aus den Ohren zog. «Ihr könnt wieder in die Zimmer», sagte ein junger Mann, den Nora noch vom Einchecken kannte. «Es war ein Fehlalarm. Ein Hotelgast hat wohl in einem der Zimmer geraucht.» Anouk Dubois verdrehte die Augen ebenso wie Ennia, Nora musste angesichts der Gesichter der Hotelgäste fast lachen. Sie packte ihren Rucksack und ging zu der Frau, die über fünfzig war und ihre grauen, langen Haare zu einem hohen Dutt gebunden hatte. Sie trug weite Stoffhosen und Birkenstock-Latschen, dazu ein weißes Shirt.

«*Vous êtes Anouk Dubois, n'est-ce pas?*», fragte Nora in ihrem besten Französisch.

«*Ben, je veux simplement aller me coucher*», erwiderte die Frau schlecht gelaunt.

«Ich bewundere sehr, was Sie tun», sagte Nora noch immer auf Französisch. «Ich wünschte, ich hätte mehr Mut, mich für das Klima einzusetzen.»

«Wir können gerne morgen sprechen, wenn Sie möchten», erwiderte Frau Dubois etwas freundlicher. Nora nickte. «Treffen wir uns gegen neun Uhr im Frühstücksraum?»

23

Tatsächlich saß Anouk Dubois bereits an einem der Frühstückstische, als Nora und Ennia in den Raum traten. Es war ein gemütliches Restaurant, die Wände bestanden aus purem Stein, in Blöcken übereinandergestapelt. Die Tische waren aus Holz, ebenso die Stühle. Der Raum wirkte wie ein großer Weinkeller, der dank vieler Holzelemente, Pflanzen, Dekoration und großer Fenster Gemütlichkeit ausstrahlte.

Das Frühstück musste à la carte bestellt werden. Nora, die keinen Kaffee mochte, orderte Orangensaft, dazu Brötchen, Butter, Konfitüre und etwas Käse. Ennia bestellte sich einen Cappuccino und ein Birchermüsli mit Brot. Anouk Dubois hatte bereits einen Teller mit einem Omelett bekommen, dazu trank sie Tee. Dass sie ein so hochwertiges Hotel gewählt hatte, überraschte Nora noch immer – sie hätte eine Frau wie Anouk Dubois eher in einem Zelt vermutet. Man sah ihr ihr Alter an, doch sie war eine schöne Frau. Sie hatte strahlende Augen, braun gebrannte Haut und weiße, gepflegte Zähne, wenn sie lächelte.

«Ihr interessiert euch also für den Klimawandel?», fragte sie die Schwestern auf Französisch.

«Eher dafür, was man alles dagegen tun kann», meinte Nora nachdenklich. Sie erzählten von ihrer Reise mit dem Zug und von ihren Bemühungen im Alltag.

«Das ist schon viel», meinte Dubois anerkennend. «Es ist wohl nicht möglich, dass Menschen alles tun, was sie können. Aber wenn alle *etwas* tun, wäre schon viel geholfen. Das Problem ist, dass so viele das Problem gar nicht erkennen oder nicht erkennen wollen. Viele Menschen beharren auf ihrem Wohlstand, auf ihrer Freiheit. Sie wollen reisen, Fleisch essen, sie wollen billige Klamotten einkaufen, die nach dem Trend gehen. Irgendwann geht es einfach nicht mehr auf.»

«Social Media befeuert das alles noch», meinte Ennia und schob sich den Löffel mit dem Müsli in den Mund.

«Social Media ist nicht per se schlecht», meinte Dubois. «Man hat die Chance, sehr viele Leute zu erreichen. Auch mit Botschaften wie den meinen. Es kommt halt darauf an, wer sich dafür interessiert. Wer viel fliegt und Modetipps gibt, wird sich nicht für das Thema Klimawandel interessieren, weder im echten Leben noch auf Social Media. Aber mit einer guten Reichweite kann ich doch viel erreichen und vor allem Leute mobilisieren.»

Nora holte ihr Smartphone aus der Tasche.

«Frau Dubois, darf ich unser Gespräch aufzeichnen? Ich bin Journalistin, und wenn ich schon die Gelegenheit habe, mit Ihnen zu sprechen, würde ich das Gespräch gern mit möglichst vielen Leuten teilen.»

Anouk Dubois lächelte. Sie hakte nach, für welches Medium Nora schrieb, und willigte dann nickend ein. Es war schließlich ihr Ziel, auf ihre Anliegen aufmerksam zu machen, und sie war in diesem Bereich so was wie eine Koryphäe. Nora drückte auf die Aufnahmetaste. Normalerweise hielt sie ihre Interviews lieber schriftlich fest – das war aber gerade nicht möglich.

«Es ist ja nicht so, dass man auf vieles verzichten muss, wenn man etwas für den Klimaschutz tut», begann Anouk. «Es geht vor allem darum, Energie einzusparen. Und das kann man mit einfachen Mitteln im Alltag tun», meinte sie und nahm einen Bissen ihres Omeletts. «Für Recyclingpapier werden weniger Wasser und Strom zur Herstellung benötigt – und wir merken keinen Unterschied. Nachfüllpacks oder unverpackte Ware sparen Müll. Zum Einkaufen sollte man Mehrwegtaschen nehmen. Es gibt so viele Hacks, zum

Beispiel den Deckel auf die Pfanne legen beim Kochen. Eine Pfanne in der richtigen Größe verwenden, die Sachen aus dem Gefrierschrank – wenn man denn einen hat, denn der ist ein richtiger Stromfresser – rechtzeitig auftauen, damit man dafür nicht die Mikrowelle oder den Ofen braucht. Die Kleider bei tiefer Temperatur waschen und dann aufhängen und nicht in den Trockner werfen. Oder Stoßlüften mehrmals täglich, das ist besser als ein ständig geöffnetes Fenster. Sie sehen, es wäre sehr einfach.»

«Es geht ja aber auch um die großen Posten wie Flugzeuge oder Fleisch ...»

«Es wissen, glaube ich, inzwischen alle, dass Flugzeuge, Kreuzfahrtschiffe und Fleischkonsum das Klima belasten. Wer darauf verzichten kann, verrichtet natürlich am meisten für den Klimaschutz. Aber auch die anderen, kleineren Sachen helfen schon.»

«Es ist ja aber nicht Ihr Ziel, Menschen wie mich darauf aufmerksam zu machen, den Kühlschrank zu schließen oder Recyclingpapier zu kaufen.»

«Nein. Mit meiner Arbeit möchte ich die Regierungen sensibilisieren. Auch wenn inzwischen viel darüber geredet wird – es wird einfach zu wenig gemacht. Die Industrieländer wollen nicht verzichten und die Entwicklungsländer wollen die Industrieländer in Sachen Wohlstand aufholen. Es nützt nichts, wenn Indien auf Ökostrom setzt, während Indonesien Kohle fördert. Dazu kommt: Für den heute sechzigjährigen Politiker, der wiedergewählt werden will, gibt es kein Problem. Er wird das Ende dieses Jahrhunderts nicht miterleben. Die Kinder aber schon. Die Mühlen mahlen viel zu langsam und die Erde geht kaputt. Dagegen müssen wir doch etwas tun.»

Sie sprach leidenschaftlich und mit leuchtenden Augen. «Und dafür würde ich mich an einen Baum fesseln oder mitten auf eine Straße legen. Immer und immer wieder.»

«Was passiert mit der Erde, wenn die Temperaturen weiter steigen?»

«Wir spüren die Folgen ja schon jetzt. Das Wetter spielt verrückt. Das Eis der Polarkappen schmilzt, der Meeresspiegel steigt. An manchen Orten der Erde häufen sich schwere Gewitter und Unwetter – an anderen gibt es extreme Hitzewellen und lange Dürren. Die Folgen sind Hunger- und Wasserkrisen, Überschwemmungen oder Waldbrände, die die Existenz bedrohen, wir müssen Geld ausgeben, um die Schäden zu beseitigen. Gesundheitsrisiken wegen Hitzeextremen, Verbreitung von Schädlingen und Krankheitserregern. Die Biodiversität wird kleiner, da Tiere und Pflanzen aussterben, weil sie sich nicht rechtzeitig an die neuen Bedingungen anpassen können. Aber auch die Menschen müssen sich anpassen: in der Landwirtschaft, der Forstwirtschaft, im Tourismus oder in der Infrastruktur. Es wird sich alles ändern für uns.»

Nora hatte ihr Frühstück noch gar nicht angetastet, zu interessiert hatte sie Anouk Dubois zugehört. Sie hatte so viele Informationen erhalten, die auch für sie neu waren. Ennia lauschte gespannt, hatte jedoch ihr Müsli bereits verzehrt und nippte nun an ihrem Kaffee.

«Warum sind Sie überhaupt in Ljubljana?»

«Ich treffe mich mit ein paar lokalen Klimaaktivisten, die gerne einige Aktionen hier in Slowenien planen wollen und mich um Hilfe gebeten haben. Ich bin gestern mit dem Zug aus Paris gekommen.»

«Vielen Dank, dass Sie mit uns gesprochen haben und ich die Informationen sogar veröffentlichen darf. Würden Sie draußen vor dem Hotel noch für ein Foto posieren? Das wäre toll ...»

Anouk Dubois lächelte. Ihre mürrische Fassade war gefallen – Nora merkte, wie sie aufblühte, wenn sie mit jemandem über ihr Anliegen sprechen konnte, der sie ernst nahm. Sie nickte, und so gingen sie zu dritt vor die Tür.

24

Das Tourismusbüro von Ljubljana war direkt ums Eck. Irgendwie war alles in Ljubljana direkt ums Eck, dachte Nora, die bei dieser Feststellung grinsen musste. Sie buchten eine Führung durch die Altstadt zu Fuß, die bereits in wenigen Minuten starten sollte. Sie waren insgesamt sieben Leute, außer Nora und Ennia noch ein Ehepaar aus England, zwei junge Frauen aus Italien und ein ungefähr fünfzigjähriger Arzt aus Brasilien, der in Ljubljana einen Kongress besuchte. Die Stadtführerin war eine Frau um die vierzig, die flüssiges und verständliches Englisch sprach. Sie stellte sich als Mateja vor und erklärte gleich im zweiten Satz, dass sie Single war und somit viel Zeit hatte, ihre Sonntage bei Märschen mit Touristen durch die Altstadt zu verbringen. Nora blickte bei dieser Aussage erstaunt zu Ennia. Ansonsten erzählte Mateja interessante und witzige Begebenheiten zur Stadt.

Der große Platz, sozusagen das Zentrum Ljubljanas, hieß Preserenplatz. Von hier aus führten auch die bekannten Drei Brücken über den Fluss. Die Brücken waren das Wahrzeichen Ljubljanas. Zuerst stand hier eine Holzbrücke, die 1842 durch eine Steinbogenbrücke ersetzt worden war. Erst 1929 wurde sie zu einer dreifachen Brücke erweitert, indem auf beiden Seiten Fußgängerbrücken hinzugefügt wurden, erklärte Mateja.

Direkt neben dem Platz stand die große, graublaue Statue von France Preseren, der als Nationaldichter Sloweniens galt. Nach ihm war auch der Platz benannt worden. Mateja berichtete, Slowenien habe keine anderen Helden, daher habe eben ein Dichter den besten Platz für eine Statue erhalten. Ein Auszug eines Gedichts Preserens war heute die slowenische Nationalhymne und sein Porträt befand sich auf der Rückseite der slowenischen Zwei-Euro-Münze.

Ennia kramte in ihrem Portemonnaie auf der Suche nach einer solchen Münze – doch sie waren so durchmischt, dass sie keine aus Slowenien finden konnte.

Mateja führte die Gruppe zur Burg, die sich auf einem Hügel am Rand der Altstadt befand. Ein Lift führte die Touristen nach oben. Ursprünglich stand hier eine mittelalterliche Festung. Der heutige Grundriss entstand im fünfzehnten Jahrhundert, erzählte Mateja, und war der Sitz der Herren von Krain. Heute sei das Schloss ein kultureller Veranstaltungsort und eine Sehenswürdigkeit. Die Burg war neben einem Drachen auch auf dem Stadtwappen von Ljubljana abgebildet.

Anschließend ging die Gruppe zur Drachenbrücke. Auf den Pfeilern an jedem Ende der Brücke waren große, geflügelte Drachenskulpturen angebracht. Mateja erzählte mit einem Schmunzeln, die Drachen würden ihre Schwänze bewegen, wenn eine über sechzehn Jahre alte Jungfrau die Brücke überquerte. So sage es die Legende.

«Also nie», raunte Ennia Nora grinsend zu.

«Geh mal rüber!», witzelte Nora.

Nach der Tour machten sie eine Flussfahrt über die Ljubljanica. Die Stadt hatte viele Brücken und sie fuhren unter einigen von ihnen hindurch. Einen besonderen Zauber hatten aus dieser Perspektive auch die Drei Brücken. Nora machte ein Foto. Die weißen, verschnörkelten Brückengeländer vor den charmanten, ursprünglichen Gebäuden der Altstadt – Nora fand, es sah wundervoll und romantisch aus.

Anschließend stiegen sie auf den Skyscraper, das einzige Hochhaus der Stadt mit einer Bar auf dem Dach. Von hier aus hatten sie einen herrlichen Rundumblick auf Ljubljana und den Hügel mit dem Schloss. Die Sonne ging schon langsam unter und die Wolken über dem Schloss leuchteten in allen Farben: Gelb, Orange, Rot, Rosa bis hin zu Violett. Auch hier zückte Nora ihre Kamera. Sie fotografierte Ljubljana von oben – die weißen Gebäude mit den orangenen Dächern, den Hügel mit dem Schloss und den orange-violetten Himmel über allem, der ein wenig aussah, als würde er brennen.

Das Essen in Ljubljana war ein Gedicht. Sie genossen Apfelstrudel, Cremeschnitten, aber auch Gnocchi mit Pilzen an Trüffelsauce. Überhaupt enthielten fast alle Gerichte Pilze oder Trüffel, der ja auch ein Pilz war und den Nora über alles liebte. Sie verbrachten einen entspannten Nachmittag im Tivoli Park, besuchten den Fischmarkt und das Nationalmuseum sowie die Butchers's Bridge, an die Liebende Tausende Schlösser mit ihren Initialen angebracht hatten. Nora ertappte sich dabei, wie sie die Schlösser betrachtete und sich fragte, welche Geschichte wohl hinter welchem Schloss steckte und wie viele der Verliebten heute noch zusammen glücklich waren. Unwillkürlich dachte sie wieder an Andy. N und A – mit ihm hätte sie gerne ein Schlösschen an diesem Ort platziert.

Sie fanden noch einen großen Markt, wo es frische und getrocknete Blumen gab, Früchte, Gemüse, Pilze natürlich und auch einige Stände mit Kleidern oder Schuhen. Nora kaufte sich ein paar Knollen schwarzen Trüffels sowie eine Flasche Trüffelöl, die sie ihren Eltern per Post schicken wollte. Mitschleppen wollte sie die Sachen nicht. Ennia dagegen erstand ein Paar neue Sandalen aus braunem Leder, da ihre alten langsam durchgelaufen waren. Sie mussten, das war ihnen bewusst, hin und wieder Kleidungsstücke ersetzen, da sie nur wenige mittragen konnten.

Es waren die kleinen Dinge, die Nora und Ennia an Ljubljana so gut gefielen. Die Gassen, die gedeckten Tische, die draußen auf den Pflastersteinen standen, die Kräuter auf dem Markt. Die Lichterketten aus kleinen Glaskegeln, die aufgereiht entlang des Flussufers hingen und in der Dunkelheit im Wind tanzten wie Hunderte Glühwürmchen.

Sie trafen sogar noch einmal Anouk Dubois, als sie mit gepackter Tasche das Hotel verließ. Nora wollte das Interview bald aufschreiben und an ihre Chefin senden. Es eilte nicht – das Magazin machte ja Sommerpause, aber sie wollte es zu Papier bringen, ehe sie die ganzen Eindrücke und Worte vergessen hatte. Sie nahm sich vor, dies auf der Reise nach Athen zu erledigen, die viele Stunden dauern würde.

«Ljubljana hat mich richtig begeistert», meinte Ennia, während sie ihren gepackten Rucksack durch das Treppenhaus nach unten zur kleinen Rezeption schleppte.

«Ja, es war viel schöner, als ich es mir vorgestellt hatte. Ich hoffe, dass das nun in jeder Stadt, die wir sehen, so sein wird.»

«Und ich habe kaum mehr an Daniel gedacht», ergänzte Ennia. «Und darum geht es ja, oder?»

25

Die Zugfahrt von Ljubljana nach Athen war ein Abenteuer. Sie mussten über Zagreb nach Belgrad fahren und dort den Nachtzug nach Thessaloniki nehmen. In Belgrad hatten sie einen ganzen Tag Aufenthalt, den sie nutzten, um sich die spannende Stadt ein wenig genauer anzusehen.

Die serbische Hauptstadt hatten sie gar nicht auf dem Programm gehabt. Doch sie hatte so viel zu bieten, dass sie fast ein bisschen bedauerten, schon am selben Abend weiterreisen zu müssen.

Die Stadt wirkte an vielen Ecken ein bisschen wie das Berlin aus vergangenen Zeiten. Die Zeit schien da und dort stehen geblieben zu sein, alles wirkte entspannt und ruhig. Manchmal konnte man noch Spuren des Nato-Angriffs auf Serbien Ende der 1990er-Jahre erkennen. Achtundsiebzig Tage hatte damals der Kosovo-Krieg gedauert, mit dem die Vertreibung und Ermordung der albanischen Bevölkerung gestoppt werden sollte. Es war der erste Nato-Kampfeinsatz nach 1945 gewesen. Völkerrechtlich eine Aktion, die bis heute umstritten war.

Doch überall wurde gebaut, renoviert, es entstanden Bars, Restaurants und hippe Viertel. Abends verwandelte sich Belgrad in eine Partyszene. Vor allem die riesigen Promenaden entlang der Save und der Donau luden ein, die Nacht zum Tag zu machen. Ein Partyboot neben dem nächsten.

Nora und Ennia entschlossen sich, eine Fahrradtour zu machen. Radfahren war nicht sonderlich angesehen in Belgrad, wie ihr Tourguide Miran ihnen erklärte. Radfahren galte als etwas, das nur arme Leute machten. Es gab daher auch kaum Radwege und Miran fuhr auf den Bürgersteigen, was jedoch niemanden störte.

Miran führte sie durch die Altstadt und über eine Brücke über den Fluss Save weiter ins Viertel Novi-Beograd, dessen Architektur kommunistischer Fasson war. Nora freute sich über die kreative Streetart, die sie überall erblickte, die oft auch eine politische Message enthielten. Sie musste unwillkürlich an PAXX und dessen Klimagraffitis denken.

Dann besuchten sie die Festung von Belgrad. Diese lag an der Mündung der Save und der Donau und bot den Schwestern einen einzigartigen Blick über Neu-Belgrad und den architektonisch spannenden Genex-Turm.

Nach der Tour gaben Nora und Ennia ihre Räder ab und schlenderten in das nahe gelegene Viertel Dorcol, um dort etwas zu essen und einen kühlen Drink zu genießen. Nora probierte vegetarische Cevapcici und Ennia bestellte sich Posni Burek, ein veganes Gericht, das hauptsächlich aus Blätterteig und Kartoffeln bestand. Um möglichst viele lokale Spezialitäten probieren zu können, teilten die Schwestern oft die Gerichte, die sie bestellten, um davon jeweils die Hälfte zu essen.

«Weißt du, ich bin froh, dass du mich überredet hast», meinte Ennia plötzlich. «Die Reise ist wundervoll und ich finde es super, dass wir auch Orte und Städte erkunden, die wir nicht auf der Karte hatten. In Belgrad habe ich mich total verliebt.»

«Ja, die Stadt ist wirklich toll. Wollen wir die Reservierung für den Schlafwagen stornieren und ein paar Tage später reisen?»

Ennia winkte kauend ab. «Mmmmhhh, nein, aber vielleicht können wir auch noch einen Tag oder zwei in Thessaloniki bleiben. Das ist bestimmt superschön.»

«Das sollte klappen. Das Hotel in Athen haben wir erst in drei Tagen reserviert. Wir haben also noch etwas Zeit.»

Es war schwierig gewesen, vorab festzulegen, wann sie wo sein würden. Aber angesichts des Hochsommers und der vielen Touristen war es Nora und Ennia wichtig gewesen, Übernachtungsmöglichkeiten zu haben. In kleineren Städten oder Orten konnten sie auch mal spontan Unterschlupf finden – und immer wieder verbrachten sie ihre Nächte ihn den Schlafwagen der Züge. So auch die kommende Nacht, das stand somit fest.

«Ich kann in diesen Nachtzügen leider nicht gut schlafen. Ich beneide dich um deinen Tiefschlaf. Dich könnte man in dem Dom hier auf den Boden legen und du würdest tief und fest schlummern.»

Ennia musste lachen. «Das ist ein Privileg, das weiß ich. Ich weiß auch nicht, warum das bei mir so ist.»

«Du meintest, du hättest kaum mehr an Daniel gedacht. Hin und wieder aber schon?»

«Wie kommst du denn jetzt darauf?»

«Es interessiert mich einfach.»

«Er hat mir geschrieben, dass er seine Sachen aus der Wohnung geholt hat. Den Schlüssel hat er wohl bei Paps abgegeben. Jetzt wohnt er also mit seinem Sternchen zusammen und macht Karriere als Popstar.»

«Wer's glaubt. Er tingelt jetzt als ‹Freund von› durch die Medienlandschaft. Mehr wird da nicht draus werden. Und wenn er sich nur so viel wert ist ...»

«Es ist mir auch eigentlich egal. Es hilft aber sicher, dass ich weg bin und die ganzen Medienberichte nicht mitansehen muss.»

Nora blickte auf die Uhr. «Unser Zug geht schon in zwanzig Minuten und ich habe keine Ahnung, wo der Bahnhof ist.»

«Oh, Mist, wir haben uns total verquatscht.» Ennia stand auf und griff nach ihrem Rucksack. Dann fuchtelte sie mit den Händen, um dem Kellner zu bedeuten, an den Tisch zu kommen. «Die Rechnung, bitte», bat sie ihn auf Englisch.

Sie mussten mit der Karte bezahlen, da sie keine serbischen Dinare gewechselt hatten, und es dauerte einige Minuten, bis der Kellner mit dem Kartengerät wieder an ihrem Tisch erschien.

«Sechzehn Minuten», sagte Nora, während Ennia ihre Karte durch das Gerät zog. Sie suchte auf ihrem Handy nach dem Weg zum Bahnhof. «Zwölf Minuten dauert der Weg», meinte sie. «Das sollten wir schaffen, wenn wir uns nicht verlaufen.»

Die Schwestern schnappten sich ihre Rucksäcke und spurteten los. Nora führte sie im Lauftempo um die Häuserecken herum. Vor sich sah sie eine Brücke, die über die Save führte, links davon musste der Bahnhof liegen.

Nora sprintete über die Straße auf die Brücke zu. Sie blickte auf den Bildschirm ihres Smartphones, um sich zu vergewissern, wo genau sie nach der Brücke abbiegen mussten. Ennia war dicht hinter ihr. Sie lief auf dem Bürgersteig über die Brücke, dicht am Geländer. Für einen Augenblick schaute sie auf, doch es war bereits zu spät. Ohne abzubremsen, stolperte sie in den Kinderwagen, der direkt vor ihr auf der Brücke stand. Sie wankte, das Handy fiel vor ihr auf den Boden. Nora hielt reflexartig den Kinderwagen fest, damit er nicht kippte. Sie sah ihr Handy über den Boden schlittern. Ein junger Mann, der ihr auf der Brücke entgegenkam, sah das Handy zu spät – mit seinem nächsten Schritt schob er es direkt ans Geländer. Dieses bestand aus einem Gitter mit Zwischenräumen – und genau einen solchen Zwischenraum erwischte Noras Smartphone.

Sie konnte nur noch voller Entsetzen dabei zusehen, wie das Gerät von der Brücke hinunter in die Save plumpste und sofort unterging. «Mein Handy!», rief sie aus.

«Komm, wir müssen weiter», drängte Ennia.

«Mein Handy ist da unten!»

«Ich weiß. Was willst du tun, Nora? Danach tauchen? Es wird bis dahin eh kaputt sein. Vergiss es. Das Handy ist weg. Komm jetzt.»

Ennia zerrte an Noras Arm, um die Schwester zum Weiterlaufen zu bewegen. Nora rappelte sich auf.

«Sorry», sagte sie zu der verdutzten Mutter, die neben dem geparkten Kinderwagen stand. «Sorry», sagte auch der junge Mann, der das Handy im Fluss versenkt hatte. Es musste alles nur ein paar Sekunden gedauert haben, doch Nora hatte das Gefühl, die Welt stand still. Dabei war es doch nur ein Handy.

Das Kind im Wagen schrie.

«Komm jetzt, Nora, wir verpassen den Zug.»

Nora blickte auf und sah, wie sich Ennia auf das Ende der Brücke zubewegte. Ihre Schwester hatte recht – das Handy war verloren. Sie mussten diesen Zug erwischen, sie konnte sich später um die Lösung ihres Problems kümmern.

Also setzte sie sich in Bewegung und holte Ennia mit einem schnellen Sprint ein. Ennia bog nach der Brücke links ab, Nora tat es ihr gleich. In der Ferne konnte sie bereits das Bahnhofsgebäude erkennen. Sie hoffte, dass sie es noch schaffen würden.

26

Sechzehn Stunden Fahrt lagen vor ihnen. Sie würden die Nacht durchreisen und noch einen guten Teil des folgenden Tages. Nora hoffte, dass der Zug eine gute Klimaanlage hatte. Nach der ausgefallenen Klimaanlage im Zug nach Ljubljana hatten sie sich in weiser Voraussicht je einen großen Fächer gekauft, der im Notfall etwas Abhilfe verschaffen würde. Sie ärgerte sich wegen des verlorenen Handys. «Was mache ich denn jetzt?», frage sie Ennia – oder mehr sich selbst. Sie waren gerade noch in den Zug gesprungen, da hatte sich dieser auch schon in Bewegung gesetzt. Nun befanden sie sich auf der Suche nach ihrem Schlafabteil.

«Du kannst deine alte Nummer wohl erst in der Schweiz wiederbekommen. Oder Mum und Dad schicken dir eine neue SIM-Karte. Ich werde sie nachher mal anrufen. Am besten besorgen wir dir in Thessaloniki ein Handy und eine Prepaid-Karte.»

«Meine ganzen Fotos», jammerte Nora.

«Die meisten Bilder hast du doch auf der Kamera.»

«Ja, die von der Reise zum Glück schon. Aber da waren noch viele andere von früher.»

«Hast du keine Cloud?»

«Doch. Du hast recht, womöglich kann ich sie retten, wenn ich wieder eine Karte mit meiner Nummer habe.»

Nora sah, wie Ennia ihr direkt in die Augen blickte. Ihr Mund verzog sich komisch und Nora spürte, dass Ennia im Begriff war, ein lautes Lachen zu unterdrücken. Ihre Mundwinkel zuckten, Ennia begann zu summen. Sie blickte auf den Zettel, auf dem die Nummer ihrer Schlafkabine notiert war. Doch es nützte alles nichts. Ennia brach in schallendes Gelächter aus, bis ihr die Tränen kamen. «Dieses Bild», japste sie. «Wie du das Baby im Kinderwagen gerade noch aufgefangen hast.» Sie lachte und lachte. «Mein Gott, wenn der Typ das Handy hätte von der Brücke kicken wollen – er hätte das doch nie geschafft.»

«Haha», machte Nora. Doch jetzt, wo ihr klar war, dass sie gar nicht so viel verloren hatte, fand sie die Situation auf der Brücke auf einmal auch urkomisch. «Und wie das Handy von der Brücke flog. Wie in Zeitlupe», stimmte sie ein und konnte sich dann plötzlich selbst nicht mehr halten vor Lachen.

«Da vorne ist unser Abteil», keuchte Ennia und schleppte sich die letzten Meter durch den engen Flur.

***

Der Schlafwagen war definitiv nicht zu vergleichen mit dem, den sie von Zürich nach Wien bezogen hatten. Sechs schmale Pritschen aus Metall hingen in der kleinen Kabine – jeweils links und rechts drei übereinander. Es gab auch keine Decken oder Kissen und die Schwestern mussten ihre Schlafsäcke aus den Rucksäcken kramen.

«Wenigstens sind wir, wie es aussieht, allein.»

Der Zug zuckelte los, es war noch hell draußen und die Sonne schickte goldenes Abendlicht über den Bahnhof von Belgrad. Nora wäre am liebsten ausgestiegen und hätte noch ein paar Fotos gemacht. Aber dafür war es definitiv zu spät. Allerdings war es noch zu früh zum Schlafen. Und sie brauchte einen kühlen Drink. Oder einen Schnaps. Nach all der Aufregung.

«Komm, wir schauen uns mal um, vielleicht gibt es irgendwo eine Bar. Oder wenigstens einen Speisewagen oder einen Tisch oder so was», forderte Nora Ennia auf. Sie dachte, dass es womöglich einen Wagen gab mit Tischen und Bänken – denn in den Schlafabteilen befand sich nichts dergleichen.

Sie öffnete die Tür und trat in den schmalen Flur. Und blieb vor Schreck wie angewurzelt stehen. Denn eine gelbe Tasche und ein Schopf strubbeliger, blonder Haare verschwanden zwei Türen weiter in dem Schlafabteil. Andy?

Nora ging eilig in ihr Abteil zurück und drückte die Tür zu, bevor sie sich dagegenlehnte. Sie hatte das Gefühl, alles Blut sei aus ihrem Kopf und ihren Beinen gewichen.

«Ennia, Andy ist hier.»

«Was?»

«Ja, seine gelbe Tasche. Und die blonden Haare. Ich habe sie gesehen.»

«Nora, das könnte jeder sein.»

«Nein. Er ist es. Ganz sicher. Was macht er hier?»

«Keine Ahnung. Aber wenn er es ist, wird er es dir erklären, denn abhauen kann er jetzt eine ganze Weile nicht, es sei denn, er will aus dem Zug springen und sich umbringen.»

«Vielleicht erledige ich das vorher», meinte Nora herausfordernd. Obwohl sie noch nicht einmal mit Sicherheit wusste, ob er es war.

«Was hast du vor?»

«Ich gehe da rein, natürlich.»

«Soll ich mitkommen?»

«Nein, ich glaube, das muss ich allein erledigen. Aber vielleicht kannst du vor der Tür warten?»

Nora ging vorsichtig zu der Kabine, in der die gelbe Tasche verschwunden war. Sie konnte von außen nichts erkennen. Ihr Herz klopfte bis zum Hals. Sollte sie ihn anbrüllen? Oder vorsichtig nachfragen? Und wenn dadrin gar nicht Andy war? Dann würde sie sich bis auf die Knochen blamieren. Einfach los, dachte sie sich dann und stieß mit einem Ruck die Tür nach innen auf.

«Andy, du Mistkerl. Was sollte das?»

Der lange Kerl sprang erschrocken von seiner Pritsche auf, sodass die gelbe Tasche sowie der Laptop auf den Boden fielen. Den Kopf haute er sich dabei über dem Bett darüber an. Es kümmerte ihn nicht. Er packte die Tasche, stopfte den Inhalt, der herauslugte, rasch hinein und zog den Reißverschluss zu. Nora hatte nur einen schwarzen Stoff erkennen können. Es sah zumindest nicht aus wie ein Maschinengewehr.

Er warf die Tasche auf das Bett und dann, endlich, griff er mit einer Hand an die Stelle am Kopf, mit der er gegen das Metallbett geprallt war. Das würde eine schöne Beule geben, dachte Nora, die alles erst einmal still beobachtete.

Dann erst blickte er auf und erst jetzt schien er zu erkennen, wer da vor ihm stand. «Mein Gott, Nora. Du bist es wirklich.» Sein Blick veränderte sich, wurde weicher, zärtlicher. «Ich habe dich so vermisst.»

Damit hatte sie nicht gerechnet. «Klar, darum bist du auch einfach abgehauen. Weil du mich so vermisst hast. Denkst du, ich bin blöd? Ich hätte gern eine Erklärung.»

Er sah aus, als müsste er sich sammeln. Kein Wunder – sie war völlig unvorbereitet in sein Leben geplatzt. Ebenso unvorbereitet, wie sie gewesen war, als er sie damals am Wiener Bahnhof hatte stehen lassen. Selbst schuld, dachte Nora, während sich Andy die schmerzende Stelle am Kopf rieb. «Es blutet», stellte er fest und betrachtete den roten Fleck auf seiner Hand. Nora überlegte, ob sie Ennia rufen sollte, die war schließlich Ärztin. Allerdings schien die Wunde nicht sonderlich schlimm zu sein und sie hatte wirklich keine Lust, ihn in dieser Situation noch zu verarzten. Er zog aus seinem schwarzen Rucksack, der vor der Pritsche auf dem Boden stand, ein Taschentuch aus Stoff, das er sich auf den Kopf drückte. Dann kam er einen Schritt auf sie zu. «Nora. Die

Begegnung mit dir, diese Nacht, sie hat mich umgehauen. Ich hatte Angst.»

Sie funkelte ihn an. «Hör auf, mich damit vollzusülzen. Ich bin nicht blöd, das habe ich schon einmal gesagt.»

«Was hätte ich für einen Grund gehabt, dir das alles vorzuspielen? Ich wusste, dass du die Eine bist, in dem Augenblick, als du in den Wagen kamst. Es war verrückt und es hat mich überfordert. Wenn es nicht so gewesen wäre, wäre es ein Leichtes gewesen, einfach zu schlafen und dich in Ruhe zu lassen. Ich konnte nicht anders – aber ich wusste auch, dass ich das nicht weiterführen kann. Nicht jetzt oder in dieser Situation. Mein Gott, ich hätte nie damit gerechnet, dich wiederzusehen. Aber ich habe so oft an dich gedacht.»

«Was hat dich an der Situation gestört?»

«Dass wir beide reisen, unsere eigenen Projekte erledigen, dass du in der Schweiz lebst und ich in England ...»

«Du hättest mir deine Nummer geben können und wir hätten uns danach getroffen, wenn alles erledigt gewesen wäre.»

«Ich habe nicht daran gedacht. Ich habe innerhalb von Sekunden entschieden. Es tut mir leid. Wirklich. Es schien mir in dem Augenblick das Beste für uns beide.»

«Ich mag es, wenn ich mitentscheiden kann, was das Beste für mich ist.»

«Genau das finde ich an dir so beeindruckend. Wie gesagt, es tut mir leid. Nora, ich bin so froh, dass ich dich wiedersehe. Das meine ich ernst. Ich weiß, ich kann im Moment alles sagen und du glaubst es nicht.»

Er hob seine gelbe Tasche auf und stellte sie ans Fußende seiner Pritsche. Dann nahm er den Laptop und legte sich aufs Bett. Er hielt sich noch immer seinen Kopf. Und sitzen konnte er nicht, dafür war das obere Bett zu nah an seinem befestigt.

«Wo fährst du hin?», fragte er sie dann.

«Na, wohin wohl? Du weißt ja, wohin dein Zug fährt.»

«Ich fahre von Thessaloniki aus weiter nach Athen.»

«Alles okay, Nora?» Ennia streckte den Kopf durch die Tür.

«Andy hatte Angst», sagte Nora auf Englisch, sodass auch er es verstehen konnte. «Weil wir reisen und in verschiedenen Ländern wohnen. Ist das nicht eine großartige Erklärung? Außerdem hat er sich den Kopf gestoßen. Er blutet.»

Ennia trat in den Schlafwagen und auf Andy zu, sie kniete sich vor ihn hin und zog Andys Hand und das Taschentuch weg. «Kannst du mal eben drüben meine kleine Taschenapotheke holen?», bat Ennia Nora. Sie verdrehte die Augen, musste allerdings auch ein bisschen grinsen – wenn Ennia eine Verletzung sah, war alles darum herum egal.

«Es geht schon», sagte Andy. «Ich kannte solche Gefühle nicht und sie kamen so plötzlich – und auch wirklich ungelegen. Ist es so verwerflich, kalte Füße zu bekommen? Ich dachte, ich würde dich nie wiedersehen. Ich habe dich vermisst. Und obwohl du jetzt sauer auf mich bist – zu Recht –, bin ich einfach nur froh, dass du wieder da bist. Würdest du mir noch eine Chance geben? Bitte.»

«Und dann haust du wieder ab?»

«Ich gebe dir jetzt sofort meine Handynummer.» Er stand auf und kam auf sie zu. «Gib mir deine und ich rufe dich an. Ich werde nicht lügen.»

Nora schüttelte den Kopf. «Mein Handy liegt in der Save», erklärte sie erbost. Zum ersten Mal war sie froh darum – sie brachte es einfach nicht über sich, sich zu öffnen und ihm zu verzeihen, auch wenn sie spüren konnte, dass er es ernst meinte. Er stand auf und streichelte ganz sanft ihre

Wange. Ihre Knie wurden weich, am liebsten wäre sie sofort in seine Arme gefallen.

«Sortiere deine Gedanken», sagte er, «und wenn du magst und bereit bist, kommst du zu mir. Ich werde da sein und freue mich. Ich habe ein paar Tage Zeit in Athen und würde sie sehr gerne mit dir zusammen verbringen, wenn deine Schwester einverstanden ist. Schauen, wie gut das mit uns passt, uns besser kennenlernen. Und dann sehen wir weiter.»

Nora nickte. In ihrem Kopf purzelte alles durcheinander. Nur schon Andy wiederzusehen war überwältigend. Und solche Worte von ihm zu hören ... Sie hatte ihm den Hals umdrehen wollen. Und jetzt? Sollte sie ihm vertrauen? Nach allem, was war?

«Ich muss hier raus», brachte sie mühsam hervor. «Ich muss nachdenken.»

27

Zum Glück waren sie allein in ihrer Sechserkabine. Ennia hatte herausgefunden, dass man die oberen Pritschen hochklappen und an der Wand befestigen konnte. So konnten sie immerhin aufrecht auf ihren Betten sitzen.

Nora biss in einen Apfel. Der Appetit war ihr vergangen. Ennia hatte Brot, Nüsse, Käse und allerlei Früchte, Trauben, Feigen und Äpfel vor sich ausgebreitet und griff herzhaft zu.

Sie war nach Noras Abgang noch einmal bei Andy gewesen – mit ihrer Apotheke – und hatte die Wunde desinfiziert und geklebt. Die Haut sei aufgeplatzt, hatte sie gemeint. Womöglich wäre es sogar besser gewesen, sie zu nähen.

«Was soll ich denn jetzt tun?»

«Was *willst* du denn jetzt tun, ist eher die Frage, oder?» Sie biss in ein Brötchen, das sie mit Käse und getrockneten Feigen belegt hatte.

«Am liebsten würde ich da rübergehen und ihn küssen.»

«Dann geh.» Ennia zuckte mit den Schultern.

«Ennia. Er ist in Wien einfach abgehauen.»

«Er hat erklärt, warum. Er ist davon ausgegangen, dass ihr euch nicht wiederseht. Er hat sich entschuldigt und er hat gesagt, dass er dich vermisst hat. Er hat dir angeboten, dir seine Nummer zu geben und es noch einmal richtig zu versuchen. Viel mehr kann er nicht machen, denke ich.»

«Und jetzt soll ich da rübergehen und ihm in die Arme fallen?»

«Du könntest einfach mal rübergehen und mit ihm reden. Ihn besser kennenlernen. Aber nett und unvoreingenommen.»

«Ach komm, Ennia. Du könntest das auch nicht einfach abhaken. Er hätte wenigstens was sagen können.»

«Es war nicht okay, klar. Aber ich denke, dass er es aufrichtig bedauert. Er hatte in Wien auf einmal die Wahl, zu flüchten. Und da hat er es getan. Und bereut. Doch dann war es zu spät. Ich denke, dass er euch nun wirklich eine Chance geben will.»

«Gib mir bitte etwas von dem Brot, bevor du alles weggefressen hast», bat Nora. «Ich brauche eine Stärkung, bevor ich die Höhle des Löwen betrete.»

28

Er tigerte in seiner Kabine auf und ab wie ein aufgescheuchtes Tier im Käfig. Nora war wieder da. Sein Herz klopfte wie wild. Er hatte schon in Wien gewusst, dass er sich in sie verliebt hatte. Deshalb war er auch gegangen. Er wollte sie nicht in seine Geschichte hineinziehen. Das Leben, das er führte, war ein einsames. Das war der Kompromiss, den er eingehen musste, um seine Sache richtig zu machen. Er durfte sich keine Fehler erlauben.

Die Wunde an seinem Kopf schmerzte. Ennia hatte ihm eine Tablette gegeben und er hoffte, dass sie bald wirken würde. Diesen blöden Unfall hätte es wirklich nicht gebraucht. Hätte er doch die Kabinentür abgeschlossen. Allerdings wäre Nora dann nicht plötzlich vor ihm gestanden. Wie konnte es sein, dass sie nun wieder im selben Zug saß wie er? Wie viele Zufälle konnte es geben und was wollte das Schicksal ihm sagen? Er sah sie deutlich vor sich, wie sie dagestanden und ihn angefunkelt hatte. Ihre fast schwarzen Augen mit den langen Wimpern, ihre Sommersprossen – nur um die Nase herum –, in die er sich verliebt hatte, die vollen Lippen, die braune Haut. Er hatte sich so viele Details gemerkt – wie sie mit den Fingergelenken knackste, wenn sie nervös oder in Gedanken versunken war, oder wie sie ihre Augenbrauen zusammenzog, wenn sie nachdachte.

Ihr Wiedersehen musste etwas bedeuten. Und sosehr er wusste, dass es ihn – und womöglich auch sie – in Gefahr bringen würde: Er konnte nicht anders, als sich noch einmal auf sie einzulassen, um herauszufinden, welchen Sinn ihre Begegnungen hatten.

Er packte seine gelbe Tasche und stellte sie unter die Pritsche. Niemand durfte je herausfinden, was darin versteckt war. Zugegeben, er hätte vielleicht ein weniger auffälliges Gepäckstück nehmen sollen.

Der Blick auf die Uhr verriet, dass fast eine halbe Stunde vergangen war, seit Nora aus seinem Abteil verschwunden war. Draußen war es immer noch hell, um diese Jahreszeit wurde es kaum vor zehn Uhr abends dunkel. Dafür wurden die Schmerzen endlich weniger. Die Tablette begann zu wirken.

Nora! Er dachte an ihr schönes Lachen, das Funkeln in ihren Augen, ihre langen, fast schwarzen Haare, die süße Brille mit dem Goldrand. Er dachte auch an ihre Gespräche, an ihr Verständnis für Kunst und Kultur, ihr Interesse und ihren Einsatz für das Wohlergehen dieser Erde. Sie war zweifelsfrei eine spezielle Frau – klug, schön, natürlich und bescheiden. Im Moment allerdings auch kratzbürstig – was ihr nicht zu verübeln war.

Andy hatte oft an sie gedacht. Er hatte sie vermisst. Er konnte gut verstehen, dass sie ihm das nicht glaubte, daher würde er es ihr so gerne beweisen – aber was dann? Es konnte auch jetzt nicht weitergehen mit ihnen, da war diese Sache, seine Mission, die er erfüllen wollte. Musste. Vielleicht konnten sie sich danach wiedersehen? Doch wie konnte er sie vertrösten, ohne ihr die Wahrheit zu sagen?

Ein Klopfen an der Tür holte ihn aus seinen Gedanken.

29

«Lass uns reden», begann Nora den erneuten Besuch. Er bedeutete mit einer Armbewegung, dass sie hereinkommen solle. Nora klappte sofort die oberen Betten hoch – Andy hatte seine Kabine ganz für sich allein. Das Interesse, mit dem Nachtzug von Belgrad nach Thessaloniki zu reisen, schien nicht sonderlich groß zu sein.

«Was für eine Erleichterung», seufzte Andy und klappte auch auf seiner Seite die Pritschen hoch. «Dass ich nicht selbst darauf gekommen bin. Das hätte mir ein Loch im Kopf erspart.»

Er war an die eins neunzig groß, schätzte Nora. Er wirkte noch größer als vor wenigen Wochen bei ihrer ersten Begegnung. Und er war braun gebrannt. Allerdings wirkte er auch schmächtiger, dünner als damals.

«Erzähl mir, warum.»

Er setzte sich auf das Bett ihr gegenüber. Möglichst viel Distanz. Was schon schwierig genug war in dem kleinen Abteil.

«Ich kann dir nicht alles erzählen, das musst du vorab wissen. Ich will dich nicht anlügen, das habe ich nie gewollt. Aber es gibt im Moment noch eine Sache, die ich dir nicht erzählen kann. Wenn du damit nicht umgehen kannst, verstehe ich das. Ich werde dir alles erzählen, aber ich brauche noch etwas Zeit.»

«Ist das auch ein Grund, warum du gegangen bist?»

«Ja.» Er nickte. «Ich dachte, wenn ich einfach gehe, entsteht keinem von uns ein Schaden. Es war nur eine Nacht und wir kommen darüber hinweg.»

«Und dann?»

«Habe ich dich vermisst ...»

Was für ein Quatsch, dachte Nora, wagte es jedoch nicht auszusprechen. Sie wollte nicht in eine Opferrolle fallen. Sie merkte, dass sie sich davon lösen musste, wenn sie sich und Andy noch eine Chance geben wollte. Er verbarg etwas vor ihr – was es nicht einfacher machte. Auf der anderen Seite sah sie seinen Blick, die Sehnsucht darin, hörte seine zittrige Stimme. Sie spürte, wie er mit sich rang. «Wer bist du?», hörte sie sich fragen.

«Ich habe die Wahrheit gesagt. Ich bin Andy aus London und ich bin Kunstdozent.»

«Und warum reist du durch Europa?»

«Das kann ich im Moment nicht sagen.»

«Hat es etwas mit einer anderen Frau zu tun?»

«Was? Nein! Nora, ich will keine Frau. Oder na ja ... Ich wollte keine, bis ich dich getroffen habe. Und du? Gibt es bei dir einen anderen Mann?»

«Nein», meinte Nora nachdenklich. «Aber natürlich sind Dates ein Teil unserer Reise.»

«Warst du erfolgreich?»

«Natürlich», erklärte Nora jetzt ohne Freude. «Ich hatte das Gefühl, ich würde dich nie wiedersehen. Die Ablenkung tat gut.»

Sie erkannte den Schmerz in seinem Blick. «Hast du überhaupt je an mich gedacht?»

«Oft. Ich habe mich immer gefragt: Warum? Natürlich waren es nicht überwiegend positive Gedanken.»

«Ich habe mich noch nie jemandem so schnell so nah gefühlt. Und das ist auch jetzt nicht anders», meinte Andy.

«Nein», bestätigte Nora. «Und nun?»

«Ich weiß es nicht. Ihr fahrt doch auch nach Athen? Wollen wir da ein paar Tage zusammen verbringen und dann sehen wir weiter? Vielleicht hasst du mich bis dahin ...»

«Und wenn nicht?»

«Dann finden wir einen Weg. Dann werde ich meine Reise zu Ende bringen und dir anschließend alles erzählen.»

«Okay», meinte Nora. «Aber ich möchte nicht wieder mit der Nacht beginnen. Fangen wir morgen an?»

«Ich werde bereit sein», erwiderte er und lächelte sie liebevoll an.

30

Es war eine unruhige Nacht im Schlafwagen. Während Ennia wieder tief schlief und sich erholte, wälzte sich Nora schwitzend hin und her und wandte alle Meditationstechniken an, die sie kannte. Ohne Erfolg. Es würde eine lange Zeit werden und sie würde Andy am nächsten Tag ziemlich müde und zerknautscht gegenübertreten. Da sie es nicht ändern konnte, hoffte sie, dass es Andy wenigstens genauso ging und er ebenso schlaflos zwei Abteile weiter in seinem Bett lag und Löcher in die Luft starrte.

Sie spürte, dass sie insgeheim befürchtete, Andy könnte es sich wieder anders überlegen und am Morgen kurz nach Ankunft möglichst rasch und ohne etwas zu sagen aus dem Zug springen.

Nora schaute sich zwei Filme auf ihrem Laptop an und bearbeitete ein paar ihrer Fotos aus Belgrad. Am frühen Morgen fiel sie dann doch noch in einen leichten, unruhigen Schlaf.

Es war schon deutlich nach zehn Uhr, als sie endlich am Bahnhof von Thessaloniki ankamen. Andy stand mit gepackten Taschen – inklusive der geheimnisvollen gelben – vor Noras und Ennias Abteil. Nora spürte, dass er ihr die Sicherheit geben wollte, dass er nicht einfach wieder untertauchen würde.

Ennia hatte beschlossen, den Turteltauben das Feld zu überlassen. Sie hatte bereits in Belgrad eine Chat-Bekanntschaft mit einem jungen Athener eingefädelt und wollte sofort weiterreisen, um diesen kennenzulernen. Nora und Andy wollten dagegen zwei Tage lang Thessaloniki erkunden.

Sie frühstückten noch ausgiebig zusammen, und dann umarmte Nora ihre Schwester innig. «Pass auf dich auf», flüsterte Ennia Nora zu.

«Und du auf dich. Wir sehen uns übermorgen in Athen.»

«Um zwanzig Uhr im Hotel. Wenn du bis dahin kein Handy hast.»

«Sobald ich eins habe, schreibe ich dir», versprach Nora.

Sie hoffte, dass sie richtig entschieden hatte, auch wenn ihr Herz ganz klar sagte, dass es so war.

***

Thessaloniki war mit über dreihundertzwanzigtausend Einwohnern die zweitgrößte Stadt Griechenlands und gehörte zum UNESCO-Weltkulturerbe. Nora und Andy bemühten sich redlich, etwas von der Stadt zu sehen. Aber im Grunde wollten sie einfach nur zusammen sein, einander kennenlernen, reden, die Wunden aus Wien ausheilen lassen. Sie sehnten sich nach Unbeschwertheit und Leichtigkeit.

Sie suchten sich zunächst ein schönes Hotel für die kommende Nacht und buchten dort zwei Zimmer. Nora wollte nicht in die Situation geraten, Andy schon jetzt zu nahe zu kommen – auch wenn sie sich dies insgeheim wünschte. Und Andy respektierte die Bitte nach getrennten Zimmern. Aber es fiel ihnen beiden schwer. Beide hegten eine riesige Sehnsucht nach Liebe und Geborgenheit.

Wie scheue Rehe tänzelten sie umeinander herum, flirteten, berührten sich zufällig an den Händen, den Armen, aber trauten sich nicht, sich zu umarmen oder zu küssen. Dabei war es offensichtlich, wie schwer es ihnen beiden fiel, sich zurückzuhalten. Nora fehlte einfach das Vertrauen. Im Zug nach Wien hatte sie sich der Nähe hingegeben, überwältigt von den Gefühlen, die so rasch gekommen waren und die sie nicht gekannt hatte. Die Gefühle waren wieder da. Sie waren nie weg gewesen. Dafür aber das Vertrauen, das Andy so sehr missbraucht hatte. Es brauchte Zeit, dieses wieder aufzubauen. Andy wusste es – und wollte nichts falsch machen.

Nachdem das Hotel gebucht war und sie ihre Taschen in den Zimmern abgeladen und sich etwas erfrischt hatten, wollten sie doch noch ein bisschen was von der Stadt sehen. Auf dem Programm stand die Hagia Sophia von Thessaloniki, die zuerst eine Kathedrale war und später zur Moschee wurde. Im Jahr 1917 gab es ein großes Feuer in der Stadt, bei dem auch die Hagia Sophia stark zu Schaden kam.

Nora genoss es, Andys Schilderungen zu lauschen. Sein Allgemeinwissen und seine Kenntnisse über Kunst und Kultur beeindruckten sie. Es war entspannend, für einmal nicht im Handy nachlesen zu müssen, was alles um sie herum stattfand. Zumal sie ohnehin keins hatte.

Direkt am Ufer des Thermaischen Golfes befand sich ein Wahrzeichen Thessalonikis: der Weiße Turm. Dieser war schon Befestigungsanlage, später Gefängnis. Heute war in dem Gebäude ein Museum mit Themen zur byzantinischen Kultur untergebracht, welches Nora unbedingt besuchen wollte.

Nach dem Museumsrundgang war es schon spät genug für zwei hungrige Touristen, und Nora und Andy suchten ein schönes Restaurant für ein gemütliches Abendessen.

Am nächsten Tag schauten sie sich noch den Galeriusbogen an, ein Triumphbogen für den römischen Kaiser Galerius Valerius Maximianus aus dem Jahr 303 nach Christus. Er hatte ihn nach seinem Sieg über den Perserkönig Narses erbaut. Heute war das Bauwerk jedoch nur noch in Teilen erhalten.

Nach dem römischen Forum gingen sie zum Platz des Aristoteles, einem der wichtigsten Plätze Griechenlands, benannt nach dem griechischen Philosophen. Der Platz war in einem Halbkreis angelegt und befand sich direkt neben der Uferpromenade.

« Manchmal überlege ich mir, ob ich alle diese spannenden Städte und Sehenswürdigkeiten in einem zu kurzen Zeitabstand sehe », überlegte Nora laut, während sie einen Löffel voll Pistazieneis in den Mund schob. Sie hatten sich an einem Eisstand einen großen Becher voll geholt. Die Abkühlung tat gut – es war weiterhin brütend heiß und Nora hatte das Gefühl, sie könnte bald ebenso dahinschmelzen wie die süße Masse vor ihr im Becher.

« Wie meinst du das ? », erkundigte sich Andy.

« Na ja, ich sehe so viele Städte in so kurzer Zeit, dass es manchmal schwierig ist, alle Eindrücke zu verarbeiten. Und bleibt dann noch was übrig für mein restliches Leben ? »

« Bereust du deine Reise etwa ? »

« Nein, sie ist einfach wunderbar. Ich habe noch nie so viele verrückte Dinge erlebt wie in den letzten Wochen. »

« Es gibt so viele wunderschöne Städte und Regionen auf der Welt und in Europa, dass auch danach noch jede Menge übrig bleibt. Wir konzentrieren uns oft auf das Offensichtliche. Und vergessen, dass es noch viele Reiseziele gibt, die noch nicht touristisch erschlossen sind. »

« Wohin möchtest du gerne noch reisen ? »

« Ich möchte gerne mal aus Europa raus », meinte Andy. « Allerdings möchte ich nicht fliegen und auch sonst keine Verkehrsmittel nutzen, die der Umwelt schaden. Also muss ich wohl segeln. Ich habe das tatsächlich vor und schon ein paar Kurse besucht. Letzten Sommer habe ich sogar den Segelschein gemacht. »

« Oh, wow », stieß Nora hervor.

«So ein Segeltrip – mehrere Monate oder gar Jahre – wäre toll. Kommst du mit?»

«Klar», meinte Nora, war sich allerdings nicht sicher, ob sie das auch wirklich so meinte. Oder ob *er* das so meinte.

«Erzähl mir mal, wo du zaubern gelernt hast.»

Andy schmunzelte. «Es ist ein kleines Hobby von mir. Ich hatte tatsächlich mal daran gedacht, Zauberer zu werden, und mir einige Tricks angeeignet. Als ich jünger war, trat ich manchmal auf Hochzeiten oder Geburtstagsfeiern auf. Inzwischen fehlt mir dafür aber die Zeit.»

«Wenn du das so gut kannst – warum hast du das denn nicht beruflich gemacht?»

«Ich glaube, dass man die Freude an einem Hobby verliert, wenn man es zum Beruf macht.»

«So geht es mir mit der Fotografie», meinte Nora nachdenklich.

Sie machten noch einen Abstecher zur Festung Heptapyrgion, ein Zitadellenkomplex in der Akropolis von Thessaloniki. Heute war es ein Institutsgebäude der Aristoteles-Universität. Die Festung bestand aus sieben Türmen. Nora machte ein paar letzte Fotos. In weniger als einer Stunde würde ihr Zug nach Athen abfahren und sie mussten noch ihr Gepäck aus dem Hotel holen.

31

Sie gingen langsam den gepflasterten Weg entlang, hoch über ihnen thronte die Akropolis von Athen. Die Sonne stand inzwischen so tief, dass sie ein wunderschönes, warmes Licht auf die Stadt und auf Andys Gesicht warf. Nora klaubte ihre Kamera aus ihrer Umhängetasche, schaute durch den Sucher und drückte ab.

«Hey, was machst du da?», rief Andy gespielt empört.

«Schau dir dieses Licht an. Das ist Fotolicht. Die Golden Hour, die letzte Stunde, bevor die Sonne untergeht. Das schönste Licht des Tages. Wenn ich dann eine Kamera dabeihabe und keine Fotos machen kann, drehe ich durch», erklärte Nora entschuldigend.

Andy lachte. «Ich kann dich gut verstehen. Manchmal geht der Künstler in einem durch. Aber mach ruhig noch ein paar Bilder – du bist wirklich talentiert und ich habe schon lange keine schönen Fotos mehr von mir machen lassen.»

Nora stoppte vor einer kleinen Gasse, die links und rechts von gelben Häusern mit orangen Dächern gesäumt war. In der Mitte stand eine Art Torbogen, der von einem riesigen Busch weißer Blumen überwuchert wurde. Sie bat Andy, aus der Gasse heraus auf sie zuzulaufen. Er solle sich einfach auf seinen Spaziergang konzentrieren, nicht auf die Kamera. Andy sah ein bisschen skeptisch aus, tat aber wie geheißen. Nora wies ihn an, seinen Kopf mal nach rechts oder links zu drehen, das Kinn zu senken, mit den Augen in die Kamera zu schauen oder die Hände in den Hosentaschen zu vergraben. Für sie sah er in dieser Gasse, in diesem Licht aus wie ein Topmodel. Er war wirklich fotogen. Sie wollte noch ein paar Nahaufnahmen seines Gesichts machen und bat ihn, sich lässig an eines der gelben Häuser zu lehnen. Er trug ein schwarz-weiß gestreiftes Hemd mit kurzen Ärmeln und eine kurze Jeans. Sein Gesicht war glattrasiert, er hatte volle Lippen und eine scharfe, lange Nase, die jedoch gut zu ihm passte. Er lächelte sie liebevoll an und sie drückte einige Male auf den Auslöser. Nora hatte die Blende so weit wie möglich geöffnet, sodass der Hintergrund verschwamm. Es würden fantastische Porträts werden.

«Fertig», erklärte sie nach einer guten Viertelstunde. Sie wollte Andys Geduld nicht überstrapazieren. Wobei sie dachte, dass er in diesem Moment auch zwei Stunden lang nackt durch die Gasse flaniert wäre, wenn sie es vorgeschlagen hätte. Sie zeigte Andy die Fotos auf dem Display ihrer Kamera und er nickte anerkennend.

«Da sind wirklich superschöne Bilder dabei. Vielen Dank.» Er trat aus der Gasse heraus und winkte ihr, es ihm gleichzutun. Dann bog er nach rechts ab und schlug eine Richtung ein, die von der Akropolis wegführte.

«Wo willst du denn hin?», wollte Nora wissen. «Zur Akropolis geht es da lang.» Sie deutete mit dem Zeigefinger nach links.

«Hier geht es auf einen Hügel, von diesem aus kann man die ganze Stadt und die Akropolis überblicken», erklärte Andy. «Hier kannst du wunderbare Fotos machen. Komm.»

Er schob die Äste eines trockenen Buschs zur Seite, dahinter lag eine schmale Treppe. Sie führte tatsächlich auf einen Hügel, den Nora zuvor gar nicht bemerkt hatte. Über die Treppe gelangten sie schnell und einfach nach oben. Es war jedoch nicht der einsame, gemütliche Platz, den Nora erwartet hatte – die Menschenmenge hier oben war immens. Aber der Ausblick war, wie Andy versprochen hatte, gigantisch.

«Es sind immer viele Leute hier oben», meinte Andy. «Es ist der beste Platz der Stadt, um den Sonnenuntergang zu sehen. Aber du wirst sehen, sie stören nicht. Du wirst sie kaum bemerken.»

Tatsächlich konnte Nora hier ideal Fotos von der Stadt und von der Akropolis schießen, ohne dass sie störende Menschen im Bild hatte. Die Szenerie war einfach fantastisch. Die ganze Stadt schien zu leuchten. Nora strahlte. Sie war hier oben mit ihrer Kamera. Mit Andy, der wieder da war. Die Sonne war selbst jetzt noch richtig warm und kitzelte auf ihrer Nase. Am liebsten hätte sie angefangen zu tanzen.

«Komm, ich mache auch ein paar Fotos von dir», bot Andy an. «Da vorne bei dem halb gekippten Baum, mit der Stadt im Hintergrund. Das sieht bestimmt wunderschön aus.» Er hielt einen Augenblick inne. «Du bist wunderschön», fügte er dann leise hinzu.

Nora schaute verlegen auf den Boden zwischen ihren Füßen, der braun und staubig war. Auf dem Hügel gab es keine geteerten Plätze, es war alles Natur pur. Während der Boden ganz oben, wo die Menschen standen, saßen, schwatzten und lachten, kahl war, standen etwas tiefer am Hügel zahlreiche Zypressenbäume. Sie hörte das laute Zirpen der Zikaden, die sich um sie herum in den Zypressen tummelten.

Nora reichte Andy ihre Kamera. Sie hätte so gerne noch ein Bild von ihnen gemeinsam gehabt, doch sie war zu schüchtern, um ihn danach zu fragen. Sie freute sich aber, endlich mal ein schönes Foto von sich zu bekommen – normalerweise war sie immer hinter der Kamera und am Schluss hatten alle tolle Bilder, nur sie nicht.

Nora folgte Andy zu dem schräg gewachsenen Baum, der keine Zypresse war und den sie nicht identifizieren konnte. Sie trug ein weißes Sommerkleid mit braunen Sandalen und dazu eine kleine braune Ledertasche, in der sie ihr Geld aufbewahrte. Dafür war ihr der Rucksack zu unsicher. Es würde wunderbar in dieses Setting passen.

«Setz sich so hin, dass dein Bein baumelt und du in diese Richtung blickst.» Andy zeigte mit dem Finger in Richtung Stadt. Der Stamm des Baumes lag fast quer und so tief, dass sich Nora wie auf eine Bank daraufsetzen konnte.

«Soll ich die Kamera einstellen?»

«Keine Sorge, ich hatte auch schon so eine in der Hand», erklärte er lächelnd und drückte auf den Auslöser. Immer und immer wieder. Er erteilte Nora Anweisungen, wohin sie blicken, wie sie ihren Kopf halten sollte.

«So», meinte er nach ein paar Minuten. «Da sind viele tolle Bilder dabei.» Er reichte ihr die Hand und zog sie vom Baum hinunter und in seine Arme. Er streichelte über ihr Haar. «Und jetzt möchte ich mich gerne mit dir da vorne hinsetzen und der Sonne zuschauen, wie sie untergeht.»

Sie setzten sich auf den nackten Boden. Alle Steine waren schon besetzt, aber das war kein Problem, der Boden war staubtrocken. Nora stopfte die Kamera in den Rucksack und stellte diesen vor sich ab. Es war jetzt eh zu dunkel für Fotos. Andy saß dicht neben ihr, sodass ihre Körper sich berührten. Alles kribbelte in ihrem Bauch, sie bekam kaum Luft. Er hätte sich auch ohne Probleme einen Meter weiter entfernt setzen können, doch er suchte ihre Nähe – genau wie sie seine. Es war nur eine Frage der Zeit, bis die Sehnsucht, einander zu spüren und zu berühren, überhandnehmen würde – und dann würden sie aufpassen müssen, dass die Gefühle nicht explodierten.

Nora versuchte sich auf die Aussicht und auf den Sonnenuntergang zu konzentrieren. Sie hatte eigentlich nicht viel übrig für Sonnenuntergänge – sie interessierte sich sonst nur für die Golden Hour, das goldene Fotolicht kurz davor. In der Ferne konnte sie eine Hügelkette erblicken. Hinter dieser würde die Sonne wohl in ein paar Minuten verschwinden. Athen lag ihnen zu Füßen. Die Gebäude wirkten von hier oben allesamt weiß und winzig klein. Vor den vielen Häusern zeichnete sich ein weiterer Hügel ab, der über und über mit Zypressen bewachsen war. Auf diesem Hügel stand eine Art kleines Schloss, ebenfalls in Weiß. Dann wechselten sich Bäume und Häuser ab, bis man letztlich bei dem Hügel ankam, auf dem sie saßen.

Über den Häusern wirkte das Licht fast lavendelfarben – gen Himmel wurde es orange. Die Sonne thronte wie ein gleißender Punkt über der Hügelkette. Sie war zu hell, um sie anzublicken – und doch klopfte bereits die Nacht an. Ein wundervolles Schauspiel, welches die Natur ihnen hier bot. « Noch etwa zehn Minuten », flüsterte Andy ihr zu.

Sie schloss für einen Augenblick die Augen, und dann lehnte sie ihren Kopf vorsichtig gegen seine Schulter. Es war, als hätte er darauf gewartet. Er legte seinen Arm um ihre Taille und zog sie noch näher an sich heran. Mit der anderen Hand griff er nach der ihrigen und hielt sie fest, als wollte er sie davon abhalten, davonzulaufen.

« Mit niemandem würde ich lieber hier sein als mit dir », flüsterte er zärtlich in ihr Ohr. Sie öffnete die Augen und schaute ihn an. Er hatte den Blick wieder auf den Sonnenuntergang gerichtet. Die Sonne schickte soeben ihre letzten Strahlen über die Hügelkette, bevor sie endgültig dahinter verschwand und die Nacht sich über Athen ausbreitete.

***

Andy war auch am nächsten Tag nicht verschwunden. Stattdessen holte er sie nach dem Frühstück ab. Da sie ihre Hotels in Athen bereits im Voraus gebucht hatten, übernachteten sie an unterschiedlichen Orten. Nora hoffte aber, dass sie vielleicht noch eine Nacht bei Andy verbringen konnte – oder er bei ihr.

Ennia hatte sich erneut mit dem jungen Griechen verabredet, der Wassilis hieß und der ihr sein ganz persönliches Athen zeigen wollte, abseits der Touristenmassen. Mit Wassilis fühlte sie sich sehr wohl; er war spannend, humorvoll und zuvorkommend. Möglicherweise würde sie an diesem Abend nicht ins Hotel zurückkommen.

Auch Nora selbst wollte die schönsten Ecken Athens entdecken. Daher führte sie Andy, der schon einmal in Athen gewesen war, in ein Viertel, das sie als Touristin nie und nimmer gefunden hätte.

«Das Quartier heißt Anafiotika. Hier leben die Menschen, die einst auf den Kykladen gelebt haben, vor allem auf Anafi. Sie hofften, in der Stadt ein besseres Leben zu finden. Doch dann bekamen sie nur diesen Hügel hier und erbauten die gleichen Gebäude wie auf den Inseln. Die typischen kleinen Häuschen in Weiß mit den blauen Dächern.»

Es war entzückend. Sie gingen Hand in Hand. So viel Nähe konnten sie nach dem gemeinsamen Sonnenuntergang am Vorabend zulassen – und Nora spürte, dass es nicht mehr lange dauern würde, bis sie sich einander hingeben würden. Es ging schlichtweg nicht mehr anders.

Das Viertel war im Stil eines Kykladendorfs angelegt: asymmetrische Terrassendachhäuser, ummauerte Gärten, kleine Gassen und schmale Treppen. Über ihnen thronte die Akropolis. Nora war froh, dass Andy dabei war – hier war es wie in einem Labyrinth. Die Anwohner hatten große Töpfe mit grünen Pflanzen vor die Türen gestellt, teils waren die Fensterläden rot gestrichen und es sah aus wie am Mittelmeer. Was es ja natürlich auch war – doch dieses Stadtviertel unterschied sich optisch sehr stark von dem, was Nora sonst von Athen gesehen hatte. Sie knipste viele Fotos – vor allem von den Details. Einer blauen Tür, rosa Blumen vor einem Fenster, einer Treppe oder einer pittoresken Gasse.

Als sie oben angekommen aus dem Quartier heraustraten, befanden sie sich wieder auf der Pflastersteinstraße, auf der sie am Abend zuvor entlanggegangen waren, um den Sonnenuntergang zu sehen. Diesmal bogen sie aber nach links ab und gingen den Weg hinauf zur Akropolis.

Sie kauften sich eine Eintrittskarte, eine Flasche Wasser und bezahlten für den Audioguide. Nora wollte gerne mehr über die antike Stätte erfahren. «Kunst und Kultur sind einfach meine Welt», erklärte sie fasziniert, als sie vor den imposanten Säulen stand, die sich in den blauen Himmel reckten.

«Da sind wir uns einig», meinte Andy lächelnd. Nora spürte, wie sehr er sich bemühte, sie nicht zu berühren oder ihr nahezukommen. Als wollte er ihr beweisen, dass er es ernst meinte und nicht auf eine schnelle Nummer aus war. Aber sie spürte auch, wie gerne er sie berühren würde.

Viele antike griechische Städte hatten eine Akropolis. Diese entsprach ursprünglich einer Zitadelle und lag aus Verteidigungsgründen auf einem Hügel mit steilen Hängen. Aus der Zitadelle entwickelte sich mit der Zeit eine Wehranlage und auch ein Kultplatz mit den wichtigsten Heiligtümern. Die Akropolis von Athen war die größte und bekannteste dieser Anlagen und seit 1987 Teil des UNESCO-Welterbes.

Nora und Andy ließen sich Zeit, lauschten den Erklärungen des Audioguides, betrachteten die Tempel und Ruinen und ließen ihren Blick über die Stadt zu ihren Füßen schweifen.

Auf einer der Parkbänke, welche der Außenmauer entlang aufgestellt standen, läuteten sie eine Pause ein und genossen die Sonne, die Gegenwart des anderen und die Gespräche über Gott und die Welt.

«Mein Vater war kein Fan davon, dass ich Kunst studierte. Er hätte mich lieber in der Politik gesehen», erzählte

Andy. «Deshalb ist mein Verhältnis zu ihm nicht mehr ganz so gut. Wohl auch, weil unsere politischen Ansichten sich so gar nicht decken.»

«Das tut mir sehr leid. Siehst du deine Eltern denn noch oft?»

«Sie wohnen in Manchester, ich lebe in London. Klar sehe ich sie, sie sind meine Familie und ich verstehe mich super mit meiner Schwester. Es ist aber oft anstrengend, weil wir uns dann in die Haare geraten. Ich habe das Gefühl, mein Vater wartet nur darauf, mich belehren zu können – und ich muss dann versuchen, nicht darauf einzusteigen.»

«Erzähl mir von deiner Schwester.»

«Sie ist zwei Jahre älter als ich und hat schon zwei Kinder. Ich bin der Patenonkel des älteren. Sie ist Krankenschwester. Und auch längst nicht so konservativ wie unser alter Herr.»

«Komm, wir gehen mal weiter.»

«Wie sind denn deine Eltern? Deine Schwester kenne ich ja bereits. Sie ist Ärztin, oder?»

«Ja, sie will Gynäkologin werden. Meine Eltern sind toll. Klar hätte mich mein Vater auch lieber als Juristin gesehen, aber er hat sich damit abgefunden. Der Job macht mir Spaß und ich verdiene genug. Das passt schon für ihn.» Sie lachte. «Meine Mutter ist sehr offen, sie hat viele Hobbys und Freunde und ist immer unterwegs. Ich glaube, sie kann es kaum erwarten, bald Großmutter zu werden.»

«Klingt sympathisch. Hast du denn vor, eine Familie zu gründen?»

Nora zuckte mit den Schultern. Darüber hatte sie noch nie wirklich nachgedacht. «Keine Ahnung. Vielleicht irgendwann. Und wenn nicht, auch gut. Und du?»

«Ich hätte sehr gerne Kinder. Aber ich weiß auch, dass ich nicht das ideale Leben dafür führe.»

Athen bestand aus Tausenden kleinen Gassen und Treppen, an jeder Ecke gab es Restaurants oder Cafés. Kleine, runde Tischchen standen teils auf den Treppenstufen, alles war dekoriert mit Blumenkübeln und Lichtern. Es sah aus wie in einem Ferienkatalog.

Nora holte wieder ihre Kamera aus dem Rucksack. «Ich würde gerne was essen», meinte Andy. «Was sagst du?»

«Das klingt prima.»

Sie wählten ein kleines Restaurant aus, das griechische Spezialitäten anbot. Das Lokal befand sich an einer Ecke, nach oben führte eine Treppe und nach links passierte man einen mit Blumen überwachsenen Torbogen. Die Tischchen waren ums Eck aufgestellt, einige standen entlang der Treppe. Nora und Andy bestellten griechische Klassiker: Salat, Tsatsiki und eine vegetarische Moussaka. Nora war es wichtig, die lokalen Spezialitäten zu probieren – auch wenn sie das oftmals als Touristin enttarnte.

«Wir könnten nachher zu einem anderen Hügel spazieren. Der ist etwas weiter weg als der, auf dem wir gestern waren. Doch man hat dort einen tollen Sonnenuntergang und es gibt viel weniger Leute.»

«Das klingt schön», meinte Nora, während sie in ein Stück Fladenbrot biss, das sie ins Tsatsiki getaucht hatte.

Athen versprühte einen ganz speziellen Zauber. Lag es an Andy? Oder daran, dass sie von der Stadt nicht viel erwartet hatte und diese einfach alle Erwartungen übertraf? Die Sonne, die freundlichen Menschen, die antiken Stätten, die Kultur, das Meer, diese hübschen, kleinen Gassen und die vielen Cafés und Restaurants – es war einfach perfekt.

Andy griff nach ihrer Hand. Jetzt, wo sie damit angefangen hatten, sich zu berühren, konnten sie nicht wieder damit aufhören.

Nach dem Essen spazierten sie Arm in Arm zu dem von Andy empfohlenen Aussichtspunkt. Zu ihrer Überraschung trafen sie dort auf Ennia und Wassilis, der offenbar dieselbe Idee gehabt hatte. Die Schwestern fielen sich lachend in die Arme.

«Wie läuft es?», wollte Nora wissen.

«Wassilis ist wirklich nett», meinte Ennia. «Es ist gut möglich, dass ich ihn mal zu mir einlade. Ich merke, dass er mich gerne einladen würde, sich aber nicht traut, das ist süß. Und bei dir?»

«Es ist so vertraut wie von der ersten Sekunde an. Aber keiner wagt es, den anderen zu küssen. Wir sind wie verliebte Teenager, die umeinander herumtigern, zu scheu für den ersten Kuss.»

«Das kommt schon, du wirst sehen. Habt ihr schon gegessen?»

Nora nickte. Sie beobachtete, wie sich Andy angeregt mit Wassilis unterhielt.

«Wir wollen noch was essen gehen.»

«Ich weiß gar nicht, was wir noch machen werden. Ich möchte Andy einfach noch nicht Tschüss sagen.»

«Morgen ist doch auch noch ein Tag. Wir sind zum Glück noch eine Weile hier.»

Wassilis zog Ennia an der Hand und führte sie in Richtung einer Bank. Ennia winkte fröhlich und Nora widmete sich wieder Andy. «Wollen wir auch noch bleiben, bis es dunkel ist?», fragte er.

«Natürlich, deshalb sind wir doch hier.»

«Und dann?»

Mit einer Hand streifte er eine Haarsträhne aus ihrem Gesicht und sah sie zärtlich an. «Das liegt an dir, liebste Nora.»

Sie packte seine Hand und zog ihn zu einer freien Bank. Hier tummelten sich tatsächlich sehr viel weniger Menschen als am Abend zuvor auf dem ersten Hügel. Er setzte sich neben sie und sie drehte ihm den Rücken zu, sodass sie sich bei ihm anlehnen und er seine Arme um sie schlingen konnte. Sie spürte seinen Atem an ihrem Hals. Alles in ihr rief: « Küss ihn! Küss ihn!» Sie konnte es sich auch nicht mehr so wirklich erklären, was sie davon abhielt. Und sie fragte sich, wie er das aushalten konnte.

« Ich kann fast nicht mehr », hörte sie ihn sagen, als hätte er ihre Gedanken gelesen.

« Ich auch nicht », flüsterte sie zurück. Sie konnte die Luft förmlich knistern hören. Die Bank war so ausgerichtet, dass sie an diesem Abend freien Blick auf die Akropolis hatten. Die Hügelkette, hinter der die Sonne bald verschwinden würde, lag in ihrem Rücken.

« Ich möchte alles. Dich küssen, dich ausziehen, dich streicheln und berühren, überall. Deine Haut riechen. Ich möchte wissen, wie sich deine Brüste anfühlen, dein Bauch. Ich möchte dich von oben bis unten mit Küssen bedecken. Alles.»

« Weißt du, ich träume sogar davon. Es ist nicht so, dass ich nicht will. Wenn wir das tun, dann wird uns die Leidenschaft übermannen. Und dann? Wie geht es weiter, Andy?»

« Dass wir uns für eine Weile wieder trennen müssen, das wird wohl nicht anders gehen », meinte er. Es klang traurig. « Doch ich denke, jeder von uns sollte die Chance haben, seine Reise zu beenden. Vielleicht treffen wir uns unterwegs noch einmal? Erkunden noch eine Stadt gemeinsam? Und danach schauen wir, wie wir das alles in unseren Alltag integrieren.»

« Willst du das denn? Einen Alltag mit mir?»

« Ja, ich möchte das. Jeden Tag verliebe ich mich mehr in dich. Hätte mich jemand vor ein paar Wochen gefragt, ob ich eine Beziehung will, hätte ich ihm klar und deutlich mit Nein geantwortet. Und jetzt ist es so, dass ich genau das will, weil sich einfach alles danach anfühlt. Ist das nicht verrückt?»

Sie kuschelte sich noch näher an ihn heran.

«Und du, Nora? Was möchtest du?»

«Lieben und geliebt werden. Ehrlichkeit. Keine Angst haben. Ich möchte genügen, weißt du.»

«Denkst du, eine Fernbeziehung wäre machbar?»

«Ich weiß es nicht. Ich hatte noch nie eine. Aber vielleicht? Wenn man sich liebt und vertraut, sollte das doch möglich sein. Ich denke, wir sind beide Menschen, die ein eigenes Leben führen und auch ohne den anderen funktionieren können.»

«Ich finde das sehr wichtig», meinte er. «Ich wünsche mir einen Herzensfaden. Weißt du? Einen imaginären Faden von meinem Herzen zu deinem. Sodass ich dich immer spüren kann, egal wo du bist.»

«Das klingt schön.»

Er streichelte mit der Hand über ihre Haare, ihre Wange, ihren Hals, über den Oberarm hinunter zur Hand. Alles in ihr pochte, sie hatte das Gefühl, gleich zu platzen. Die Sonne war inzwischen hinter dem Hügel verschwunden und es war fast dunkel. Die Akropolis vor ihr wurde jetzt von Lichtern beleuchtet, stolz und hell erstrahlte sie hoch über der Stadt. Andys Atem kitzelte an ihrem Hals. Ihre Beine kribbelten, weil sie eingeschlafen waren, doch sie wollte sich nicht bewegen, um dem Moment nicht den Zauber zu nehmen. Dann nahm sie ihren Mut zusammen, setzte sich auf, drehte ihren Kopf, sodass Andys Gesicht ganz nah vor ihrem war. Sie konnte ihn kaum erkennen. Er streichelte wieder über ihr Haar. Es fehlten nur Millimeter. Sie beschloss, die Lücke zu schließen, und drückte ihre Lippen ganz sanft auf seine.

32

Sie hatten einfach auf der Bank gesessen und sich geküsst. Geredet. Gelacht. Und wieder geküsst. Hauptsächlich hatten sie sich geküsst. Eine Stunde. Zwei. Es war einfach nie genug gewesen. Sie hätte bis zum frühen Morgen auf der Bank sitzen und Andy küssen können.

Irgendwann waren sie dann doch aufgestanden und hatten sich auf den Weg ins Hotel gemacht. Nora hatte gezaudert, ob sie Andy in ihr Zimmer bitten sollte. Doch letztlich war er es gewesen, der ihr die Entscheidung abgenommen hatte. «Wir haben Zeit», hatte er gesagt. «Wir sehen uns schon morgen wieder. Und der Tag war einfach perfekt, so wie er war.» Dann hatte er sie ein letztes Mal geküsst und sie war in ihr Hotel gegangen.

Andy holte Nora am nächsten Morgen wieder vom Hotel ab. Er hatte einen – klischeehaft – knallroten Roller organisiert und sie gebeten, ihre Badesachen mitzunehmen. Nora musste ein wenig schmunzeln, als sie Andy auf dem Roller sah. Er war wahrlich kein Beachboy, der hochgewachsene, eher schlaksige Engländer mit den strubbeligen blonden Haaren. Obwohl er sich mit seiner kurzen dunkelblauen Stoffhose, dem Shirt mit dem blau-weißen Blumenmuster und den Flipflops alle Mühe gab. Sie musste auch darüber hinwegsehen, dass Andy mit der Maschine die Luft verpestete. Er entschuldigte sich dafür – anders sei der Ort, zu dem er fahren wolle, nicht zu erreichen. Außer durch einen mehrstündigen Fußmarsch.

«Lachst du mich aus?»

«Ein bisschen», gab sie zu.

«Ich weiß, ich bin kein sexy Grieche.»

Sie selbst hatte sich einen schwarzen, praktischen Bikini angezogen und ein langes graues Hemd mit weißen Palmblättern übergeworfen. Es sah aus wie ein kurzes Kleid. Sie hatte wie fast immer ihren Rucksack dabei – eine andere Tasche – außer der kleinen braunen Umhängetasche für Partyabende oder Dates – hatte sie nicht dabei. An den Füßen trug sie ihre braunen Ledersandalen.

Sie schwang sich hinter Andy auf den Roller und er düste los. Fast wäre sie nach hinten gekippt und mit dem Hintern auf der Straße gelandet, und so blieb ihr nichts anderes übrig, als ihre Arme um Andy zu schlingen.

Er fuhr erst durch die Stadt und machte dann einen Bogen nach links. Schon bald waren sie auf der langen, geraden Autostraße, die dem Meer entlang aus Athen hinausführte. Nora fühlte nicht nur den Fahrtwind in ihrem Gesicht, sie roch auch die frische, salzige Luft, die sich mit den Abgasen der Schnellstraße vermischte. Sie fühlte sich nicht so richtig wohl damit, die Fahrt auf dem Roller zu genießen. Das Fahrzeug war alles andere als klimafreundlich.

Nach ein paar Kilometern bremste Andy den Roller ab und bog auf einen Platz auf der rechten Straßenseite ein. Er stoppte das Gefährt und bedeutete Nora, abzusteigen. Sie folgte seiner Bitte und nahm ihren Helm vom Kopf. Gleichzeitig versuchte sie, einen Blick auf ihr Umfeld zu erhaschen.

Der Ausblick raubte ihr den Atem. Ein paar Meter unter ihr lag eine Meeresbucht, die aussah, als wäre sie aus einer Postkarte gesprungen. Blaues Wasser, weißer Sand, Bäume, die Schatten spendeten und mit ihren verschnörkelten Ästen dazu beitrugen, dass Nora sich fühlte wie in der Karibik.

«Lust auf ein bisschen Abkühlung?»

«Und wie», freute sich Nora.

Andy führte sie über eine schmale Treppe, die aus Sand und Steinen bestand, nach unten an den Strand. Nur wenige

Menschen außer ihnen waren hier. «Der Platz ist ein kleiner Geheimtipp», erklärte Andy und breitete sein Badetuch auf dem Sand aus. Er hatte einen Platz in der Nähe eines Baumes gewählt. Schatten war vielleicht besser für seine Haut, überlegte Nora amüsiert. Sie legte ihr Badetuch neben Andys, schlüpfte aus ihren Sandalen und kramte im Rucksack nach ihrer Baseballmütze. Als sie wieder hochschaute, hatte Andy sein Shirt ausgezogen – und plötzlich war ihr gar nicht mehr zum Lachen zumute. Zum einen, weil Andys Body nicht halb so schlaksig war, wie sie gedacht hatte – er war zwar eher schmal, aber gut trainiert und definiert, seine Schlüsselbeine waren gut zu sehen, was Nora sowieso sehr sexy fand, und über der feinen Haarlinie, die aus der Badeshorts heraus zu seinem Bauchnabel führte, prangte mehr als nur der Ansatz eines Sixpacks – zum anderen jedoch zog sich beinah über seinen gesamten seitlichen Oberkörper eine lange Narbe. Nora stand auf, sodass sie Andy gegenüberstand, und fuhr mit ihren Fingern vorsichtig darüber. «Was hast du angestellt?»

Er hielt ihre Hand mit seiner fest. «Ein Unfall», erklärte er. «Schon lange her.»

Nora spürte, dass sich seine Laune verdüsterte. Er wollte offen sein, ja, aber es gab Grenzen. Und die lagen bei seinem Geheimnis, das er nicht offenbaren wollte. Oder nicht offenbaren konnte.

«Ich sehne mich danach, dir alles zu sagen», erklärte er. «Und ich werde es tun. Bald. Ich verspreche es.» Er lächelte sie an. «Hast du Lust, ins Meer zu springen?» Er hatte seine gute Laune offenbar wiedergefunden; lachend und wild herumspritzend rannte er ins kühle Nass. Nora zog ihr Haargummi vom Handgelenk, schlüpfte aus ihrem Hemdkleid, band sich ihre dunklen Haare zu einem schnellen, hohen Dutt und tat es Andy gleich.

Nora betrachtete amüsiert sein Gesicht. Ihr Anblick im Bikini war wohl ein bisschen viel für ihn. Sie hatte ja selbst nicht schlecht geschaut, als sie ihn vor wenigen Minuten zum ersten Mal ohne Kleidung gesehen hatte.

«Ich wollte ein paar Meter rausschwimmen», sagte er, als sie ihn eingeholt hatte. «Aber – ich kann jetzt nicht schwimmen, wenn ich dich sehe.»

«Was dann?»

«Ich möchte dich küssen. Und berühren. Und küssen. Und berühren. Und nie wieder loslassen.»

Sie trat ein bisschen näher an ihn heran. Das kühle Wasser umspielte ihre Hüften. Sie schlang ihre Arme um ihn herum. Er beugte sich zu ihr herunter und gab ihr einen langen, zärtlichen Kuss.

33

Sie blieben den ganzen Tag in dieser Bucht. Sie schwammen, lasen, redeten, lachten. Als sie hungrig waren, besorgte Andy ihnen ein paar Sandwiches, die er aus dem Lokal holte, das sich oben an der Treppe befand. Auch Wasser brachte er und sogar Eis.

Jetzt, nachdem die Hürde endlich überwunden war, konnten sie die Finger nicht mehr voneinander lassen. Sie kuschelten, küssten sich, genossen es, die Nähe zu spüren, die sie sich so sehr gewünscht hatten. «Das alles überwältigt mich», flüsterte Andy, ehe er sie wieder zu küssen begann. Seine Lippen schmeckten noch ein bisschen nach Schokoladeneis. Er schaute ihr tief in die Augen, streichelte ihren Scheitel, lächelte verzückt. Und küsste sie erneut.

«Ich weiß nicht mehr, wann ich zuletzt verliebt war. Dass mir so was überhaupt passiert ...»

«Das ist schon verrückt. Es war nur eine Nacht in einem Zug, aber ich habe danach ständig an dich denken müssen.»

«Und ich an dich. Und jetzt, wo ich dich kennenlerne, wird es immer intensiver», stimmte ihr Andy zu.

Nora nickte. Ja, so war es. Dieses Gefühl, das sie gehabt hatte, bestätigte sich nun tausendfach.

«Bist du denn ... verliebt?», fragte sie ihn.

«Es kribbelt in meinem Bauch, ich möchte dich den ganzen Tag küssen, ich möchte alles über dich wissen und ich frage mich die ganze Zeit, wie wir das schaffen können zusammen – auch in Zukunft. Ich denke, das klingt schon ziemlich verliebt, oder?» Seine Hand griff nach ihrer.

«Warum ich?»

Er musste lachen. «Na, weil es eben passt. Du bist klug, reflektiert, hübsch, du hast dieselben Interessen wie ich. Aber letztlich hat das alles nichts mit dem zu tun, was da im Zug passiert ist. Ich habe dich gesehen und ich dachte: Die ist es. Es war so was wie Liebe auf den ersten Blick.»

«Ich war ehrlich gesagt entsetzt darüber, dass wir die Kabine ausgerechnet mit einem Kerl teilen müssen. Damit hatte ich nicht gerechnet.»

«Ich hatte auch nicht mit euch gerechnet. Ich wollte mich einfach kurz vorstellen und euch sagen, dass ihr euch vor mir nicht fürchten müsst. Ich meine, wenn du hättest schlafen können, dann hätten wir uns gar nicht kennengelernt. Ich hätte mich nicht getraut, dich einfach so anzusprechen.»

«Und dann warst du einfach weg ...»

Er streichelte wieder ihren Scheitel, schob ihre Haare aus dem Gesicht, streifte über ihre Wange. «Das wirst du mir noch in zwanzig Jahren vorwerfen, was? Du weißt gar nicht, wie schwer mir das fiel.»

Nora bettete ihren Kopf auf Andys Brust. Die Sonne ging langsam unter und der Strand leerte sich mehr und mehr. In wenigen Minuten würde es dunkel sein. Der Himmel leuchtete in allen Farben und das Meer glitzerte zauberhaft. «Ich liebe Sonnenuntergänge», sagte Andy. «Wenn ich irgendwo bin, versuche ich immer herauszufinden, wo es den schönsten gibt. Und dort gehe ich dann hin.»

«Das habe ich schon bemerkt. Ich war bisher nicht so verrückt danach. Aber sie haben eine ganz spezielle Energie.»

«Komm, wir gehen noch mal ins Wasser», bat Andy und zog sie auf die Füße.

«Warte», erwiderte Nora. Es war inzwischen fast dunkel und der Strand war menschenleer. Sie schlüpfte aus ihrem Bikinihöschen, zog das Oberteil aus und sprang nackt, wie Gott sie schuf, ins Meer.

«Ich kann jetzt meine Badehose nicht ausziehen», meinte Andy. Es klang halb amüsiert, halb verzweifelt.

«Komm schon. Ich schaue nicht hin.» Sie drehte sich um und blickte auf das Meer hinaus, das jetzt im Mondschein leuchtete. Nach ein paar Sekunden spürte sie, wie Andy sie von hinten umfasste. Er schlang seine Arme um sie und berührte dann ihren Hals, ihre Schulter, ihr Dekolleté und schließlich streichelte er zärtlich ihre Brust. Sie erschauerte. Nora konnte seine Erregung spüren. Sie nahm seine Hand und zog ihn etwas tiefer ins Wasser hinein. Dann schlang sie ihre Arme um seinen Hals und ihre Beine um seine Hüfte. Sie begannen sich erst zärtlich und dann immer wilder zu küssen. Nora wollte Andy endlich in sich spüren, da war sie sich jetzt ganz sicher. Allerdings war das Wasser kein sonderlich guter Ort dafür.

Andy streichelte ihren Rücken, ihren Po, zog sie ganz nah an sich heran, er stöhnte leise. Sie berührte mit den Lippen seinen Hals, seine Schultern und schmeckte das Salz des Meerwassers auf ihrer Zunge. Ihre Hände streiften über seinen Rücken und den Po. Sie wusste, dass auch er mehr als bereit war, und es wurde zunehmend schwierig, es nicht zu tun. Sie mussten noch ein wenig vernünftig bleiben.

«Ich will dich spüren», raunte sie.

«Ich dich auch.»

«Wir müssen raus zu unseren Badetüchern, dort habe ich ein Kondom.»

«Gott sei Dank», flüsterte er. «Ich weiß nicht, wie ich jetzt hätte darauf verzichten können. Auch wenn es gerade hier wunderschön wäre.»

Hand in Hand sprangen sie aus dem Wasser zurück zu ihren Tüchern. Nora kramte das Kondom aus dem Rucksack, riss es schnurstracks auf und zog es Andy über. Sie waren beide noch halb nass, salzig, ein bisschen verschwitzt und unendlich erregt. Andy streichelte Noras Knie, ihre Oberschenkel, ihren Bauch und schließlich die zarte Knospe zwischen ihren

Beinen. Sie hielt es kaum noch aus. Sie bedeutete Andy, sich auf den Rücken zu legen. Dann legte sie ein Bein über ihn, den Oberkörper tief über seinen gebeugt, sodass sie ihm in die Augen schauen und ihn küssen konnte. Seine Hände lagen über seinem Kopf, ihre waren darin verschränkt. Das Meer rauschte hintern ihnen. Sie brauchte keine Hilfe. Sofort fand sie die richtige Position und sein Penis glitt rasch und tief in sie hinein.

34

Nora schmiegte sich entspannt an Andys Schulter, er streichelte ihren Oberarm. Sie lagen auf seinem Badetuch, er hatte ihres kurzerhand zu einer dünnen Decke umfunktioniert. Es war inzwischen nach Mitternacht. Sie waren wohl für einige Zeit eingenickt. «Das war wunder-, wunderschön», flüsterte Nora. Andy verlagerte seine Hand und streichelte nun ihr Haar.

«Was denkst du?», fragte sie ihn.

«Wie wir das alles hinkriegen sollen. Mit unseren Leben. Und ich insbesondere mit meinem.»

«Zweifelst du etwa schon?»

«Um Himmels willen, nein, nicht an dir, Nora. Generell zweifle ich nicht, ich mache mir nur Gedanken. Ich möchte es einfach richtig angehen. Richtig für dich. Und ich habe manchmal Angst, dass ich es nicht schaffe. Und ja, es war wunderschön. So wunderschön, dass ich es immer und immer wieder erleben möchte.»

«Ich denke, wir sollten langsam hier weg. Wir werden morgen tausend Mückenstiche haben.»

«Klingt nach keinem guten Plan.»

«Hast du denn einen besseren?»

Er antwortete nicht, drehte stattdessen ihren Kopf in seine Richtung und verschloss ihren Mund mit einem Kuss. Seine Hand verschwand unter dem Badetuch und glitt über ihren Körper nach unten zwischen ihre Schenkel. Nora stieß ihn lachend weg und sprang auf die Beine. Dann suchte sie nach ihrem Bikini und dem Hemdkleid, fand aber nur seine Badeshorts, die sie ihm so zuwarf, dass sie mitten auf seinem Gesicht landete.

«Komm schon. Wir fahren ins Hotel. Dort können wir weitermachen.»

35

Sie blieben noch bis zum nächsten Mittag zusammen, dann verabschiedete Andy sich, da er einen Geschäftstermin hatte. Er versprach, Nora am kommenden Morgen wieder in ihrem Hotel abzuholen. Noch zwei, drei Tage wollten sie in Athen bleiben, dann mussten sie beide weiter. Wann und wo sie sich wiedersehen konnten, wollten sie in einem Plan festhalten. Womöglich musste Nora einen Umweg machen, doch das war ihr egal.

Da auch Wassilis arbeiten musste, fuhr Nora mit Ennia noch einmal zu dem Badestrand, an dem sie tags zuvor mit Andy gewesen war. Ennia freute sich über einen entspannten Tag am Meer. Sie wollten sich in Athen etwas mehr Zeit lassen, da sich Ennia mit Wassilis sehr wohl fühlte und Nora endlich ihren Andy wiedergefunden hatte. Zudem gab es hier fantastische Strände, leckere Restaurants und generell viel zu entdecken.

Ennia lag ausgestreckt auf ihrem Badetuch unter einem Baum im Schatten. Nora musste ein bisschen grinsen, ihre Schwester hatte so viel Sonnencreme verwendet, dass ihre Haut noch weiß war. Manchmal bedauerte sie ihre Schwester ein bisschen wegen ihrer hellen Haut. Es war sowieso seltsam, dass sie beide so unterschiedlich waren. Ennia kam mehr nach ihrer Mutter, Nora war mehr der Papa, der italienischer Abstammung war. Dies war auch der Grund für ihre italienisch anmutenden Vornamen.

«Ich bin so froh, dass ich mich auf diese Reise eingelassen habe», meinte Ennia verträumt. Ihre orangen Haare lagen wie ein großer Fächer um sie herum. «Ich war lange nicht mehr so entspannt und glücklich.»

«Magst du Wassilis?»

«Ja, sehr. Aber es ist so wie bei dir und Balint in Budapest. Ich werde weiterreisen und es wird okay sein.»

«Erzähl mir ein bisschen von ihm.»

«Er arbeitet in einem Hotel. Meistens zwei Wochen am Stück und dann hat er ein paar Tage frei. Das war jetzt der Fall. Tatsächlich hat er Deutsch studiert und spricht es recht gut. Aber er meinte, dass er hier in Griechenland damit wenig anfangen könne – außer eben im Tourismus. Er steht an der Rezeption», berichtete sie, ehe sie Nora in die Augen blickte. «Weißt du, ich habe Angst, mich wieder zu verlieben. Nach der Sache mit Daniel, dem Betrug. Was, wenn es wieder passiert?»

«Davor kann dich niemand schützen», meinte Nora bedächtig.

«Daniel hat sich verändert in den letzten Monaten. Man hat immer mehr gespürt, wie er den Erfolg mit seiner Musik anstrebte. Das war ihm plötzlich wichtiger als alles andere. Ich glaube nicht, dass alle Männer so sind, und ich verstehe, dass es schwierig ist, wieder zu vertrauen. Vor allem nach so kurzer Zeit. Aber Ennia – du musst dich auch nicht sofort wieder verlieben. Oft kommt die Liebe genau dann, wenn du am wenigsten damit rechnest.»

«Du meinst Wassilis?»

Nora zog die Schultern hoch. «Nicht unbedingt. Du meintest ja, du könntest einfach weiterreisen und diese Erfahrung als schöne Erinnerung mitnehmen.»

«Das werde ich. Die Tage mit ihm haben mir gutgetan. Sie waren unbeschwert und liebevoll und ohne Druck. Das habe ich gebraucht.»

«Jede neue Erfahrung, die du machst – ob mit einem Mann, mit mir oder allein –, bringt dich ein Stückchen näher an dein neues Leben, deine Zukunft. Und weg von Daniel.»

Ennia lächelte Nora an und nahm ihre Hand.

«Und was ist mit Andy?»

«Das mit Andy ist für mich viel mehr als eine Affäre. Ich habe mich wirklich in ihn verliebt. Er ist aufmerksam, zärtlich, er interessiert sich für mich, er ist witzig und hat gute Ideen. Und er überlegt sich auch, wie wir das hinbekommen können mit der Distanz. Er denkt an eine gemeinsame Zukunft.»

«Du bist verliebt ...», witzelte Ennia.

«Ja», gab Nora zu. «Ich bin wirklich und endlich mal wieder richtig verliebt. Es fühlt sich einfach großartig an.»

«Vertraust du ihm?»

«Ich versuche es. Natürlich ist da eine gewisse Angst, dass er es sich wieder anders überlegen könnte. Ich kann nicht mehr machen, als ihm zu glauben. Er möchte mit mir einen Plan erstellen, wie wir uns wiedersehen können. Auch wenn wir eine Weile ohneeinander reisen. Wäre es okay für dich, wenn wir ihn noch einmal irgendwo treffen?»

«Natürlich», erwiderte Ennia. «Lass dir unbedingt noch seine Nummer geben.»

«Ich habe gar nicht mehr daran gedacht, weil wir uns jetzt ständig gesehen haben. Er hat aber meine Nummer. Meine Schweizer Nummer. Ich muss mir dringend mal ein Ersatzhandy besorgen.»

«Ich muss mich mal abkühlen. Kommst du mit?»

36

Es war kurz nach drei Uhr nachts. Er hatte ein paar Stunden geschlafen, um fit genug zu sein. Athen war eine Stadt, in der es immer pulsierte, aber mitten unter der Woche dürfte um diese Zeit wirklich nicht mehr allzu viel los sein.

Er zog seinen Anzug aus der gelben Tasche. Eine schwarze Hose, schwarze Turnschuhe, einen schwarzen Kapuzenpulli sowie eine schwarze Maske, die nur seine Augen offenbarte. Ebenfalls in der Tasche befanden sich ein paar Spraydosen mit der Zauberfarbe, die er eigenhändig entwickelt hatte. Bisher hatte sie ihren Dienst getan und war immer wieder verschwunden, wie er es geplant hatte. In der Tasche waren ebenfalls ein Paar schwarze Handschuhe verstaut.

Dass er sich verliebt hatte, war zwar schön, denn er hatte nicht daran geglaubt, dass das überhaupt möglich war, es kam allerdings zum völlig falschen Zeitpunkt. Er hatte keine Ahnung, wie er Nora das alles erklären sollte. Er wollte sie schützen und nicht in seine Aktivitäten hineinziehen.

Er musste endlich aufhören an Nora zu denken und sich auf seine Sache konzentrieren. Er hatte genau recherchiert und auch während der Stadtbesichtigung noch einmal geschaut, wo sich sein Plan umsetzen ließ. Zu Fuß brauchte er weniger als zehn Minuten dorthin. In seinem Outfit würde er nahezu unsichtbar sein. Wahrscheinlich war in zwanzig Minuten alles erledigt.

Die Maske brauchte er nicht auf dem Weg zur Akropolis. Sonst würde jemand, der ihm unterwegs begegnete, noch die Polizei rufen. Er steckte sie in seinen Pulli, ebenso die Spraydose. Ein Handy ohne SIM-Karte und ein kleines Stativ versteckte er wiederum in seinen Hosentaschen. Er filmte alle seine Aktionen. Ausweise nahm er keine mit – er wollte nicht in die Situation geraten, sich erkennbar machen zu müssen, sollte er erwischt werden. Er warf seinen Zimmerschlüssel in den dafür vorgesehenen Behälter bei der Rezeption. Nach getaner Arbeit hatte er Zeit und konnte den Schlüssel in Ruhe wieder auslösen. Dann ging er eilig aus dem Hotel.

Er wusste genau, welchen Weg er nehmen musste. Nach kurzer Zeit stand er unten am Hügel, auf dem sich das Wahrzeichen Athens befand. Dass er nicht auf einen der Tempel sprayen konnte, war schnell klar gewesen. Der Eingang war zu gut gesichert. Aber die unteren Mauern außerhalb der Zone, für die man Eintritt zahlen musste, waren unbewacht und gut zu erreichen.

Dann blickte er sich um. Es war niemand zu sehen. Er zog die Kapuze über den Kopf und setzte die Maske auf. Für Athen hatte er als Symbol Bäume mit Flammen gewählt. Häufige Waldbrände waren hier eine Folge des Klimawandels.

Dass die Menschen einfach nicht begriffen, was sie der Erde mit ihrem Verhalten antaten, ärgerte ihn schon lange. Er wollte daher seine Stimme nutzen, um möglichst viele darauf aufmerksam zu machen. Zum Glück hatte er einen ausgezeichneten Ruf. Der Mythos um ihn machte ihn zum Helden. Er wurde gehört.

Nur noch ein paar Striche bei den Flammen, dann hatte er es geschafft. Doch plötzlich hörte er ein Knacken. Als er aufblickte, sah er zwei schwarz gekleidete Gestalten auf ihn zukommen. Sie wirkten wie zwei Bodybuilder. Scheiße! Was wollten die? Er warf die Spraydose in eines der umliegenden Gebüsche. Glücklicherweise war die Kamera weit entfernt von den Typen platziert.

Er stand auf und rannte los, schnappte sich die Kamera, wäre dabei um ein Haar ins Gebüsch gefallen.

«PAXX, endlich haben wir dich!», brüllten die Typen auf Englisch und setzten sich ebenfalls in Bewegung. Er konnte nur hoffen, dass sie keine Waffen besaßen. Allerdings hatten die Typen, die nach ihm suchten, kein Interesse daran, ihn umzubringen. Sie wollten ihn nur enttarnen.

Er sprintete durch die Pinienwälder den Hügel hinunter, hinter sich konnte er noch immer seine Verfolger hören. Wenn er sich nur irgendwo verstecken könnte ... Er musste die Stadt erreichen, um sie abzuhängen. Er wagte es nicht, zurückzublicken, doch er hatte den Eindruck, die Geräusche wurden leiser. Wenn er sich nur nicht täuschte.

So ein verdammter Mist! Einer der mächtigen Männer, die ihn enttarnen wollten, hatte wohl seine Route nachgezeichnet und an mehreren potenziellen Zielen Wachposten stationiert. Würde er seine Mission überhaupt noch beenden können?

Eine Menschenmenge würde helfen. Allerdings war es vier Uhr nachts. Der Fischmarkt! Dort waren bestimmt schon Menschen bei der Arbeit. Er konnte nur hoffen, dass er diesen auf Anhieb fand ... Er warf noch einen Blick zurück und konnte niemanden erkennen. Mehr als zwei Wachposten gab es wohl nicht, da sein Verfolger – wer auch immer diese Person war – das Personal auf mehrere Städte verteilt hatte. Er musste künftig verdammt vorsichtig sein. Die Jungs hatten Glück gehabt – die Chance, dass Zeit und Ort genau gepasst hatten, war verdammt gering gewesen.

Endlich kam er beim Fischmarkt an, er war bestimmt fast zehn Minuten gerannt. Nun verfiel er in einen normalen Gang, um nicht aufzufallen. Dann zog er seinen schwarzen Pulli über den Kopf und warf diesen zusammen mit der Maske und den Handschuhen in eine Tonne, die vor der Halle stand. Unter dem Pulli trug er ein blau-weiß gestreiftes Shirt.

Bei einem der Fischhändler schnappte er sich eine Kiste und half, diese in die Halle zu tragen. In diesem Getümmel blieb er, bis Athen langsam erwachte und die Menschen zur Arbeit gingen. Die Typen waren nirgendwo zu sehen – sie hatten sowieso keine Ahnung, wie er ohne Maske aussah. Er musste zurück in sein Hotel und seine Sachen holen.

Zuerst musste er aber noch einmal zurück in die Höhle des Löwen: zu seinem Graffiti. Er brauchte die Spraydose. Er wollte nicht, dass jemand sie fand und das Spray auf seine Inhaltsstoffe analysierte.

Es standen bereits etliche Leute um das Graffiti herum. Das war schon erstaunlich – seine Bilder lösten, egal wo sie auftauchten, Menschenansammlungen aus wie früher Take That bei ihren Konzerten. Er hatte es nur wenige Male live miterlebt – wie zum Beispiel neulich in Wien –, für gewöhnlich ging er nicht zu seinen Kunstwerken zurück. Er hoffte, das Spray noch unbemerkt aus dem Gebüsch herausholen zu können. Nun, da er hier war, zog er zudem das Handy aus seiner Tasche und machte ein paar Aufnahmen von der Menge. Diese Bilder würde er noch gebrauchen können.

Wenn die Leute wüssten, wer da mitten unter ihnen stand … Er stellte sich so unauffällig wie möglich neben das Gebüsch und betete, nicht allzu sehr nach der Dose wühlen zu müssen. Glücklicherweise hatte er keine Mühe, diese aufzufinden – die Menschen waren allesamt auf das Bild fokussiert.

Jemand sprach ihn an. Die Sprache verstand er nicht, wahrscheinlich war es Griechisch. Er steckte sich das Spray eilig hinten in die Hose und zog das Shirt darüber.

«Ich spreche nur Englisch», antwortete er höflich.

«Tolles Bild, was? Es ist eine Ehre, dass PAXX auch Athen für seine Kunst ausgewählt hat», wiederholte der Mann dieses Mal auf Englisch.

«Oh ja, das ist großartig», erwiderte er, während er sich innerlich darüber ärgerte, dass er die Flammen nicht nach seinen Wünschen hatte gestalten können. Hoffentlich fiel es niemandem auf. Da kam der Perfektionist in ihm durch.

Als er vom Hügel hinunterschritt, fuhr ihm das Auto eines Fernsehteams entgegen. Die hatten wohl inzwischen begriffen, dass das Bild in wenigen Tagen wieder verschwinden würde. Es war schon fast halb neun, als er in seinem Hotel ankam. Nora schlief bestimmt noch.

Nora. Was sollte er nur machen? Er hatte ihr hoch und heilig versprochen, nicht wieder unterzutauchen. Doch er war in Gefahr, das hatte die letzte Nacht klar gezeigt. Es war egoistisch, wenn er sie mit hineinzog. «Was du liebst, lass gehen», wusste schon der große Konfuzius. «Kommt es zu dir zurück, gehört es dir für immer.» Nora war schon einmal zurückgekommen. Eine dritte Chance würde es wohl nicht geben.

Allerdings konnte er stattdessen *sie* finden. Er hatte genügend Angaben über sie, um sie ausfindig machen zu können. Vielleicht war es das Beste, seine Mission zu beenden und dann zu ihr nach Zürich zu fahren? Zudem hatte er ihre Nummer.

Er packte seine Reisetasche mit seinen «weltlichen» Klamotten und den Pflegeprodukten. Er musste einen neuen Pulli und eine neue Maske organisieren. Zwar hatte er versucht, beides aus der Tonne zu fischen – wobei «fischen» leider das passende Wort dafür war –, aber Maske und Pulli waren unter Dutzenden Kilos Fischabfällen vergraben gewesen und es hätte wohl keinen guten Eindruck gemacht, wenn er da herumgewühlt hätte. Vom Geruch ganz zu schweigen.

Die leere Spraydose, die Hose und die Turnschuhe, aber auch die Kameraausrüstung packte er in die gelbe Tasche. Dann ging er zur Rezeption, um seine Rechnung zu begleichen. Er wollte zu Fuß zum Bahnhof laufen – allerdings nicht ohne einen Umweg zu machen. Wenige Minuten später stand er vor Noras Hotel, in dem er wenigstens eine wunderschöne Nacht mit ihr verbracht hatte. Er blickte nach oben, hatte keine Ahnung, wo ihr Zimmer war. Er schickte einen Luftkuss in Richtung der Fensterfront. «Ich komme wieder», flüsterte er ihr zu. «Es tut mir so leid. Ich liebe dich.»

Er spürte, wie ihm eine Träne aus dem Auge trat. Er wischte sie weg. Dass er um eine Frau weinte ... Hoffentlich würde sie ihn noch anhören in ein paar Wochen. Sie würde unendlich traurig sein. Und noch mehr sauer.

Er dachte an ihr Lachen. Die Art, wie sie mit dem Zeigefinger an ihren Haaren drehte, wenn sie nachdachte oder vor sich hinträumte. An ihre tiefe, rauchige Stimme, die so gar nicht zu ihrem zierlichen Körper passte. Er dachte an ihren starken Akzent, wenn sie Englisch sprach. Sie hasste ihn, er fand ihn süß. Ebenso süß, wie er es fand, wenn sie mit ihrer Schwester Schweizerdeutsch sprach und er kein Wort verstand. Er sah in Gedanken das Funkeln in ihren Augen, wenn sie in die seinen blickte. Spürte ihre Liebe.

Aber im Moment musste er die Verbindung kappen, um sein Vorhaben zu beenden. Es war einfach viel zu gefährlich. Er nahm seine Sachen und machte sich auf den Weg zum Bahnhof. Es würde eine lange Reise werden zu seinem nächsten Tatort.

37

«Er kommt nicht mehr.»

Es war inzwischen schon nach dem Mittag und von Andy gab es noch immer keine Spur. «Ruf ihn an.»

«Ich habe seine Nummer nicht. Ennia, ich habe noch nicht mal ein neues Handy.»

«Ja, das weiß ich, verdammt. Warum hast du dir keins geholt? Selbst Mum ärgert sich, dass sie nur mich erreichen kann.»

«Wir waren wie in einer Blase. Wir haben uns permanent gesehen und es war einfach so schön. Ich habe das Handy keine Sekunde vermisst. Er war hier im Hotel und er sagte, er würde heute um zehn wiederkommen. Und dich fand ich ja auch hier. Er hat außerdem meine Nummer.»

«Weißt du, wo sein Hotel ist?»

«Ja.»

«Dann gehen wir dorthin und fragen.»

«Ich will dem Scheißkerl doch nicht hinterherrennen. Wenn er nur Sex wollte, warum hat er das dann nicht gesagt, sondern mir die große Liebe vorgespielt?»

«Wenn ihm etwas passiert ist?»

«Was denn? Soll er von der Akropolis gefallen sein?»

«Keine Ahnung, Nora, ich versuche nur zu helfen.»

«Ich weiß, es tut mir leid.» Nora hätte am liebsten den nächstbesten Gegenstand gegen die Wand geknallt.

«Ich möchte hier einfach nur weg», sagte sie dann. «Vergessen. Das hinter mir lassen und nach vorne schauen.»

Ennia nickte. «Dann packen wir. Möchtest du nach Hause?»

«Nein, ich werde die Reise beenden. Ich lasse mir von diesem Idioten doch nicht die Zeit meines Lebens vermiesen.»

Sie blickte ihre Schwester an. «Ist es für dich denn okay, abzureisen? Ich meine, wegen Wassilis?»

Ennia nickte erneut. «Wassilis ist für mich wohl wie Balint für dich. Ein Verliebtsein auf Zeit, ohne Zukunft. Deshalb ist es okay. Athen hat mir alles gegeben, was es mir geben konnte. Eine unglaubliche Stadt.»

«Ja», meinte Nora betrübt. «Und trotzdem werde ich sie in keiner guten Erinnerung behalten.»

«Warte doch mal ab», entgegnete Ennia. Sie hatte ihren Rucksack aus dem Schrank geholt und angefangen, ihre Sachen hineinzupacken. «Vielleicht ist alles nur ein Missverständnis und auf einmal steht er wieder da.»

«Ich werde dann aber weg sein.»

«Als Erstes gehen wir jetzt aber in ein Geschäft, in dem es Handys gibt, und kaufen dir ein Gerät und eine Prepaidkarte. Meine Güte, Nora. Du musst doch mal wieder erreichbar sein.»

38

Die Fahrt von Athen nach Patras fiel mit knapp vier Stunden relativ kurz aus. Nora saß in einem Viererabteil – Ennia hatte ihr gegenüber Platz genommen – und heulte sich die Augen aus. Sie hatte sich beherrschen können, bis sie gepackt hatten und aufgebrochen waren – doch im Zug brachen jetzt alle Dämme. «Ich verstehe das nicht», schniefte sie immer wieder. Ennia hatte nach ihren Händen gegriffen. Sie war machtlos gegen Noras Liebeskummer. Doch Nora half es, dass sie einfach nur da war. So hatte sie sich noch nie gefühlt. Ihre Schläfen pochten, sie war nassgeschwitzt. Dass ihre Mitpassagiere sie anstarrten – die Blicke waren mal mitleidig, mal entsetzt –, kümmerte sie nicht im Geringsten.

«Er ist ein Idiot. Er hat dich nicht verdient», versuchte Ennia sie zu trösten.

«Ja, er ist ein verdammter Idiot. Wieso sieht er denn nicht, wie gut das zwischen uns gepasst hat? Wir haben sogar über die Zukunft geredet.»

«Es ist schon irgendwie seltsam», meinte Ennia. «Das hätte ich auch nicht gedacht.»

Nora wischte sich mit der Hand über die Augen, was die Tränen nur kurzfristig trocknete. Dann zog sie ihre Kamera aus dem Rucksack.

«Was machst du?»

«Ich lösche die Fotos. Ich will den Kerl nie wiedersehen.» Sie überlegte für einen kurzen Augenblick, gleich die gesamte Chipkarte zu löschen. Aber dann wären alle Bilder von Athen weg gewesen und das hätte sie doch irgendwie schade gefunden. So fing sie an, sich durch die Karte zu scrollen und alle Fotos zu löschen, auf denen Andy zu sehen war. Es waren nicht so viele – abgesehen von dem kurzen Shooting, das sie mit ihm gemacht hatte. Sie landete bei einem Bild, das sie sogleich in ihren Bann zog. Sie hatte für einen Augenblick aufgehört zu fotografieren, um die Blende richtig einzustellen. Andy hatte ihr zugeschaut, und dann hatte er sie angeschaut und gelächelt – in diesem Blick lag so viel Liebe. Es war ein Schnappschuss, ein zufällig entstandenes Bild. Sehr natürlich und echt. Nora brachte es nicht über sich, es zu löschen. Sie fuhr mit dem Finger über das Display. «Andy», flüsterte sie. «Ich vermisse ihn so sehr.» Sie beschloss, das Bild auf ihr Handy zu laden. Sie wollte keine Erinnerung, sie wollte abschließen, aber etwas in ihr sagte, dass es falsch wäre, dieses Foto zu löschen. Sie blickte ihre Schwester an: «Ich verstehe es einfach nicht. Ich verstehe es nicht.»

«Es ist das Schwierigste überhaupt, wenn man ohne Antworten weitermachen muss. Wenn man es einfach akzeptieren muss. Vielleicht gibt es auch einfach keine Antwort – auch wenn du ihn fragen könntest. Er würde immer nur sagen, er hätte Angst gehabt.»

«Bei Daniel war's dann wenigstens klar.»

«Das kann man nicht vergleichen. Mit Daniel war es schon lange vorher nicht mehr gut. Das kam schleichend und ich kann meine Anteile daran auch erkennen.»

«Ihr wart aber ewig zusammen – und ich heule hier herum wegen ein paar Tagen.»

«Das macht die Gefühle ja nicht weniger intensiv. Und es ist wirklich furchtbar, was der Kerl da abgezogen hat.»

Nora blickte wieder auf das Foto. Typisch Andy, dachte sie. Seine zweiten Schneidezähne waren ein bisschen schräg. Doch das machte sein Lächeln in ihren Augen nur noch süßer.

«Lösch doch das Foto.»

Nora schüttelte den Kopf. «Noch nicht. Ich werde es auf mein Handy laden. Aus irgendeinem Grund werde ich es noch brauchen.»

***

Obwohl die griechische Hafenstadt Patras einen gewissen Reiz hatte, hatte Nora nur einen Wunsch: so rasch wie möglich aus Griechenland zu verschwinden und das alles hinter sich zu lassen. Sie hatte keine Nerven, sich jetzt schon wieder auf eine neue Stadt einzulassen. Außerdem würde ihre Fähre, die sie ins italienische Bari brachte, bereits in zwei Stunden ablegen.

Es war schön, zur Abwechslung mal nicht in einem Zug, sondern auf einem Schiff zu reisen. Es war eine einfache Autofähre mit kleinen Kabinen – ähnlich wie die in den Zügen. Die Überfahrt dauerte etwa sechzehn Stunden und sie mussten auf der Fähre übernachten. Nora deponierte ihren Rucksack in ihrer Kabine, die mit einem Kajütenbett und einem kleinen Bad mit WC und Dusche ausgestattet war. Dann machte sie sich auf, das Schiff zu erkunden. Ablenkung. Das war das, was sie jetzt brauchte. Zu ihrem Glück war das Wasser relativ ruhig und es wurde ihr nicht auch noch schlecht.

Das Schiff war nicht sehr groß und so landete sie ziemlich schnell an Deck. Sie ging so weit nach vorne, wie sie konnte, und fühlte sich ein bisschen wie Rose auf der Titanic – auch wenn sie keinen Gedanken daran verschwendete, hinunterzuspringen. Stattdessen setzte sie sich im Schneidersitz auf den Boden, der Wind wehte ihr offenes Haar in alle Richtungen, sie roch die salzige Luft und den schwachen Duft von Benzin. Schiffe waren auch nicht das ideale Fortbewegungsmittel, was den Klimawandel anbelangte, dachte sie betrübt. Immerhin besser als Flugzeuge. Aber nach Italien schwimmen konnte sie auch nicht, also musste sie da jetzt wohl durch. Irgendwie konnte man es nicht richtig machen, wenn man jung war und die Welt entdecken wollte. Nur so gut wie möglich.

Sie hatte heute keine Lust, über so was Profanes wie den Klimawandel nachzudenken – nachdem ihr vor nur ein paar Stunden zum zweiten Mal in Folge das Herz gebrochen worden war. Noch dazu vom selben Mistkerl. Wie hatte sie nur noch einmal auf Andy hereinfallen können? All seine leeren Versprechungen ... Und sie hatte ihm geglaubt. Sie war wirklich eine naive Idiotin. Sie merkte, wie sich ihre Augen mit Tränen füllten. Nein, sie wollte nicht um diesen Scheißkerl weinen. Nicht schon wieder. Wirklich nicht. Ihr Herz hatte aber andere Pläne. Die Tränen kullerten ohne Halt über ihre Wangen. Immer wieder wischte sie sie mit ihrem Handrücken weg, gab dann aber auf, schlug sich die Hände vors Gesicht und begann bitterlich zu weinen.

***

Sie wusste nicht, wie lange sie dort gesessen und geweint hatte. Doch als sie aufblickte, bemerkte sie, dass eine ältere Frau neben ihr auf dem Boden saß. Sie sagte nichts, bewegte sich nicht und blickte in die Ferne. «Liebeskummer?», fragte sie, als sie bemerkte, dass Nora sie erfasst hatte. Sie drehte ihren Kopf, sodass sie Nora anblicken und freundlich anlächeln konnte. Nora nickte verwundert. Die Frau nickte ebenso. Als wüsste sie, wie sich Nora in diesem Moment fühlte. Sie musste über siebzig sein. Sie hatte etwas ... Vertrautes an sich. Englisch war nicht ihre Muttersprache, das hatte Nora an dem einen Wort, das sie gesagt hatte, sofort erkennen können.

«War es die große Liebe?»

Nora zog die Schultern nach oben. Woher konnte sie das schon wissen? Nach den paar Tagen. «Es hatte sich danach angefühlt», erklärte sie. «Er hat mich zweimal sitzen gelassen, ohne etwas zu sagen.»

«Oh, gleich zweimal?», antwortete die Frau. «Meine große Liebe hat mich immerhin nur einmal verlassen.»

«Was ist passiert?»

«Er ist gestorben.»

«Oh!»

Die Frau blickte Nora an. «Es ist schon sehr lange her, über vierzig Jahre. Ein Autounfall. Kurz nach unserer Hochzeit.»

«Das tut mir sehr leid», sagte Nora.

«Wie gesagt, es ist lange her. Aber ich habe nie wieder so für einen Mann gefühlt wie für ihn. Das kann ich nach all der Zeit sagen. Es gibt sie schon, die große Liebe, wissen Sie. Aber ich hatte danach trotzdem eine schöne, lange Beziehung mit einem tollen Mann. Er macht gerade da unten seinen Mittagsschlaf», erklärte sie lächelnd und deutete in die Richtung, in der die Kajüten lagen. «Die Frage ist, was wir von der Liebe wollen. Mein erster Mann ist gegangen, als ich ihn noch von Herzen liebte. Doch was hätten die Jahre uns gebracht? Wären die Gefühle so geblieben? Oder habe ich ihn idealisiert, auf einen Sockel gestellt, weil ich ihn nicht haben konnte?»

«Das sind gute Fragen», meinte Nora nachdenklich. «Ich kannte ihn ja erst ein paar Tage. Es hat sich alles so schön und natürlich angefühlt. So was spürt man, das kann man doch nicht spielen.»

«Nein, Liebe kann man immer nur fühlen», bestätigte die Frau, die schwarze Haare hatte, die von unendlich vielen grauen Strähnen durchzogen waren. Sie war eine schöne Frau, voller Falten, aber mit einem strahlenden Lächeln. Ihre Augen leuchteten weise. Nora hoffte, sie würde mit über siebzig auch so schön aussehen.

«Warum ist er denn gegangen, was denken Sie?»

Nora zuckte erneut mit den Schultern.

«Ich weiß, dass er ein Geheimnis hat. Er wollte es mir erzählen, doch er bat mich um Geduld. Er versprach mir, mich nicht noch einmal zu verlassen. Wir hatten uns nach dem ersten Mal nur zufällig wiedergetroffen ... Und dann war er plötzlich wieder weg.» Nora spürte, wie ihr erneut die Tränen in die Augen traten.

«War er in Gefahr?»

In Gefahr? Darüber hatte sie nie nachgedacht ... «Das weiß ich nicht. Ich weiß überhaupt nichts.» Die Gedanken purzelten durch ihren Kopf. War Andy in Gefahr? War er deshalb mehrmals abgetaucht? War das sein Geheimnis? War er ... ein Verbrecher? Sie verliebte sich so selten, und noch viel seltener handelte es sich dabei um eine erfüllte Liebe. Jetzt klappte es – und zwar mit einem Kriminellen? Das konnte doch nicht möglich sein.

«Ist es denn nicht richtig, für sich das Beste zu wollen?», hörte sie sich auf einmal laut fragen.

«Natürlich ist das richtig. Die Frage ist, was das Beste ist, wissen Sie. Manchmal verpassen wir es, weil wir immer weitersuchen und nach mehr und mehr und mehr streben.»

«Ich wäre mit ihm ganz zufrieden gewesen ...»

«Sie dürfen ihn aber nicht glorifizieren. Es gibt immer einen Grund, warum etwas so ist, wie es ist. Manchmal braucht es eine Weile, um den Grund zu verstehen – aber dann weiß man, dass alles so kommt, wie es kommen muss.»

«So wie mit Ihrem neuen Mann?»

«Ja. Es ist weniger Leidenschaft, weniger Drama. Aber dafür mehr Konstanz, mehr Vertrauen. Es ist eine andere Art von Liebe. Beständig, keine Amour fou. Man muss vorwärtsschauen und den Wert erkennen von dem, was vor einem steht.»

«Ich muss ihn vergessen, hm?»

«Nein, Sie sollten ihn nicht vergessen. Sie sollten die Begegnung mit ihm als Geschenk sehen und das, was Sie gefühlt haben, in Ihrem Herzen tragen. Und dann etwas Neuem eine Chance geben.»

Die ältere Frau legte ihre braun gebrannte, faltige Hand auf Noras Unterarm. Dann erhob sie sich mühselig. Nora wollte schon aufspringen und ihr helfen, doch da war sie bereits aufgestanden und ging wortlos vom Deck.

39

Viertes PAXX-Graffiti zum Thema Klimawandel, diesmal in Athen

Das Bild, welches von Flammen umgebene Bäume zeigt, wurde auf einer Außenmauer der Akropolis entdeckt. Wie bereits seine drei Vorgänger in Berlin, Wien und Warschau wird wohl auch dieses Gemälde in einigen Tagen wieder verschwunden sein. Noch immer ist nicht klar, was der Streetart-Künstler mit den Bildern aussagen möchte. Auch ist unklar, wann und wo weitere Bilder auftauchen werden.

Aus Athen gibt es absurde Meldungen: Mitarbeiter der Stadtverwaltung versuchten, das Graffiti zu retten, indem sie den Teil der Mauer herausschlagen wollten. Das Ministerium für Denkmalschutz hat diese Aktion aber sofort unterbunden, sodass die uralte Mauer der Akropolis weiterhin so erhalten bleibt wie vor dem Auftauchen des Graffitis.

40

Sie erreichten Bari am frühen Nachmittag. Nora hatte nach dem Gespräch mit der alten Frau, die sie daraufhin nicht wieder an Bord gesehen hatte, erstaunlich gut geschlafen.

Nora und Ennia hatten beschlossen, einige Tage im Süden Italiens zu verbringen. Sie wollten sich Bari anschauen und dann eine kleine Zugreise um den Absatz des Stiefels herum antreten. Brindisi, Lecce, Matera. Vor allem die letzte Stadt reizte Nora sehr, seit sie diese im jüngsten *James-Bond*-Streifen im Kino gesehen hatte. Die wunderschöne Altstadt, die zu einem großen Teil aus Höhlensiedlungen bestand, wollte sie unbedingt live sehen. Sie einigten sich auf die Strecke Bari–Brindisi–Lecce–Tarent–Matera und schließlich zurück nach Bari. Die Zugfahrten dauerten nie länger als ein, zwei Stunden.

Eine Überraschung war die Hafenstadt Bari selbst, wo sie gleich zwei Tage blieben und in einem gemütlichen Boutique-Hotel übernachteten. Sie besuchten das Castello Normanno-Svevo, das im zwölften Jahrhundert gebaut worden war und auf den Überresten einer byzantinischen Festung aus dem elften Jahrhundert stand. Die Festung gehörte zum ältesten Stadtkern Baris. Dann besichtigten sie das archäologische Museum, für das sich vor allem Ennia begeistern konnte. Kunst für Nora, Menschheitsgeschichte für Ennia.

Auch ein Besuch der Basilika San Nicola durfte nicht fehlen. Die Basilika wurde zu Ehren des heiligen Nikolaus errichtet, dessen Gebeine einst von Seefahrern aus Myra geraubt und nach Bari gebracht worden waren. Sie wurden in der Krypta aufbewahrt. Nora las laut aus dem Internet vor: «Sie haben den Raub damit gerechtfertigt, dass die Reliquie in Sicherheit gebracht werden sollte, bevor die Seldschuken

Myra eroberten. Dabei haben früher alle großen italienischen Seestädte ihren Heiligen gehabt.»

«Komm, wir schauen uns den Samichlaus mal an», meinte Ennia und machte sich auf den Weg zur Krypta. Immerhin war der heilige Nikolaus in vielen Ländern und bei vielen Kindern beliebt – mit seinem roten Gewand und dem langen weißen Bart.

«Ich bin mir nicht sicher, ob ich Knochen eines Toten sehen kann. Mit ein Grund, warum ich keine Ärztin geworden bin», entgegnete Nora, ließ ihre Schwester aber gewähren.

Anschließend flanierten sie durch die Altstadt, besuchten den Hafen und den Fischmarkt. Die Altstadt von Bari ragte wie ein Zipfel ins adriatische Meer. Hier pulsierten das Leben und die italienische Lebensfreude. Es gab Obstverkäufer, die Nonna, die vor ihrem Haus mit geschickten Händen Pasta formte, Souvenir-Shops und viele Cafés und Restaurants.

***

«In Brindisi endete die Via Appia», las Nora Ennia später im Zug vor. «Die Via Appia war die wichtigste Staatsstraße des alten Roms. Sie wurde im zweiten Jahrhundert vor Christus nach Brundisium verlängert und führte direkt zum Hafen.»

Den Hafen schauten sie sich dann gleich als Erstes an, als sie in Brindisi ankamen. Dann machten sie sich auf, die Innenstadt zu erkunden. Dort gab es vor allem Kirchen und Plätze. Die Chiesa di San Benedetto, die Chiesa di San Paolo Eremita, die Chiesa del Cristo dei Domenicani, die Chiesa di San Sebastiano, die Piazza Vittorio Emmanuele II oder die Piazzale Lenio Flacco. Nora und Ennia konnten mit all den Kirchen nicht so viel anfangen, jedoch genossen sie das süditalienische Flair, das Brindisi bereithielt: die weißen Häuser, die auf die Klippen gebaut worden waren und aussahen, als würden sie direkt aus dem Meer wachsen. Die kleinen Gassen, die Blumentöpfe, die schön gestalteten Schilder, die kleinen Boote, die von Palmen gesäumten Straßen. Und natürlich die Strände und das Meer.

Es brauchte nicht immer eine Checkliste, fand Nora. Manchmal reichte es einfach, die Nase in den Wind zu halten und sich treiben zu lassen. Sie zückte da und dort ihre Kamera, hielt all die liebevollen Details fest. Zu Hause würde sie daraus ein Album gestalten.

Sie beschlossen spontan, noch einen Tag am Meer zu verbringen und erst später nach Lecce weiterzureisen. Genau diese Spontanität war es, die die Reise so spannend machte – die Möglichkeit zu haben, an besonders zauberhaften Orten kurzfristig länger zu verweilen.

Von Brindisi aus fuhren sie mit dem Zug nach Lecce, was weniger als eine Stunde dauerte. Die Stadt, die nicht ganz einhunderttausend Einwohner hatte, war bekannt für ihren eigenen Barockstil, den «barocco leccese». Vor allem das Stadtzentrum war geprägt von den weißen, filigranen Bauwerken. Nora und Ennia buchten eine Führung, um so viel wie möglich über die Geschichte der Stadt zu erfahren.

Um den Ursprung des Ortes rankten sich lediglich Legenden, tatsächlich war unbekannt, wie die Stadt entstanden war. Im ersten Jahrhundert soll der legendäre Heilige Oronzo erster Bischof von Lecce gewesen sein. Später gehörte die Stadt während mehreren Jahrhunderten zu Byzanz. Seit der Eroberung Süditaliens durch die Normannen bildete Lecce das Zentrum der Grafschaft Lecce. Im späten Mittelalter erlebte die Stadt ihre Blütezeit.

Die zahlreichen Gebäude des Lecceser Barockstils hatten Lecce den Beinamen «Florenz des Barocks» eingebracht.

Die Stadt hatte ihr ursprüngliches Aussehen weitgehend beibehalten. Das römische Amphitheater wurde zur Zeit Mussolinis teilweise freigelegt – es lag ebenfalls auf Noras und Ennias Besichtigungstour.

Am Nachmittag machten sie eine geführte Tour mit dem Kajak, erkundeten wunderschöne Buchten und Höhlen und ließen sich von einem Tourguide die Flora und Fauna erklären. Und sie konnten sogar ein bisschen schnorcheln. Nora stürzte sich mit Freude auf die Maske, den Schnorchel und die Flossen, Ennia war eher skeptisch. Nach zwei Minuten tauchte sie wieder auf. «Was ist denn los?», fragte Nora sie und zog sich die Taucherbrille ebenfalls vom Kopf.

«Überall sind Fische», erwiderte Ennia.

Nora lachte schallend. «Du bist im Meer und schnorchelst, um ebendiese Fische zu beobachten.»

«Bäh, ich mag das nicht. Rechts Fische, links Fische, oben und unten, da kriege ich Panik.» Ennia kletterte zurück in ihr Kajak.

«Ich glaube, ich werde nie wieder im Meer schwimmen, jetzt, wo ich weiß, was sich da alles so herumtreibt.»

«Blödsinn. Das hältst du nicht lange aus, Schwesterlein. Außerdem haben die Fische mehr Angst vor dir als du vor ihnen.»

«Das kann gut sein. Schnorcheln wird trotzdem keine Leidenschaft von mir», meinte Ennia und blieb in ihrem Kajak sitzen.

Nora zog die Schultern hoch, setzte ihre Taucherbrille auf und schob sich das Endstück des Schnorchels in den Mund. Dann tauchte sie wieder ab in die für sie so wundervolle Unterwasserwelt. Womöglich sollte sie mal einen Tauchkurs machen?

Es gab felsige Riffe, dazwischen immer wieder Sandbänke, hohe, grüne Algen, aber auch violette, gelbe oder rote Korallen, die sich in den Wellen sanft hin und her bewegten wie Gräser im Wind. In der Nähe der Boote gab es zu Noras Entsetzen auch viel Müll. Plastikflaschen, Aludosen, Schwimmhilfen für Kinder – alles war achtlos im Meer entsorgt worden. Sie hätte am liebsten danach getaucht und die Sachen aus dem Wasser gefischt. Allerdings lagen sie weit entfernt am Meeresboden. Dafür hätte sie eine Taucherausrüstung gebraucht.

Plötzlich sah sie, wie sich das Wasser einige Meter vor und unter ihr verfärbte. Es sah aus wie ... ja, wie Blut. Nora schwamm zu der Stelle und erkannte, wie unter ihr ein Taucher im Wasser trieb. Sie konnte nicht genau erkennen, was mit ihm los war, doch etwas schien nicht zu stimmen. Er hielt sich mit einer Hand den Unterarm. Dann versuchte er, an die Oberfläche zu schwimmen. Nora folgte ihm.

«Alles okay?», fragte sie ihn auf Italienisch, nachdem sie sich den Schnorchel aus dem Mund gezogen hatte.

«Ich habe mich an etwas geschnitten», erklärte der Mann ebenfalls auf Italienisch. Nora schätzte, dass er um die fünfzig war. Er hielt seinen Unterarm aus dem Wasser, an dem eine große Wunde klaffte. Noras erster Affekt war, wegzuschauen.

«Da unten liegt so viel Müll», ereiferte sich der Mann. «Ich wollte ihn einsammeln. Ich glaube, ich bin mit dem Arm an eine Konservendose gekommen. Im Wasser spürt man den Schmerz gar nicht.»

«Kommen Sie», sagte Nora. «Meine Schwester ist da vorne in einem Kajak, sie ist Ärztin. Können Sie schwimmen?»

Der Italiener nickte. Nora bewunderte ihn dafür, dass er nach dem Müll tauchen wollte. Sie winkte, sodass Ennia sie aus ihrem Kajak heraus sehen konnte. Diese begann nun loszupaddeln.

«Er hat sich den Arm aufgeschnitten, wahrscheinlich an einer Konservendose», erklärte Nora. Sie konnte sehen, wie die Wunde noch immer stark blutete.

«Oh nein», antwortete Ennia. «Ich kann hier nichts machen. Wir müssen an Land. Ich habe eine Notfallapotheke in meinem Rucksack. Aber ich brauche einen stabilen Untergrund.»

«Da vorne ist mein Boot», erklärte der Mann und zeigte auf ein kleines Motorboot, das vielleicht fünfzig Meter entfernt im Wasser trieb. Der Taucher hatte es mit einem Tau an einer im Boden verankerten Boje befestigt. Von den Bojen trieben einige im Meer, es war ein beliebter Tauchplatz und so konnten die Taucher kurzzeitig ihre Boote verlassen.

«Können Sie dorthin schwimmen?», wollte Ennia wissen.

Der Mann nickte und schwamm sogleich los. Nora folgte ihm, Ennia paddelte hinterher. Der Mann kletterte auf das Boot und bedeutete den Schwestern, ihm zu folgen. Es war ein kleines, gelbes Gefährt ohne Verdeck oder Kajüte. Vor dem Steuer verhinderte eine Glasscheibe, dass während der Fahrt Wasser auf den Kapitän spritzte. Es gab eine Bank, auf der zwei oder drei Personen sitzen konnten, dahinter befand sich eine Fläche, auf der man gut hätte liegen und sich sonnen können – allerdings war sie vollgestellt mit Abfallsäcken und Tauchutensilien.

«Ich bin Lorenzo», sagte der Taucher. Er hatte seine Flasche abgelegt und die Maske vom Kopf gezogen. Noch immer blutete sein linker Arm. «Es brennt wie Feuer, jetzt, wo ich aus dem Wasser raus bin.» Er wickelte ein Tuch um den Arm, das über der Lehne der Kapitänsbank gehangen hatte. Nora konnte erkennen, dass er tatsächlich fünfzig oder älter war. Seine Haare waren nach einigen Minuten an der heißen

Sonne trocken und glitzerten nun grau. Ebenso hatte er einen grauen Dreitagebart.

Ennia befahl Lorenzo, sich auf die Bank hinter das Steuerrad zu setzen. Nun setzte sie sich neben ihn und kramte nach ihrer Notfalltasche. Dann begutachtete sie Lorenzos Verletzung. «Ich denke, es ist keine Sehne oder Ähnliches verletzt. Der Schnitt ist nicht sehr tief, nur lang. Es reicht, die Wunde zu kleben.» Sie kramte in ihrer Tasche nach dem Kleber. «Ich muss unbedingt mal nachfüllen», meinte sie dann. «Ich habe schon fast kein Verbandszeug mehr.» Ennia zog eine kleine Flasche heraus, die Nora irgendwie an Sekundenkleber erinnerte – und, wie sie gleich darauf feststellte, auch genau das war. Ennia drückte die Wunde mit den Fingern zusammen und tröpfelte den Leim darauf. «Sie sollten einige Tage nicht ins Wasser gehen», erklärte sie Lorenzo.

Dieser lachte laut auf. «Wie soll ich dann den ganzen Müll einsammeln?»

Ennia desinfizierte die Wunde und klebte ein Pflaster darauf.

«Sie sollten sich eine Tetanusspritze setzen lassen», empfahl sie Lorenzo. «Ich habe keine Ahnung, ob das Bakterium, das Starrkrampf überträgt, auch unter Wasser vorkommt. Aber sicher ist sicher.»

«Vielen Dank, *carina dottore*», sagte er freundlich und zog seinen Arm zurück. «Ich muss aber weitertauchen. Ich habe nur diese Woche Zeit und da unten liegt viel zu viel Müll.»

«Wieso machen Sie das überhaupt?»

«Jemand muss es ja tun», erklärte er. «Die Umwelt liegt mir einfach sehr am Herzen. Ich weiß, ich weiß, dann sollte ich nicht mit einem Motorboot hier rausfahren. Diesen Kompromiss muss ich eingehen. Mit einem Ruderboot könnte ich nicht so viel abtransportieren und wäre auch viel länger unterwegs. Zeit, die dann zum Tauchen fehlt.»

«Es ist bewundernswert, dass Sie das auf sich nehmen», meinte Nora.

«Es gibt inzwischen einige Projekte, die helfen, den ganzen Müll an den Stränden zu entfernen. Aber niemand denkt ans Wasser. Wissen Sie, es ist mir ein Rätsel, wie Menschen heute noch, mit all dem Wissen, das sie haben, Abfall einfach in die Natur werfen.»

«Das verstehen wir auch nicht», meinte Ennia. «Wir geben uns viel Mühe, einen möglichst kleinen ökologischen Fußabdruck zu hinterlassen. Aber es ist nicht immer einfach.»

«Das ist gut», meinte Lorenzo. «Ich tauche immer in meinem Urlaub. Normalerweise arbeite ich als Ingenieur in der Nähe von Mailand.»

«Gibt es etwas, was wir tun können?», fragte Nora. «Wir haben Zeit, aber leider können wir nicht tauchen.»

«Ein Freund von mir räumt diese Woche mit einer Gruppe Freiwilligen die Strände um Lecce auf. Vielleicht wollt ihr euch anschließen?»

Nora blickte ihre Schwester an. Diese nickte. «Das ist eine gute Idee», meinte sie.

«Wir helfen gerne zwei, drei Tage», ergänzte Nora.

«Wunderbar. Treffen wir uns morgen nach Sonnenaufgang am Strand. Hier», Lorenzo hielt ihnen sein Handy hin und wies auf einen Punkt auf Google Maps. «Gebt mir eure Nummer, dann sende ich euch die Koordinaten.»

41

So kam es, dass sich Nora und Ennia vollbepackt mit Müllsäcken an einem verdreckten Sandstrand von Lecce wiederfanden. Sie hatten Turnschuhe angezogen, lange Jeans, obwohl es extrem heiß war, und dazu schwarze Shirts. Auf einem Flohmarkt hatten sie noch je ein Paar Handschuhe organisiert – sie wollten den Müll nicht mit den bloßen Händen anfassen. Nur schon wegen der Verletzungsgefahr, das hatten sie ja bei Lorenzo gesehen.

Das Team bestand aus Freiwilligen aus der Region und einigen wenigen Touristen, die extra deswegen ihren Urlaub in Süditalien verbrachten. Nora bewunderte die Menschen, die ihre Freizeit opferten, um Müll einzusammeln, den andere hinterlassen hatten. Aufgrund ihrer Privilegien empfand sie es als richtig, hier tüchtig mitzuhelfen.

Sergio, der die etwa zwanzig Freiwilligen anwies, hatte Wasser in einem Kanister mitgebracht und forderte die Helfer auf, ihre Thermoskannen zu füllen. Sie wollten nicht noch mehr Müll produzieren. Was sie aufsammelten, packten sie in kleine Metalltonnen, und wenn diese voll waren, leerten sie sie auf die Ladefläche eines Transporters aus. Sergio wollte auch auf Plastiksäcke verzichten.

Die meisten Helfenden waren italienische Studentinnen und Studenten. Sie hatten Semesterferien und kein Geld für lange Urlaube. So wollten sie ihre Freizeit sinnvoll nutzen. Doch auch ein Ehepaar um die fünfzig, Hubert und Sieglinde aus Deutschland, packte mit an. Sieglinde erzählte Nora und Ennia, dass es Segelreisen durchs Mittelmeer gäbe, bei denen der Urlaub mit Aktionen für den Umweltschutz verbunden werde. Man segle dabei den Küsten entlang, genieße die Sonnenuntergänge, das leckere Essen, die Ausflüge in die schönsten Städte – und immer wieder peile das Schiff Strände an, wo die Touristen beim Aufräumen halfen. «Das ist großartig», meinte Ennia. «Das würde ich auch gerne mal machen.»

Sie sammelten bis kurz vor Mittag alle möglichen Gegenstände ein, die einfach wild entsorgt worden waren, während sich die Touristen daneben in der Sonne fläzten. Es war wirklich erstaunlich, was sie alles fanden: Klassiker wie Flaschen und Dosen, Zigarettenstummel, Alufolie oder Plastikbecher. Aber auch kaputte Gummitiere, Schwimmhilfen, Schuhe, Schnorchel, das Rad eines alten Fahrrads, Kanister, Feuerzeuge oder ein altes Radio.

Es erinnert an einen Marathonlauf, dachte Nora, während sie sich mit dem Handschuh über die schweißnasse Stirn wischte. Der Tross kam nur langsam voran, so viele Gegenstände lagen herum, die dort nicht hingehörten. Es gab an diesem Strandabschnitt genügend Mülleimer und Nora fragte sich, warum die Menschen zu faul waren, diese paar Meter zu gehen. Sie konnte nur ahnen, wie es an anderen Stränden auf der Welt aussehen musste. Wurden die Gegenstände ins Meer gespült, bildete sich dort Mikroplastik. Und dieses wiederum kostete jedes Jahr Zehntausende Meeresbewohner das Leben.

«Wir Menschen sind Egoisten», schimpfte Ennia neben ihr, während sie sich nach der gefühlt zweitausenddreihundertsten Plastikflasche bückte.

«Ja. Und weißt du, was mich am meisten ärgert?», reagierte Nora. «Dass das, was wir alle hier tun, nicht mehr ist als ein Tropfen auf den heißen Stein.»

«Leute, wir machen eine Siesta. Es ist jetzt zu heiß für diese Arbeit», rief Sergio. «Wir müssen auch auf unsere Gesundheit achten. Wir treffen uns in drei Stunden wieder hier.

Legt euch etwas in den Schatten. Esst etwas. Und trinkt, so viel ihr könnt.»

Die Strände in der Region von Lecce befanden sich an der adriatischen Küste. Die Adria wurde in diesem Sommer von einer Quallenplage heimgesucht, weshalb es in vielen Gebieten gefährlich war, im Meer zu baden. «Wegen der Klimaerwärmung steigt die Wassertemperatur», erklärte Sergio jenen Mitgliedern der Gruppe, die nicht in irgendein Gebäude verschwunden waren, darunter Nora und Ennia. «Die Quallen treten so früher auf und die Fortpflanzungszeit dauert länger. Außerdem hat durch die Fischerei die Fischpopulation stark abgenommen. Die Quallen, die dieselbe Nahrung zu sich nehmen wie die Fische, haben somit weniger Konkurrenz.»

«Sind die Quallen gefährlich?», wollte Sieglinde wissen.

«Hier in der Adria schwimmen vor allem Lungenquallen. Die sind nicht gefährlich, von ihrem Stich kann einem höchstens schlecht werden», erklärte Sergio. «Trotzdem ist es nicht sehr reizvoll, in der Quallensuppe zu baden.»

Nora verzog angewidert das Gesicht. Während ihrer Arbeit und auch am Vortag beim Schnorcheln hatte sie keine einzige Qualle gesehen. Und das war wohl reines Glück gewesen.

Die Schwestern konnten im Schatten dösen und sich erholen. Nora taten die Hände weh und der Rücken war verspannt vom ganzen Bücken. Es war ein Preis, den sie gerne zahlte.

Die Strände von Puglia galten als die schönsten Italiens. Der Sand war fein, das Wasser azurblau wie auf einer Postkarte. Nora wünschte sich, alle könnten die Schönheit, die die Natur ihnen bot, erkennen und die Menschen würden endlich aufhören sie zu zerstören.

Sie arbeiteten noch bis kurz vor Sonnenuntergang. Wahrscheinlich hatten sie weniger als einen Kilometer Strand aufgeräumt. Und trotzdem war es besser als nichts.

42

Nora und Ennia halfen noch zwei weitere Tage, die Strände von Puglia vom Müll zu befreien. Nora spürte jede Faser ihres Körpers, sie hatte Muskelkater an Stellen, von denen sie noch nicht mal gewusst hatte, dass sie dort überhaupt Muskeln besaß. Und trotzdem verspürte sie eine tiefe Zufriedenheit, als sie ihr Gepäck an diesem Abend in den Zug wuchtete. Sie hatte zudem kaum an Andy gedacht.

Von Lecce aus ging es weiter nach Matera. Endlich Matera, dachte Nora. Diese Stadt hatte sie schon so lange einmal sehen wollen. Die Zugfahrt dauerte rund dreieinhalb Stunden.

Matera war berühmt für seine Höhlensiedlungen, die sogenannten *Sassi*. Die Wohnhäuser waren damals direkt in den Felsen gehauen worden. Das Stadtgebiet von Matera galt als einer der am längsten besiedelten Orte der Welt. Die Menschen lebten erst in den natürlichen Höhlen. Doch da sich der Stein gut bearbeiten ließ, wurden die Unterkünfte bald ausgebaut und ganze Wohnungen in den Berg gegraben.

Im Laufe der Jahrtausende war so eine Höhlenstadt in den Felsen entstanden, ein verschachteltes Netzwerk aus Wohnungen, engen Gassen und kleinen Plätzen, dazwischen Felsenkirchen, wodurch ein riesiges architektonisches Kunstwerk entstanden war. Als Teil des UNESCO-Welterbes stand Matera unter Denkmalschutz.

In den Fünfzigerjahren waren die Wohnungen geräumt worden, weil sie in sehr schlechtem Zustand waren. Heute befanden sich in den *Sassi* Museen und Geschäfte.

Nora schritt staunend durch die Felsenstadt. Einmal mehr dachte sie daran, wie schön es gewesen wäre, dies alles mit Andy zu erleben. Die Sonne ging langsam unter und erste Lichter begannen zwischen den weißen Felswänden zu leuchten. Nora holte ihre Kamera aus dem Rucksack. Da war sie wie ferngesteuert – wenn sie ein tolles Bild vor sich sah, musste sie es festhalten.

«Diese schmalen Pflastersteingassen ist James Bond mit seiner Luxuskarre runtergebrettert», meinte Ennia. «Klar war das nur im Film, aber es ist trotzdem speziell, hier zu stehen.»

Wie überall in Süditalien gab es unzählige Kirchen – die von Matera waren jedoch direkt in den Felsen geschlagen worden und zählten deshalb ebenfalls zu den *Sassi*. In einer Kirche, der San Pietro Barisano, befand sich heute ein Hotel, und Nora und Ennia erkundigten sich dort, ob noch ein Zimmer frei war. Sie hatten Pech, durften aber trotzdem das Hotel besichtigen. Die Räume waren sehr tief und bogenförmig, die Wände bestanden aus nacktem Felsgestein. Die Hotelbesitzer hatten die Böden mit hellen Platten ausgelegt. Die breiten Betten und die modernen Möbel brachen mit den alten, ursprünglichen Räumen und schufen eine gewisse Gemütlichkeit.

Sie durften auch eine alte Küche anschauen. Diese hatte ebenfalls eine niedrige Decke und bestand aus weißen Wänden. Die Regale waren bogenförmig in die Wand gehauen worden und letztlich nichts weiter als kleine Felsvorsprünge. Die Küche wurde nicht mehr genutzt, sie war noch sehr ursprünglich und diente lediglich der Ansicht. Eine einfache Küchenzeile stand in einer Nische, auf der anderen Seite ein kleiner Holztisch. Auf dem Boden lag ein Stapel Brennholz. Pfannen und Töpfe hingen wild verteilt an Haken an den Wänden.

Die Schwestern bedankten sich herzlich für den kleinen Rundgang und gaben ein großzügiges Trinkgeld. Dann streiften sie weiter durch die engen Gassen der *Sassi* von Matera.

Die Felswohnungen lagen direkt über einem zerklüfteten Flusstal und man konnte von ihnen aus weit nach unten blicken. Die schmale Straße führte entlang des Abgrunds.

Über der Altstadt von Matera lag das Castello Tramontano mit seinen drei Türmen. Hier residierte einst der Graf von Matera, der die Stadt nicht schützen, sondern kontrollieren wollte. Der Graf war bei der Bevölkerung verhasst gewesen, weil er viel zu hohe Steuern verlangte.

Es gab eine unendlich lange Liste an Kinofilmen, die in Matera gedreht worden waren. Der neueste Streifen mit James Bond, Szenen aus *Die Passion Christi* oder auch *Ben Hur*.

Nora und Ennia bekamen einen Platz in einem Restaurant, das einen fantastischen Blick über die *Sassi* bot. Sie hatten großen Hunger und wollten sich stärken, bevor sie noch am selben Abend in den Zug zurück nach Bari stiegen. Die Fahrt nach Bari dauerte nur etwas mehr als eine Stunde. Sie würden noch eine Nacht in Bari bleiben und dann am frühen Morgen in den Zug nach Rom steigen.

43

« Da vorne, die gelbe Tasche », brüllte Ennia durch den Hafen von Civitavecchia bei Rom. Sie warf ihren Rucksack auf den Boden und sprintete los. Nora hatte keine Ahnung, wovon ihre Schwester sprach, stand da mit zwei riesigen Rucksäcken – wie bestellt und nicht abgeholt.

Es dauerte nur wenige Minuten und Ennia kam zurück. « Andy », schnaufte sie ganz außer Puste. « Er war es. »

« Du hast Andy gesehen ? »

« Ja, er ist auf eine Fähre gestiegen, die nach Spanien fährt. Ich durfte nicht rauf, da ich kein Ticket hatte. Ich wollte eins kaufen, doch die Fähre ist voll. So ein verdammter Mist. »

« Hat er dich gesehen ? »

« Ich glaube nicht », erwiderte Ennia. « Aber er war es ganz bestimmt. Er ist auf der Fähre nach Barcelona. »

« Andy ist in Rom ? » Nora hatte gerade keine Ahnung, was sie denken sollte. Sie wünschte sich, sie hätte Andy gesehen und selbst reagieren können. Hätte sie nach ihm gerufen ?

« Er war es zumindest, ja. »

« Der Kerl hat wirklich die Gabe, mir die Freude an jeder Stadt, die ich besuche, schon zu Beginn zu versauen. »

« Mich erstaunt mehr, wie oft wir ihm zufällig über den Weg laufen. Das kann doch fast nicht sein », meinte Ennia. « Hätte ich ihn rufen sollen ? »

Nora schüttelte den Kopf.

« Willst du ihm hinterher ? »

« Wozu denn ? Bis wir eine Fähre finden, die nach Spanien fährt, ist er längst dort und untergetaucht. Die fahren doch nur alle paar Tage. Und auf diese können wir nicht mehr. Wir haben keine Ahnung, wohin er von Barcelona aus will. Das bringt doch nichts.»

«Wir könnten mit dem Zug hinterher. Der braucht nicht so viel länger nach Barcelona als das Schiff.»

Nora schüttelte erneut bestimmt den Kopf. «Bis wir da sind, ist er längst weg. Wir müssten ihn direkt am Hafen abfangen können.»

«Dann fliegen wir nach Barcelona. Das dauert maximal zwei Stunden. Die Überfahrt dauert fast einen Tag. Wenn wir jetzt zum Flughafen fahren, können wir in einholen.»

Nora überlegte. Das war tatsächlich eine Chance. So würde sie zumindest eine Antwort bekommen.

Ennia googelte bereits nach möglichen Flügen. «Hier gäbe es einen – mit einer Zwischenlandung in Zürich.»

Nora verdrehte die Augen. «Das zu machen wäre ja wohl ziemlich absurd.»

«Ansonsten gibt es keine Flüge mehr heute, die weniger als zehn Stunden dauern. Wir müssten morgen fliegen.»

«Nein, ich möchte das nicht», erklärte Nora heftig. «Er hätte mich haben können. Wenn er mich gewollt hätte, wäre er jetzt noch da oder ich wüsste zumindest, wo er ist und wie ich ihn erreichen kann. Er will nicht und ich renne ihm nicht hinterher. Punkt.»

Sie waren direkt nach ihrer Ankunft in Rom zum Hafen von Civitavecchia gefahren, um sich ihr Ticket für die Fähre zu reservieren. Nach ihrem Aufenthalt in Rom wollten sie ebenfalls nach Barcelona übersetzen und von dort aus mit dem Zug weiter nach Lissabon fahren. Sie hatten sich schon gedacht, dass die Tickets nicht einfach zu bekommen waren. Es waren nur kleine Fähren auf der Strecke unterwegs und sie fuhren sehr sporadisch. Sie hatten die Tickets nicht vorreservieren können, weil sie nicht gewusst hatten, ob es mit dem Timing aufgehen und ob sie überhaupt die Fähre nehmen würden oder doch eher den Zug. Die Reise auf dem Schiff war jedoch einfacher, da sie nicht zigmal umsteigen mussten, und bot zudem eine Abwechslung, die in diesem Fall willkommen war, und so hatten sie sich dafür entschieden.

Nora landete mit ihren Gedanken wieder bei Andy. Er holte sie tatsächlich immer irgendwo wieder ein. Und die Wunde, die nur langsam heilte, riss wieder auf. Zudem hatte sie jetzt auch keine Chance gehabt, ihn zur Rede zu stellen. Was ihr vielleicht geholfen hätte. Aber ihm deswegen hinterherzufliegen, empfand sie als Erniedrigung. Auf dieses Niveau wollte sie sich nicht begeben.

«Ich hole jetzt die Tickets», erklärte Ennia. «In fünf Tagen fahren wir los. Und bis dahin werden wir Rom genießen – und du wirst einen netten Mann daten. Hey, wir sind in Rom. Rom, weißt du. Es gibt hier so viel zu sehen, wir werden in Straßencafés sitzen, lecker Spaghetti essen und Gelati schlecken. Das Wetter ist grandios, vergiss den Kerl.»

«Ich weiß, dass ich das muss. Ennia, die Tage mit ihm in Athen waren so schön. Da waren so viel Nähe, Offenheit, Lachen, Leidenschaft.»

«Offenheit? Du kannst den Kerl noch nicht mal googeln.»

«Ich weiß, dass er etwas verheimlicht. Das hat er sogar zugegeben. Und dass das auch der Grund ist, warum er flieht. Es ist nicht wegen mir, da bin ich mir ganz sicher.»

«Was dann?» Ennia zog eine Augenbraue hoch. Das konnte sie gut, sie sah dann wirklich aus wie der strenge Professor, der eine verpatzte Arbeit kritisierte. Nora betrachtete ihre Schwester. Lustigerweise hatte Ennia ziemlich buschige Augenbrauen, noch dazu in einem ähnlichen Dunkelbraun wie Noras Haare. Es passte eigentlich gar nicht zu Ennias heller Haut und den orangen Haaren – und irgendwie doch.

Nora seufzte. «Wenn ich das nur wüsste ...»

«Wollen wir doch sofort nach Barcelona fliegen?»

«Nein, wir fahren wie geplant in fünf Tagen nach Lissabon. Ich renne dem Kerl nicht hinterher. Außerdem: Wie sollten wir ihn dort finden?»

44

Nora fühlte sich leer und erschöpft, als sie nach dem Abstecher zum Hafen, an dem sie Andy entdeckt hatten – wobei nur Ennia ihn gesehen hatte –, und der Rückreise nach Rom endlich in ihrem Hotel ankamen. Was machte dieser Mistkerl nur mit ihr? Es war *ihre* Reise, *ihre* Auszeit, sie sollte lachen, flirten, glücklich sein und nicht heulend durch Rom pilgern. Das war doch Blödsinn.

Das Hotel lag an der Piazza Bernini, etwas versteckt in einer Seitengasse. Sie mussten einige Male um die Häuserblocks laufen, bis sie den Eingang fanden. Ein uralter Lift, der aussah wie ein faradayscher Käfig – eine Glaskapsel in einem Schacht aus schwarzen Metallstäben –, führte nach oben zur Rezeption. Diese wiederum lag am Ende eines verwinkelten Flurs. Nora hatte noch kein Hotel erlebt, das es seinen Gästen so schwer gemacht hatte, den Weg zum Einchecken zu finden. Warum dieses Hotel das wohl so kompliziert gelöst hatte? Die Rezeptionistin schickte die Schwestern dann gleich wieder nach unten – ihre Zimmer lagen nebeneinander im Untergeschoss.

Ennia, die dem Lift nicht traute, lief über die Treppe nach unten. Nora tat es ihr seufzend gleich. Sie war ziemlich erledigt und hatte keine Lust, so viele Stockwerke mit dem schweren Rucksack in die Tiefe zu schreiten. Sie erwartete von dem Hotel nicht mehr viel, war dann jedoch überrascht, als sie endlich die Tür ihres kleinen Reichs öffnete.

Ein weiß bezogenes Doppelbett stand in der Mitte des Raumes, die Wand dahinter war in einem warmen Ton gestrichen. Durch ein schmales, längliches Fenster oben an der Wand drang sogar Tageslicht in den Raum. Der Boden bestand aus rostroten Terrakottaplatten.

Nora fühlte sich sofort wohl. Und unendlich müde. Es war noch nicht sehr spät, früher Abend erst. Doch sie war schon so lange auf den Beinen. Ihren Rucksack stellte sie in eine Ecke, dann legte sie sich auf ihr Bett. Sie wäre gerne noch kurz unter die Dusche gesprungen und hätte sich etwas Frisches angezogen. Doch die Kraft reichte nicht mehr. Nach wenigen Sekunden war sie eingeschlafen.

45

Sie erwachte erst am nächsten Morgen. Es war zwar erst kurz nach sechs Uhr, doch fühlte sie sich erholt wie lange nicht mehr. So gut hatte sie nicht geschlafen seit ... ja, seit Athen. Bevor Andy einfach spurlos verschwunden war. Schon wieder.

Obwohl die Reise Urlaub war, war sie doch sehr anstrengend. Das schwere Gepäck, das heiße Wetter, das häufige Laufen, es ging doch an die Substanz. Und auch emotional war es nicht immer einfach, die vielen Eindrücke zu verarbeiten.

Andy! Es fühlte sich an, als hätte jemand ihr Herz herausgerissen. Und trotzdem war sie wild entschlossen, sich nicht weiter ihr Abenteuer verderben zu lassen. Sie griff nach ihrem Handy. Ennia hatte ihr geschrieben: «Ich lasse dich schlafen, wenn du schon mal schlafen kannst, und gehe noch kurz was essen. Sehen wir uns morgen zum Frühstück?»

Ennia würde jetzt noch im Bett liegen, also checkte sie kurz ihre E-Mails und las ein paar Nachrichten.

Riesige Waldbrände rund um Athen

In der Nähe der griechischen Hauptstadt Athen sind wegen heftiger Waldbrände Hunderte Menschen evakuiert worden. Über dreißig Menschen mussten wegen Verbrennungen und Atemproblemen medizinisch versorgt werden.

Durch starke Winde aus wechselnden Richtungen sei das Löschen der Brände besonders schwierig, berichtete ein Sprecher der örtlichen Feuerwehr. Rund fünfhundert Feuerwehrleute, neun Flugzeuge und zwölf Helikopter standen im Einsatz. Der Rauch wurde bis zur Hunderte Kilometer weiter südlich gelegenen Insel Kreta getragen, wie auf Satellitenaufnahmen zu sehen war.

Wieder eine Folge des Klimawandels, dachte Nora zerknirscht. Ihr kam PAXX' Graffiti in den Sinn. Die Flammen zwischen den Bäumen an der Akropolis von Athen. Es traf den Nagel auf den Kopf. Das Bild war Geschichte – die Flammen waren Realität.

Sie hatte nichts von den Feuern mitbekommen, als sie in Athen gewesen war. Es war eine heile Welt gewesen, ein Kokon, in den sie sich zusammen mit Andy verkrochen hatte, abgeschottet vom realen Leben. Doch die Brände stimmten sie traurig. Sie hatte die Griechen als freundliche, fröhliche Menschen kennengelernt. Die meisten hatten nicht viel zum Leben, kämpften gegen die Wirtschaftskrise und ihre Arbeitslosigkeit. Und nun verloren sie ihr Hab und Gut an die Flammen. Das war nicht fair.

Ihr war bewusst, wie privilegiert sie war. Natürlich spürte man auch in der Schweiz die Auswirkungen der Klimaveränderungen. Hatte es den ganzen Frühling über geregnet, was für Überschwemmungen und rutschende Hänge gesorgt hatte, war es nun im Sommer wochenlang heiß und alles verdorrte. Die Flüsse trockneten aus, Wasser wurde rationiert. Von den schmelzenden Gletschern mal ganz abgesehen. Und doch konnte ihre Regierung diese Folgen bisher auffangen.

Sie klickte weiter.

Neues Graffiti von Künstler PAXX in Rom entdeckt

Sie ließ ihr Smartphone sinken. In Rom? Dann konnte sie es sich vielleicht sogar anschauen. Es vergingen immer einige Tage, bis die Bilder wieder verschwanden. Sie wusste allerdings nicht, wie lange es sich schon auf der Mauer befand. Normalerweise wurden die Graffitis sehr rasch entdeckt – und dann sprangen auch die Onlinemedien sofort darauf an und verfassten einen Bericht darüber. Das Bild war also ganz bestimmt noch da.

PAXX' Graffiti in der italienischen Hauptstadt zeigt einen ausgetrockneten Boden. Es ist das fünfte zum Thema Klimawandel in verschiedenen europäischen Hauptstädten in den letzten Wochen. Es wurde am Sockel einer Säule im Forum Romanum entdeckt. Damit hat PAXX erneut einen sehr alten und prominenten Untergrund für sein Gemälde gewählt. Experten gehen davon aus, dass er diese Plätze aussucht, um zu verhindern, dass die Graffiti vor ihrem Verschwinden in Sicherheit gebracht oder die Spezialfarbe untersucht werden kann. Trotzdem versuchten Kunstexperten auch hier, das Bild zu retten. Mit Spezialfolien wollten sie einen Abdruck des Graffitis anfertigen. Ob es gelungen ist, ist jedoch unklar.

Sie blickte erneut auf die Uhr. Kurz nach halb sieben. Erste Sonnenstrahlen drangen durch das Fenster hoch über ihrem Kopf. Sie musste das Graffiti sehen.

Nora schlüpfte in ihr graues Baumwollkleid und in die schwarzen Chucks, die inzwischen ziemlich ausgelatscht waren. Obwohl sie sparsam lebte und nicht ständig neue Kleider shoppte, ging ihr ihre Auswahl doch langsam auf die Nerven. Sogar ihre geliebten Chucks. Sie hatte nur fünf Outfits für den Alltag dabei, die sie immer wieder irgendwo waschen musste. Zu Hause hatte sie definitiv mehr Abwechslung – auch wenn ihr Kleiderschrank klein war und sie versuchte, nachhaltig und im Idealfall gebrauchte Kleidung einzukaufen. Vielleicht sollte sie mal irgendwo einen schönen Secondhandladen aufsuchen und sich etwas Neues zulegen.

Die Haare band sie zu einem hohen Pferdeschwanz zusammen, darüber zog sie sich eine Baseballmütze. Im Badezimmer putzte sie sich kurz die Zähne und setzte sich ihre Kontaktlinsen ein. Sie konnte in der gleißenden Sonne einfach nicht ohne Sonnenbrille überleben und leider besaß sie keine mit Korrektur. Dann packte sie ihre Kamera in ihren kleinen Rucksack, den sie für ihre Touren nutzte, steckte Sonnencreme, Portemonnaie, Handy und Zimmerschlüssel ein und machte sich auf den Weg.

An der Rezeption hatte sie einen Stadtplan erhalten. Es war ein Fußmarsch von rund zwanzig Minuten, der ihr guttun würde, jetzt, wo es noch sehr viel kühler war als später am Tag.

Es dauerte eine ganze Weile, bis sie die richtige Säule im Forum Romanum gefunden hatte. Das Gelände bestand aus nichts anderem als alten Ruinen und Säulen. Doch letztlich führte sie eine kleine Menschentraube zum richtigen Ort. Sie war überrascht, dass schon so viele Römer auf den Beinen waren. Allerdings waren in Wien auch sofort riesige Menschenmengen zu dem Bild gepilgert. In einer halben Stunde würde es hier bestimmt noch voller sein.

Sie hatte den Eindruck, das Graffiti sei nicht so klar und stark wie beispielsweise in Wien. Womöglich begann es schon zu verblassen. Dafür kam sie recht nahe an das Bild heran und konnte ein paar gute Aufnahmen davon machen. PAXX hatte für Rom einen ausgetrockneten Boden als Motiv gewählt. Die Sonne brannte darüber und die Hitze über dem Boden wurde durch feine Striche dargestellt. Nora hatte keine Ahnung, wann es in Rom zuletzt geregnet hatte – oder überhaupt in Europa.

Sie verließ das Graffiti und fotografierte noch ein bisschen weiter, denn das Licht war wunderschön. Sie hielt einige Details der ganzen Säulen fest und las da und dort, was sie einst für einen Zweck gehabt hatten.

Das Forum Romanum war ab dem sechsten Jahrhundert vor Christus Mittelpunkt des politischen, wirtschaftlichen und kulturellen Lebens Roms gewesen. Es gab viele öffentliche Gebäude und Denkmäler. Heute war es eine der wichtigsten Ausgrabungsstätten des antiken Roms. Sie drehte eine kleine Runde durch die Anlage und kehrte dann noch einmal zu PAXX' Graffiti zurück.

Als sie sich diesem näherte, sah sie eine Frau davorstehen, die ihr bekannt vorkam. Es dauerte eine Weile, bis sie begriff, wer es war. Klimaaktivistin Anouk Dubois. Es schien, als hätte diese Nora ebenfalls wiedererkannt. Sie winkte ihr zu und Nora stellte sich neben sie.

«Ich bewundere seine Arbeit», erklärte die Französin. «Ich würde mich gerne mal mit PAXX unterhalten, er ist ein großes Vorbild.»

«Oder Sie ...»

«Ich beschäftige mich schon länger mit dem Phänomen PAXX», sagte Dubois zu Noras Verwunderung. «Er hat die gleichen Ideale wie ich und eine gewichtige Stimme. Zusammen könnten wir viel erreichen. Deshalb habe ich immer wieder recherchiert und bin mir recht sicher, wer hinter dem Pseudonym steckt.»

«Wer denn?»

Dubois lachte. «Das, meine Liebe, ist vorerst mein Geheimnis. Aber ich denke, dass ich ihn bald erwischen werde, den guten PAXX.»

«Wie wollen Sie das anstellen?»

«Es ist offensichtlich, dass noch weitere Bilder auftauchen werden – ich muss einfach die richtige Stadt erwischen. Hier war ich nah dran. Ich versuche es weiter.»

«Wenn Sie wissen, wer es ist, können Sie ja auch einfach zu seinem Haus oder in sein Büro gehen.»

«So einfach ist es eben nicht. Der Mensch hinter PAXX ist sehr absorbiert, man kommt kaum an ihn heran.»

«Was machen Sie, wenn Sie ihn erwischen? Geben Sie seine Identität preis?»

«Ich denke nicht. Sein Erfolg wird dadurch genährt, dass ihn keiner kennt. Und wenn er der Sache weiterhin dienen soll, muss er unerkannt bleiben. Außerdem hätte ich ja längst irgendwo erwähnen können, wer es ist.»

«Sie müssen sich sehr sicher sein», meinte Nora nachdenklich.

«Ja, alles passt. Aber natürlich kann ich es nicht beweisen. Und dieser Herr, den ich meine, antwortet nicht auf meine Nachrichten. Es braucht einfach Geduld.»

«Was glauben Sie, was er vorhat?»

«Ich bin mir nicht sicher. Das hier ist das fünfte Bild. Es wird ebenfalls verschwinden. Doch es war ganz gewiss nicht das letzte. PAXX will der Menschheit eine Botschaft mitgeben. Und das hat er bisher noch nicht getan. Da kommt noch mehr, da bin ich mir ganz sicher. Ich kann nur mutmaßen, wo er als Nächstes sprayen wird. Aber da sind ihm noch andere auf den Fersen. Kunstexperten, die über die nötigen finanziellen Mittel verfügen. Die seine Identität lüften wollen. Er muss sehr vorsichtig sein. Es ist nicht so schwierig, die europäischen Hauptstädte zu überwachen. Ich hoffe, dass er es schafft, bevor er entdeckt wird. Für den Klimawandel.»

«Dann reisen Sie ihm hinterher?»

Die Klimaaktivistin lachte. «Eigentlich war der Plan, dass ich ihm vorausreise. Aber ich kann eben nur raten. Und sonst reise ich doch zu seinem Haus in England.»

«Es ist auch nur Spekulation, dass er von dort kommt. Viele Experten vermuten, er ist Schweizer.»

«Ich denke, er ist Engländer. Aber mehr möchte ich nicht verraten. Es ist, wie gesagt, nicht mein Ziel, ihn auffliegen zu lassen.»

Sie betrachteten gemeinsam das Graffiti, Seite an Seite.

«Es ist sehr eindrücklich, wie er mit einer so einfachen Sprache so viel ausdrücken kann. Ein wahrer Künstler», meinte Anouk Dubois.

Nora musste sich eingestehen, dass sie das Phänomen PAXX immer mehr interessierte. Was hatte der Künstler nur vor?

«Ich muss jetzt weiter», meinte die Aktivistin. «Es hat mich gefreut, Sie wiederzusehen. Viel Glück.»

«Das wünsche ich Ihnen auch.»

46

Hungrig ging sie zurück zum Hotel. Sie hatte am Vortag weder zu Abend gegessen noch an diesem Tag gefrühstückt. Während sie lief, swipte sie sich durch PAXX' Instagram-Account, der mehrere Millionen Follower hatte. Sie musste zugeben: Der Künstler – oder die Künstlerin – faszinierte sie. Der Account zeigte eine Übersicht über sein oder ihr Wirken. Immer wieder hatte diese Person die Welt mit präzisen, aussagekräftigen und realistisch gesprayten Graffitis verblüfft.

Sie musste aufpassen, wo sie entlangging, um ein Haar hätte sie die Abzweigung zum Hotel verpasst. Sie konnte auch später recherchieren.

Ennia war bereits wach und bereit für den Tag, und so ging sie mit ihrer Schwester zum Frühstücksbuffet. Beide hofften, dass Rom noch ein schönes Date für sie bereithalten würde. *Italia e amore.* Wenigstens ein nettes Treffen mit einem hübschen Italiener musste drin sein, damit die Sehnsucht nach Andy sie nicht auffraß.

Doch zunächst wollten sie sich einige Wahrzeichen Roms anschauen. Ennia war ein großer Fan der Romane von Dan Brown und sein Werk *Illuminati* spielte fast ausschließlich in der italienischen Hauptstadt. Sie hatte vor, die Schauplätze des Romans abzuklappern, und Nora willigte ein, die Tour mitzumachen.

Den Vatikan ließen sie vorerst aus – für diesen hatten sie einen ganzen Tag extra eingeplant. Somit begannen sie ihre *Illuminati*-Tour im Pantheon.

Das Pantheon war 125 nach Christus erbaut worden. Es galt als das am besten erhaltene Bauwerk der Antike. In der Mitte der Kuppel befand sich ein Loch mit neun Metern Durchmesser, durch welches Licht und frische Luft ins Innere drang. Und natürlich Regen. Daher waren in der Mitte Abflusslöcher in den Marmorboden eingelassen, die das Wasser ableiteten. Einst war das Pantheon wohl zu Ehren aller Götter erbaut worden, doch dann wurde es zur römisch-katholischen Kirche umfunktioniert.

Vom Pantheon aus machten sie sich auf den Weg zur Piazza del Popolo und der Kirche Santa Maria del Popolo mit der Chigi-Kapelle. Die Piazza del Popolo war einer der größten Plätze Roms. Die Kirche stand im Norden des Platzes und wirkte von außen eher unscheinbar. Doch sie überraschte mit ihrer Pracht im Inneren.

Von der Piazza Barberini gelangten sie zur Kirche Santa Maria della Vittoria und von dort zur Piazza Navona. Dort befand sich nicht nur der berühmte Vierströmebrunnen, es waren auch einige der angeblich besten Eisdielen Italiens dort angesiedelt. Nora schlug zu, eine süße Abkühlung konnte sie gut gebrauchen. Der Vierströmebrunnen mit seinen weißen Skulpturen beeindruckte sie. Der Brunnen galt als Meisterwerk des Barocks. Die Männerfiguren an den Ecken symbolisierten je einen der Flüsse auf den damals bekannten vier Kontinenten: die Donau für Europa, den Nil für Afrika, den Ganges für Asien und den Rio de la Plata für Amerika.

Nora setzte sich mit ihrem Eis auf den Brunnenrand. Es waren unfassbar viele Leute hier. Sie zurrte noch einmal die Schnalle ihres Rucksacks fest. Nicht, dass ihr jemand unbemerkt das Portemonnaie herauszog.

«Es wäre schön, wenn es noch mit einem Date klappen würde in Rom, oder?», fragte Ennia, die an ihrem Schokoeis schleckte.

«Hast du denn mal wieder auf der App geschaut?»

«Ja, aber bisher hat es einfach noch nicht gepasst.»

Nora wischte sich die Finger an einer Serviette ab und überlegte, wo sie diese und den Eisbecher entsorgen konnte.

Abfalleimer fehlten in vielen Städten, man musste zu lange nach ihnen suchen. Kein Wunder, dass die Leute der Einfachheit halber alles auf den Boden warfen. Das wollte sie jedoch nicht tun, lieber würde sie den Becher mitschleppen, bis sie eine Entsorgungsmöglichkeit fand.

«Wollen wir mal zur Engelsburg? Das schaffen wir heute noch.»

***

Auf dem Weg zur Burg bogen sie auf die Via Di Panico und dann auf die Ponte Sant'Angelo ab, die Brücke, die über den Fluss zur Burg führte. Was für ein Name: die «Panikstraße». Ein schlechtes Omen, dachte Nora für den Bruchteil einer Sekunde. Doch sie verwarf den Gedanken sofort wieder. Als sie die Burg erblickte, wollte sie ihre Kamera aus dem Rucksack holen und stellte diesen daher auf den Boden. Plötzlich hörte sie das laute Aufheulen eines Motors. Sie wollte sich gerade umdrehen, doch es passierte alles zu schnell. Auf einmal spürte sie, wie sie zu Boden fiel und dann durchzuckte ein heftiger Schmerz ihren linken Arm.

Sie hörte, wie jemand schrie. Als sie aufblickte, erkannte sie, dass es Ennia war, die einem Mann, der auf einer roten Vespa davonbrauste, hinterhersprintete. Nora wollte aufstehen und ihre Sachen einsammeln. Doch da war nichts mehr. «Verdammte Scheiße», fluchte sie. Sie schaute der Vespa hinterher. Sie war wohl etwa fünfzig Meter entfernt. Dann beobachtete sie, wie ein junger Mann wagemutig den Tisch eines Cafés, der am Straßenrand stand, auf die Fahrbahn warf. Der Tisch kippte, die Vespa machte eine Vollbremsung und ging samt Fahrer zu Boden. Nora rannte los, ihren linken Arm umklammernd. Sie merkte etwas Nasses an ihrer Hand, und als sie hinschaute, erkannte sie, dass es Blut war.

Der Dieb lag noch immer auf dem Boden. Ennia war inzwischen bei ihm angekommen. Er schien Schmerzen zu haben. Der junge Mann, der geistesgegenwärtig den Tisch umgeworfen hatte, sprach laut am Telefon. Die rote Vespa lag am Boden, ihr Motor war verstummt. Mehrere Taschen lagen wild verstreut darum herum. Der Kerl musste reichlich Beute gemacht haben.

Nora kam dazu und suchte als Erstes nach ihrem Rucksack, um zu überprüfen, ob noch alles da war. Sie hatte große Lust, dem dreisten Dieb eine Ohrfeige zu verpassen. Allerdings war unklar, wie schwer er verletzt war. Ennia kümmerte sich um ihn. «Er wird nicht sterben», meinte sie dann lakonisch. «Ich denke, es ist nicht mal was gebrochen. Wir müssen schauen, dass er nicht plötzlich aufsteht und wegläuft.»

Sie schaute Nora an und bemerkte erst jetzt, dass auch sie blutete. Sie griff sofort nach ihrem Arm. Nora spürte, wie ihre Kräfte langsam schwanden. Hatte sie soeben noch alles klar erfassen können, fühlte sie sich plötzlich schwindelig und unfähig, einen klaren Gedanken zu fassen.

«Dieser Mistkerl ist einfach in dich hineingefahren und hat dich umgenietet. Dann hat er sich den Rucksack gegriffen und ist abgerauscht. Tut es sehr weh?» Sie drehte Noras Arm in alle Richtungen.

«Ich denke, du hast Glück. Es ist nur eine Schürfwunde.» Sie blickte in Noras Gesicht. «Du bist bleich wie ein Camembert. Du hast wohl einen ziemlichen Schock.»

«La Polizia arriverà presto», meinte der junge Mann nun, der den Dieb gestoppt hatte. Er war neben die Schwestern getreten. «Der Kerl hier rennt nicht weg», meinte er dann auf Englisch.

Es standen bereits mehrere Passanten um den Dieb herum und zwei Männer achteten darauf, dass er nicht die Biege machte.

«Grazie. Grazie mille», sagte Nora. Sie fühlte sich noch immer beduselt und alles drehte sich in ihrem Kopf.

«Da vorne ist eine Apotheke», meinte Ennia. «Ich hole dort kurz etwas zum Desinfizieren und einen Verband. Setz dich in dem Café auf einen Stuhl.» Sie bugsierte Nora in die Richtung eines freien Stuhls, er hatte zu dem Tisch gehört, den der junge Mann umgestoßen hatte. Dann machte sie sich auf den Weg.

Endlich ertönten die Sirenen. Zwei Polizeiautos und ein Krankenwagen fuhren die Straße hinunter auf die Menschentraube zu. Ennia kam aus der Apotheke zurück. Der junge Mann, der den Tisch umgeworfen hatte, erzählte den Polizisten, was sich zugetragen hatte. Nora hoffte, er bekam keinen Ärger. Immerhin hatte er den Dieb mit seiner Aktion verletzt. Doch Nora war ihm unendlich dankbar – ohne sein rasches Eingreifen wäre nicht nur die Kamera weg gewesen, sondern auch das Bargeld und ihre Kreditkarte. Ihren Pass hatte sie wegen solcher Gefahren im Hotel gelassen.

Nora sah, wie der Dieb von den Rettungssanitätern versorgt wurde. Der junge Mann, der den Dieb gestellt hatte, kam mit zwei Polizeibeamten zu ihr. Nora spürte, wie Ennia eine kalte Flüssigkeit auf ihren blutenden Ellenbogen tropfte und dann die Wunde sanft abtupfte. Die Polizisten redeten auf sie ein. Nora sprach zwar Italienisch, aber der Redeschwall der beiden Beamten war zu viel für sie.

«Sono Marco», sagte der junge Mann und versuchte, die Worte des Polizisten auf Englisch zu übersetzen. «Sie möchten gerne eine Aussage von dir. Ich habe ihnen erzählt, dass ich den Mann auf der Vespa dabei beobachtete, wie er sich deinen Rucksack schnappte.»

«Es ging alles so schnell. Ich habe überhaupt nichts mitbekommen», stammelte Nora, während Ennia ihren Ellenbogen mit einem blauen Verband umwickelte. Ennia, die alles ganz genau gesehen hatte, erzählte an Noras Stelle, was passiert war. Die Vespa sei in einem sehr hohen Tempo von hinten angefahren gekommen. Sie habe den Eindruck gehabt, der Fahrer habe Nora absichtlich anfahren wollen, um sie abzulenken. Dann hatte er sich vom Fahrzeug heruntergebückt und die Tasche genommen, und dann sei er auch schon weggebraust. «Das alles dauerte maximal drei Sekunden, ich bin dann sofort hinterher», erklärte Ennia.

«Ich habe die Szene beobachtet. Ich wollte selbst nicht vor die Vespa springen, also habe ich den Tisch genommen», erklärte der junge Marco mit einem Grinsen auf dem Gesicht.

«Wir knöpfen uns den Herrn mal vor. Allerdings ist er verletzt. Selbstjustiz ist nicht der richtige Weg, junger Mann.»

«Tut mir leid», erwiderte er und hob die Hände in die Höhe. «Er war auf der Vespa und ich musste rasch handeln. Ich wollte ihn ganz bestimmt nicht verletzen.»

«Trotzdem wird sich das die Staatsanwaltschaft noch anschauen.»

Marco nickte betrübt. *«Ecco cosa succede quando si vuole aiutare.»*

«Brauchen Sie einen Arzt?», fragte der Polizist nun Nora. Diese schüttelte den Kopf.

«Meine Schwester ist Ärztin. Sie wird ein Auge auf mich haben.»

Die Polizisten hatten den Dieb in eines ihrer Autos verfrachtet. Nun brausten sie mit ihm davon. Ein Transporter hob die gecrashte Vespa von der Straße und die bizarre Szenerie löste sich langsam auf.

«Alles okay?»

«Ich friere», erwiderte Nora und umklammerte klappernd ihren Körper. Das fand selbst sie erstaunlich – bei Temperaturen von weit über dreißig Grad. Marco hatte sich auf einen Stuhl neben sie gesetzt.

«Das ist der Schock», erklärte Ennia. «Das wird zwei, drei Stunden dauern, dann ist es wieder gut. Ich bestelle dir einen heißen Tee.»

«Mann, Mann, Mann», stöhnte Nora und stützte ihren Kopf auf ihre Hände ab.

«Du hattest Glück», meinte Marco neben ihr auf Italienisch.

«Vielen Dank noch mal», erwiderte sie, ebenfalls auf Italienisch. «Warum hast du das getan?»

«Ich wollte nicht, dass er mit deinem Rucksack entwischt. Dieser dreiste Kerl scheute sich nicht mal davor, dich über den Haufen zu fahren.»

«Trotzdem. Nun hast du wohl auch Ärger am Hals.»

«Der hatte noch viel mehr Taschen dabei. Ich glaube, bei den Polizisten und der Staatsanwaltschaft wird die Freude über das Wiederfinden größer sein als der Frust über seinen Kratzer am Bein. Klar, der Dieb kann mich anzeigen. Soll er doch. Dann muss er mal erklären, warum es okay ist, dich zu verletzen, aber nicht okay, wenn man ihm dasselbe antut. Und das bei dir war Absicht. Bei ihm war es keine. Ich wollte ihn nur stoppen.»

Sie schaute sich diesen Marco zum ersten Mal etwas genauer an. Er war jung – bestimmt ein paar Jährchen jünger als sie selbst. Er hatte dunkelbraune Haare, die in alle Richtungen standen. Er trug ein blau-rot geringeltes Shirt, eine kurze, blaue Jeans und Flipflops.

Ennia stellte eine Tasse dampfenden Tee vor ihre Nase. Sie umgriff die Tasse mit den klammen Händen und spürte ein Kribbeln auf der Handfläche.

«Die mussten bestimmt erst den Teekocher aus dem Keller holen, was?», versuchte Nora zu scherzen. Ennia machte eine abweisende Handbewegung.

«Wie geht es deinem Arm?»

«Sehr gut. Ich spüre fast nichts.»

«Das ist eine ganz schöne Schramme.»

«Die heilt wieder. Ich habe den Idioten gar nicht kommen sehen. Es ging alles so schnell.»

«Das hätte jedem passieren können», meinte Marco, der noch immer mit den Schwestern am Tisch saß.

«Wie kann ich dir dafür danken?» Nora dachte, dass Marco sich eine großzügige Geste wünschte. Zu ihrer Überraschung hatte er dann aber einen anderen Wunsch: «Ich würde gerne mit dir was trinken gehen», erklärte er lächelnd. «Nicht heute, erst morgen oder übermorgen, wenn du wieder fit bist.»

Sie schaute ihn noch einmal an. Hübsch war er ohne Zweifel. Aber ... so jung!

«Ich weiß, ich sehe aus wie neunzehn. Ich bin aber dreiundzwanzig», erklärte er lachend, nachdem er ihren Gesichtsausdruck gedeutet hatte. «Ich bin ein großer Junge.» Und dann fügte er noch hinzu: *«Ti invito!»*

«Nein, wenn schon lade ich *dich* ein», erwiderte Nora und nahm einen kleinen Schluck des heißen Tees. Der würde hier draußen wohl kaum kühler werden. «Einverstanden», sagte sie dann. Er hielt ihr seine Faust hin und sie schlug sanft mit ihrer dagegen.

«Posso portare un altro amico. È molto gentile», sagte er dann an Ennia gewandt. Nun mussten beide Schwestern lachen.

«Ein Freund von dir kommt mit? Wir sind dabei.»

47

Es war erfrischend, mit Marco und seinem Kumpel Luca durch Roms Nachtleben zu ziehen. Nora hatte sich von ihrem Schock gut erholt. Sie hatte im Hotel noch ein heißes Bad genommen, um sich aufzuwärmen und einen klaren Kopf zu bekommen. Danach war sie – zumindest psychisch – wieder ganz die Alte gewesen. Ennia hatte ihren Arm noch einmal begutachtet und befunden, dass es besser war, die Schramme an der Luft heilen zu lassen. So hatte sie den Verband lieber weggelassen. «Vielleicht ist es ganz gut, dass der mich erwischt hat», hatte Nora philosophiert. «Ich kann damit umgehen. Andere hätten vielleicht länger gelitten.»

An ihrem linken Ellenbogen prangte neben der großen Schramme ein noch größerer blauer Fleck. Das würde sie wohl noch eine Weile an die Amokfahrt des Taschendiebs erinnern. Sie hatten nun auch ihren Part bei der Polizei erledigt und durften jederzeit ausreisen. Aber erst einmal wollten sie die Stadt und ihr Flair noch richtig genießen.

Marco und Luca studierten Architektur und waren fast gleich alt. Und sie bemühten sich wirklich, den Schwestern einen schönen Abend zu bereiten. Luca hatte hellere Haare als sein Freund und war auch etwas kleiner, doch auch er war braun gebrannt und Italiener durch und durch.

Das Wort «ausgehen» nahmen die Römer sehr wörtlich, wie Nora bald feststellen konnte. Das Nachtleben spielte sich hier zum größten Teil auf der Straße ab. Sie zogen von einer Bar zur nächsten, bestellten einen Cocktail oder ein Bier und tranken die Getränke unter dem Sternenhimmel. Später gingen sie dann doch noch in einen Club, um bis in den frühen Morgen hineinzutanzen.

Nora wurde irgendwann klar, dass sie im Begriff war, mit Marco zu flirten. Ein Lachen hier, ein Schluck aus seinem Glas da, sein Arm um ihre Taille. Sie hatte nichts dagegen. Der junge Italiener hatte zweifelsohne die Gene Casanovas geerbt. Natürlich war Nora nicht so naiv zu glauben, dass sie die Einzige war, die in den Genuss seiner Aufmerksamkeit kam. Es war ihr einfach herzlich egal – die heutige Nacht gehörte ihr. Und sie würde bald wieder weiterreisen.

Es wurde schon hell draußen, als sie aus dem Club hinaus auf die Piazza Navona traten. Ganz in der Nähe hatte der Vespafahrer sie am Tag zuvor – nein, es war nun schon zwei Tage her, sie hatte diese Nacht einfach ebenfalls zum Tag gemacht – über den Haufen gefahren. Egal!

«Kommt, wir gehen noch in eine Bäckerei», schlug Luca vor. «Ich habe Hunger.»

«Bäckerei?», fragte Ennia.

«Die sind hier immer geöffnet und es ist üblich, dass die Partyleute sich noch ihr Gebäck holen», erklärte Luca fröhlich. Er war angeheitert, so wie sie alle. Sie wollten noch nicht schlafen gehen. Und so standen sie wenig später in der Schlange vor einer Bäckerei. Sie bestellten eine Tüte Maritozzi, italienische Milchbrötchen, und verspeisten sie auf dem Rand des Vierströmebrunnens. Es war keineswegs menschenleer – überall standen junge Leute in Gruppen oder pärchenweise knutschend, sie lachten oder tanzten im Glanz der aufgehenden Sonne. Es war ein Leichtes, sich von dieser Lebensfreude mitreißen zu lassen.

Aus einer Bar drangen die Klänge einer Liveband, die ein flottes Jazzstück zum Besten gab. Marco schnappte sich Noras Hand, zog sie auf die Beine und wirbelte sie im Takt der Musik über die Piazza Navona. Nora trug ein schwarzes Top und eine schwarze, luftige Stoffhose, die ein bisschen aussah wie ein langer Rock. Die Hose flatterte im Wind und legte ihre weißen Sandalen mit den kleinen Absätzen frei. Ihre langen Haare fielen in dunklen Wellen über die Schultern. Sie hatte roten Lippenstift aufgetragen und fühlte sich wie eine Prinzessin. Es tat gut, sich so zu fühlen.

Aus den Augenwinkeln konnte sie erkennen, dass sich Luca Ennia geschnappt hatte und sie ebenfalls im Kreis drehte. Überhaupt schien plötzlich die ganze Piazza Navona zu tanzen. Das schnelle Jazzlied ging über in einen langsamen Walzer und Marco zog Nora in seine Arme. Sie hatte nichts dagegen. Auch nicht, als er mit einem Finger ihr Kinn anhob, um ihr in die Augen zu schauen. Und noch immer nicht, als er sich kurz darauf zu ihr hinunterbeugte und sie ganz sanft küsste.

48

Es war bereits Nachmittag, als sich Nora endlich aus ihrem Bett schälte. Die Versuchung, Marco mit in ihr Hotelzimmer zu nehmen, war groß gewesen. Die Vernunft am Ende noch ein wenig größer. Flirten ja, Knutschen ja – aber nicht jedes Date musste zwangsläufig im Bett enden. Und so war der Zauber, der diesem Abend und dieser Nacht innewohnte, noch ein wenig beständiger. Sie würde sich lange daran erinnern, dessen war sie sich sicher. Sie schloss die Augen und sah sich mit einem Lächeln auf dem Gesicht über die Piazza Navona tanzen, inmitten so vieler junger, glücklicher Menschen.

Jung sein, glücklich sein, sorglos sein – war es nicht das, was sie alle verdient hatten? In einer Welt zu leben, die sich immer weiterdrehte, sich keine Sorgen machen zu müssen um die Zukunft. Das war nicht die Realität, leider. Doch umso schöner war es, wenn sie diese Gedanken immer wieder – wenigstens für eine Weile – vergessen konnten. Nora wusste, dass viele junge Menschen so dachten wie sie. Es ging um ihre Welt, um ihre Zukunft und die Zukunft ihrer Kinder. Die alten, mächtigen Männer waren nicht von den schlimmen Veränderungen betroffen. Trotzdem waren sie es, die die Entscheidungen fällten. Und das war das Frustrierende daran. So konnten alle anderen nur ihr Bestes geben. Nora und Ennia waren bereit dafür.

Marco hatte sie zu nichts gedrängt. Klar, wenn sie ihn eingeladen hätte, wäre er mitgekommen. Doch stattdessen hatte er sich einfach für den schönen Abend bedankt, ihr seine Nummer gegeben und sich verabschiedet.

Nora und Ennia wollten sich bereit machen, um etwas zu essen – Frühstück, Mittagessen und Abendessen auf einmal. Sie traten aus dem Hotel auf die Piazza Bernini, noch müde und berauscht von der vergangenen Nacht. Und dann passierte etwas, was seit ihrer Abreise in Zürich vor sechs Wochen nicht mehr geschehen war: Der Himmel verdunkelte sich, und innert weniger Minuten öffneten sich die Schleusen und der Regen fiel in dicken, schweren Tropfen vom Himmel. Ein Platzregen. Nach ein paar Sekunden sahen sie aus wie frisch geduscht.

«Ist das herrlich!», rief Nora, breitete ihre Arme aus und begann sich im Regen um die eigene Achse zu drehen. Sie beugte den Kopf nach oben, sodass die Tropfen auf ihr Gesicht prasselten. Die Wimperntusche, die sie aufgetragen hatte, wurde feucht, das konnte sie spüren. Und als sie sich über die Augen wischte, hatte sie eine schwarze Spur auf der Hand. Es war ihr egal.

«Du spinnst», meinte Ennia, die sich ihren Rucksack über den Kopf hielt. Als ob es etwas genützt hätte.

«Komm, mach mit», forderte Nora ihre Schwester auf. «Endlich mal wieder Regen. Ich hoffe, es regnet in ganz Europa. Wie sehr braucht die Natur dieses Wasser.»

Ennia kapitulierte schließlich, zog sich ihren Rucksack auf den Rücken und tanzte mit Nora im strömenden Regen über die Piazza Bernini.

Da der Regen nicht aufhören wollte – Nora bedankte sich insgeheim bei der Natur dafür – und sie schon komplett aufgeweicht waren, gingen sie schließlich zurück ins Hotel und orderten eine Pizza beim Zimmerservice. Sie legten sich auf Noras Bett, aßen ihre Pizza und zappten sich durch das italienische TV-Programm.

***

Schon am nächsten Tag hatte die Sonne ihren angestammten Platz zurückerobert. Nora und Ennia wollten endlich ihren Ausflug in den Vatikan in Angriff nehmen. Am kommenden Tag ging schon ihre Fähre nach Spanien. Und der Vatikan durfte auf keinen Fall fehlen in ihrem Reisetagebuch.

Viele Bereiche, die in Dan Browns *Illuminati* erwähnt wurden, waren für Touristen gar nicht zugänglich. So die Vatikanischen Gärten, die Geheimarchive oder die Diensträume der Schweizergarde. Allerdings standen einige der in gelb-blau gestreifte Uniformen gekleideten Männer mit dem Beret auf dem Kopf vor den Eingängen. Für Nora und Ennia als Schweizerinnen war es witzig, die Landsleute so zu sehen, und am liebsten hätten sie ihnen ein zünftiges Grüezi zugerufen. Die Gardisten hätten darauf aber wohl nicht reagieren dürfen – und so ließen sie es bleiben.

Glücklicherweise konnten sie dafür den prachtvollen Petersdom besichtigen. Zwanzigtausend Menschen konnten in dem riesigen Kirchenschiff Platz nehmen. Das Hauptschiff des Petersdoms war fast einhundert Meter lang und siebenundzwanzig Meter breit. Insgesamt war die Kirche fast einhundertneunzig Meter lang. Das Tonnengewölbe darüber war fünfundvierzig Meter hoch und zum Teil mit vergoldeten Stuckaturen besetzt. Die Schwestern schritten den langen Gang hinunter, links und rechts von ihnen waren die Kirchenbänke drapiert, die an den Rändern von roten Stoffbahnen gesäumt waren. Überall waren prachtvoll dekorierte Kirchenbögen zu sehen. Obwohl Nora und Ennia sich als nicht sonderlich religiös betrachteten, war der Petersdom doch irgendwie respekteinflößend. Bisher hatten sie das Innere der Kirche nur im Fernsehen gesehen, etwa wenn der Papst einen Weihnachtsgottesdienst hielt.

Über die Scala Regia gelangten die Schwestern – ohne ans Tageslicht zurückzukehren – in die Sixtinische Kapelle. Diese war vor allem berühmt wegen ihres Deckengemäldes, das von Michelangelo gemalt worden war. *Die Erschaffung Adams* galt als eines der bekanntesten Gemälde der Welt. Es zeigte, wie Gott mit ausgestrecktem Finger Adam Leben einhauchte. Die Sixtinische Kapelle war außerdem der Ort, an dem die Kardinäle einen neuen Papst wählten. Dies bereits seit dem Jahr 1492.

Die Schwestern besuchten noch die vatikanischen Museen, bevor sie auf den Petersplatz traten und damit wieder an die Sonne. Tausende Touristen befanden sich auf dem Platz und schossen Fotos von den vatikanischen Gebäuden, von denen er umschlossen war. Auch Nora hielt ein paar Eindrücke mit ihrer Kamera fest. «Die Sonne steht viel zu hoch», erklärte sie jedoch betrübt. «Die Bilder sind total überbelichtet.»

Vor ihrer Abreise standen noch weitere Touristenattraktionen auf ihrer Liste: das Kolosseum, das sie im Rahmen einer Führung auch von innen besichtigten, der Trevi-Brunnen, die Spanische Treppe oder die Bocca della Verità. Der «Mund der Wahrheit» wartete mit einer ziemlich hanebüchenen Legende auf. Sie besagte, wer sich vor den Mund lege und die Hand hineinstrecke, dem würde diese einfach abgebissen. Trotz der langen Schlange vor der Attraktion wollten es sich Nora und Ennia nicht nehmen lassen, die Sache selbst auszuprobieren.

«Die Legende zum Mund geht auf das Mittelalter zurück», las Ennia vor. Sie hatte sich einen Rom-Guide zugelegt. Sie war der Meinung, dass sich die Investition in den größeren Städten lohnte. «Ein Angeklagter musste seine Hand zur Überprüfung seiner Schuld in den Mund legen. War er unschuldig, blieb seine Hand heil. War das Gericht von seiner Schuld überzeugt, ließ es die Hand von einem Gehilfen hinter dem Mund abhacken.»

«Klingt fair», meinte Nora ironisch und hielt ihre rechte Hand in den Marmormund. Nichts passierte.

«Spannend ist folgende Theorie», las Ennia weiter. «Es gibt verschiedene Thesen über die frühere Nutzung der Marmorscheibe. Wahrscheinlich war sie im antiken Rom einfach ein Kanaldeckel.»

Nora kicherte. «Genau so sieht die Scheibe auch aus.»

Ennia streckte nun ihre Hand in den Mund und Nora schoss ein Foto. «Komm», rief sie dann aus. «Wir müssen langsam los, unser Gepäck holen. Sonst verpassen wir die Fähre.»

49

Es folgte der längste und anstrengendste Teil ihrer Reise. Womöglich war es eine Schnapsidee gewesen, Lissabon als Ziel zu wählen, da die Stadt sehr weit westlich lag. Vielleicht hätten sie stattdessen besser Amsterdam oder Hamburg anpeilen sollen. Doch Nora hatte so viel Schönes von Lissabon gehört, dass sie die Stadt unbedingt selbst mal erleben wollte. Und sie hatten Zeit.

Die Überfahrt auf der Fähre nach Barcelona dauerte knapp zwanzig Stunden. Nora musste immer wieder daran denken, dass Andy nur ein paar Tage zuvor dieselbe Strecke absolviert hatte. Wohin hatte er gewollt? Was hatte der Mistkerl überhaupt vor? Es ärgerte sie, dass Andy noch immer die Macht besaß, die Schmetterlinge in ihrem Bauch zum Fliegen zu bringen, wenn sie nur an ihn dachte.

Diese verflixte Fähre. Die Reise wäre mit dem Zug zwar mühsamer, aber dafür nicht dermaßen unökologisch gewesen. Sie ärgerte sich, dass sie auf Ennia gehört hatte. Wenn sie keine Tickets am Hafen geholt hätten, wären sie zudem auch nicht Andy begegnet. Überhaupt regte sie in diesem Augenblick alles auf. Ihre Laune war im Keller – und sie konnte nicht mal so richtig sagen, warum. Ein Kater vielleicht? Ihr Ellenbogen schmerzte.

Sie war in ihrer Kajüte, in die kaum ein Hamster passte und die sie sich noch dazu mit Ennia teilte. Wo war nur dieses verflixte Kartenlesegerät? Sie brauchte es, um ihre Fotos von der Kamera auf das Tablet zu übertragen. Sie stand auf – und musste ihren Kopf einziehen, da sie in der Kabine nicht aufrecht stehen konnte, dabei war sie wirklich nicht sehr groß –, packte ihren Rucksack, öffnete ihn, drehte ihn um und schüttete den gesamten Inhalt auf den Boden.

«Bist du verrückt?», rief Ennia, die auf ihrer Pritsche lag und in einem Buch blätterte.

«Dieses verdammte Chaos», jammerte Nora und wühlte in dem Berg. Es war eh nötig, dass sie ihren Rucksack mal wieder sortierte und aufräumte.

«Du musst echt mal lernen, mehr Ordnung zu halten», meinte Ennia.

«Du bist nicht meine Mutter», fauchte Nora.

«Was ist denn los mit dir?», wollte Ennia wissen.

«Warum hast du mich auf diese verdammte Fähre geschleppt? Wir hätten mit dem Zug kaum länger gebraucht. Es ist eng, es ist dreckig und es stinkt zum Himmel. Schau dir diese Abgase an.»

«Wir waren uns einig, Nora.»

«Nein, ich wollte keinen Streit. Du weißt genau, dass ich solche Transportmittel meide. Sie schaden der Umwelt. Dann hätten wir auch gleich fliegen können.»

«Nora, was ist dein verdammtes Problem? Ich hatte dir doch angeboten, dass wir fliegen.»

«Ich weiß», Nora seufzte. «Es ist mir gerade alles zu viel.» Sie ließ den Haufen auf dem Boden liegen, stürmte aus der Kajüte hinaus und die Treppe hinauf aufs Deck.

Sie hatte selbst keine Ahnung, was mit ihr los war. Rom war sehr viel schöner gewesen, als sie es sich nach dem zweiten Debakel mit Andy hätte vorstellen können. Sie stand an der Reling und blickte hinaus aufs Meer. Es gab nichts weiter zu sehen als blaues Wasser und blauen Himmel. Keine einzige Wolke weit und breit. In diesem Moment trug auch sie dazu bei, dass sich das Klima veränderte. Einfach, indem sie mit dieser Fähre fuhr, nur um ein paar Mühseligkeiten einzusparen, auf die es ohnehin nicht angekommen wäre. Selbst Andy hatte die Fähre genommen. Wo er wohl jetzt war?

Sie erinnerte sich an den Kuss in Rom mit Marco. Er war schön gewesen, klar. Unter anderen Umständen hätte sie ihn richtig genossen – und vielleicht auch mehr zugelassen. Über eine Nacht mit einem Mann wie Marco hätte sie sich gefreut. Doch in dem Moment hatte es sich angefühlt wie Betrug. Obwohl sie Andy nichts schuldig war, hätte sie sich nicht Marco hingeben können, ohne an Andy zu denken. Sie spürte, wie jemand einen Arm um sie legte. «Andy?», murmelte Ennia, und Nora nickte matt. Sie nahm einen tiefen Luftzug und roch nicht nur das Salz des Meeres, sondern auch das Benzin dieser verflixten Drecksschleuder. «Vielleicht hätten wir nach Barcelona fliegen und ihn am Hafen abfangen sollen.»

«Vielleicht ist es besser, wenn du ihn endlich vergisst? Nora, es waren nur ein paar Tage. Du musst vorwärtsschauen.»

«Ach ja? Hast du auch nur ein paar Tage um Daniel getrauert?»

Nicht einmal eine Möwe kreiste über ihnen. Sie mussten weit entfernt sein vom Festland.

«Daniel war eine langjährige Beziehung. Das kann man doch nicht vergleichen.»

«Ach nein? Entscheidet die Dauer der Liebe über die Intensität und die Länge der Trauerphase?»

«Ich denke schon, dass eine lange Beziehung auch länger braucht, um sie zu verarbeiten.»

Nora funkelte ihre Schwester an. «Ist das dein Ernst? Weißt du was? Leck mich doch am Arsch. Ich organisiere diese Reise hier für dich, damit du Daniel vergisst und dich vielleicht sogar neu verliebst. Und du sagst, meine Liebe sei weniger wert, nur weil sie nicht ewig gedauert hat?» Nora drehte sich ab und eilte, so schnell sie konnte, unter Deck. Das Problem war: Sie konnte nicht weg. Sie war gefangen auf diesem Schiff. Dabei wollte sie einfach nur allein sein. In diesem Moment hielt sie es kaum noch aus, nicht mal mit ihrer Schwester. Und warum das so war, wusste sie auch nicht.

In der Kabine angekommen schloss sie die Tür und drehte den Schlüssel um, sodass Ennia nicht mehr in den Raum gelangen konnte. Das war nicht fair, das war ihr bewusst. Doch sie brauchte jetzt diese Zeit. Sie sammelte ihre Sachen vom Boden auf und stopfte sie ungeordnet in den Rucksack zurück. Sie wollte nach einer freien Kabine fragen. Alles hier erdrückte sie, sie fühlte sich wie ein Vogel in einem viel zu kleinen Käfig. Was absurd war – schließlich reiste sie durch Europa.

Energisch stürmte sie aus der Kabine heraus und an der verdutzten Ennia vorbei. «Lass mich in Ruhe!», rief sie, während sie mit ihrem Rucksack nach oben stapfte.

«Wo willst du hin? Sag mir wenigstens das.»

«Allein sein.»

Das Schiffspersonal hatte tatsächlich noch eine leere Kabine. Sie musste die Kajüte natürlich bezahlen – doch das war ihr egal. Sie ging hinein, warf den Rucksack in eine Ecke, sich selbst auf eines der beiden Betten und dann begann sie bitterlich zu weinen. Seit Andy vor ein paar Tagen verschwunden war, hatte sie nicht mehr geheult. Doch nun brach alles aus ihr heraus.

Sie hatte sich bemüht, Andy für ein paar Stunden zu vergessen, vor allem in der Partynacht mit Marco. Doch der Liebeskummer hatte sich nicht erledigt, er hatte sich vielmehr aufgestaut und beherrschte sie nun vollends.

«Alles okay», tippte sie in ihr Smartphone. «Ich schlafe in Kabine 35.» Sie ertrug gerade niemanden, nicht einmal ihre Schwester.

***

Nach einer langen, schlaflosen Nacht in der Kajüte erwachte Nora am nächsten Morgen aufgewühlt und bedrückt. Sie ging zum Lavabo und spritzte sich einen Schwung Wasser ins Gesicht. In der Opferrolle fühlte sie sich nicht wohl. Sie wollte das Schicksal selbst in die Hand nehmen, sich nicht in Selbstmitleid suhlen, sondern abschließen. Auch wenn sie wusste, dass Andy ein tiefes Loch in ihr Herz gebrannt hatte. Die Wunde würde heilen, langsam. Und sie musste dieser Heilung Raum geben, ohne sich selbst zu verlieren. Dafür war diese Reise viel zu wichtig.

Sie putzte die Zähne, zog sich ihr graues Lieblingskleid über und schlüpfte in ihre Chucks. Dann kippte sie ihren Rucksack aus und begann, alles fein säuberlich zu sortieren und wieder einzuräumen. Anschließend machte sie sich auf den Weg zu Ennias Kabine. Sie musste mit ihrer Schwester reden und sich bei ihr entschuldigen. Sie wollte keinen Streit auf dieser Reise. Auch wenn es angesichts ihrer permanenten Nähe kein Wunder war, dass sie sich auch mal auf die Nerven gingen. Ennia war nicht nachtragend, und sie selbst zum Glück auch nicht. Wenn sie in ein paar Stunden in Barcelona ankamen, würde sicher wieder alles gut sein.

***

In Barcelona stiegen sie sofort um auf den Zug. Da sie die spanische Stadt bereits kannten, wollten hier keine Zeit verlieren, sondern direkt weiterreisen. Wie Nora geahnt hatte, war Ennia über die Versöhnung erfreut gewesen. Auch sie entschuldigte sich bei ihr, dafür, dass sie ihre lange Beziehung als wichtiger und intensiver gedeutet hatte als Noras wenige Tage mit Andy, die so tief gegangen waren.

Nora war das Zugfahren noch nicht verleidet, sie liebte es, sich mit den Menschen zu unterhalten, ihre Fotos zu bearbeiten oder ein spannendes Buch zu lesen. Auch das Interview mit Anouk Dubois hatte sie aufgeschrieben und an ihre Chefin geschickt. Diese hatte sich sofort bedankt und versprochen, es in der ersten Ausgabe nach der Sommerpause abzudrucken. Manchmal blickte Nora einfach aus dem Fenster, bestaunte die sich stetig ändernde Landschaft und hing ihren Gedanken nach. Die immer wieder – das musste sie zugeben – bei Andy landeten. Auch Ennia schien zufrieden zu sein und war oft in ihre Fachlektüre vertieft.

Die Zugfahrt dauerte fast fünfzehn Stunden. In Madrid, in Coimbra und in Lamarosa mussten sie umsteigen. Die Strecke von Madrid nach Coimbra erfolgte im Bus, was Nora und Ennia besonders ärgerte, da sie diese Art zu reisen hatten vermeiden wollen. «Lissabon war reisetechnisch wirklich eine blöde Idee», meinte Ennia, während der Bus über die Autobahn rumpelte. Zudem erfolgte das Umsteigen mitten in der Nacht. Auf den darauffolgenden Zugstrecken kamen sie auch nicht zum Schlafen, denn das Umsteigen erfolgte um zwanzig nach fünf und noch einmal um fast sieben.

Spannend wurde es, als auf der letzten Teilstrecke von Lamarosa nach Lissabon der Zug plötzlich stehen blieb und alle Lichter ausgingen. «Was zum Teufel ist denn jetzt los?», wunderte sich Ennia. Zum Glück ging schon langsam die Sonne auf. *«Falha de energia»,* rief ein Schaffner, der durch die Waggons ging, um die wenigen Passagiere zu informieren. Leider verstanden die Schwestern kein Portugiesisch. «*Energia* könnte Energie bedeuten, also Strom», überlegte Nora laut. «Wahrscheinlich haben die einen Stromausfall. Was für ein Mist.»

In Noras und Ennias Abteil saß eine Familie mit zwei Kindern, die um die sechs oder sieben Jahre alt sein mussten. Die Worte des Zugpersonals hatten sie aus dem Schlaf gerissen. Die Geschwister sahen verängstigt aus, doch die Eltern versuchten sie zu beruhigen. «Stromausfall?», fragte Nora den Vater auf Englisch, und dieser nickte.

«*Sim!* Wir müssen warten», gab er in gebrochenem Englisch zurück.

Nora blickte aus dem Fenster. Sie waren weit weg von jeglicher Zivilisation. Nora wusste, dass zu ihrer Rechten das Meer sein musste. Es war allerdings von hier aus nicht zu erkennen. *«Brincar?»,* hörte sie plötzlich eine helle Stimme sagen. Eines der Kinder stand vor ihr – mit einem Stapel Spielkarten. Sie betrachtete diese und musste lächeln, dieses Spiel funktionierte international. *«Sim!»,* antwortete sie und klappte das Tischchen an ihrer Seite herunter. Sie nahm den Kartenstapel und begann ihn zu mischen. Dann verteilte sie vier kleine Stapel UNO-Karten.

Es drangen keine neuen Informationen zu ihnen durch, sie mussten die Sache einfach aussitzen. Nora und Ennia spielten mit dem Jungen und dem Mädchen, die Tiago und Mariana hießen, UNO. Die beiden waren einfach zu gut, Nora und Ennia hatten keine Chance. Doch das Spiel war auch ihnen eine willkommene Abwechslung.

Nach einer Weile packten sie alles Essbare auf den Tisch, was ihre Rucksäcke hergaben. Viel war es nicht: ein paar Trockenfrüchte, Nüsse, eine Tüte mit veganen Gummibärchen, eine Packung Dinkelkekse. Doch Tiago und Mariana griffen herzhaft zu und boten auch ihren Eltern Kekse an.

Nach fast einer Stunde kam der Kondukteur zurück. Er hatte keine weiteren Informationen, warum der Strom fehlte, meinte jedoch, es werde in wenigen Minuten weitergehen.

«Ich will nur noch schlafen», stöhnte Ennia müde. «Ich bin seit über einem Tag wach, ich kann nicht mehr.»

«Es wird fast Mittag sein, wenn wir in Lissabon ankommen. Falls es stimmt und der Zug bald weiterfährt.»

«Lass uns im Hotel eine Siesta machen», bat Ennia.

Nora gähnte. «Bin dabei», erklärte sie großmütig, und Ennia musste grinsen.

«Was für ein Husarenritt. Hamburg wäre bestimmt auch toll gewesen.»

«Nur wahrscheinlich das Meer etwas kälter», meinte Nora. «Hier in Portugal kannst du besser am Strand fläzen.»

«Ich freue mich, dass wir nach Lissabon ein paar Tage an die Algarve fahren und uns dort einfach nur erholen.»

«Du musst dich von den Ferien erholen», kicherte Nora.

«Na ja, sonderlich erholsam war es bisher nun wirklich nicht. Wir hatten Liebeskummer, einen Taschendieb, wieder Liebeskummer, Stromausfall, unzählige Kilometer im Zug und zu Fuß, tonnenweise Gepäck und das alles in der brütenden Hitze.»

«Hör mir bloß mit dem Liebeskummer auf.» Nora machte eine abweisende Handbewegung. Immerhin hatte sie gerade ein paar Minuten nicht an Andy gedacht. Und das war schwierig genug – denn immer, wenn sie die Augen schloss, sah sie ihn vor sich – und wie sie sich am Strand von Athen liebten. Sie musste aufpassen, dass ihr nicht gleich wieder die Tränen in die Augen schossen.

Endlich fing der Zug an zu ruckeln und die Lichter gingen an. Die Fahrt konnte weitergehen.

50

Nächstes PAXX-Graffiti in Madrid entdeckt

Es handelt sich bereits um das sechste Bild des unbekannten Künstlers PAXX zum Thema Klimawandel, das in einer europäischen Hauptstadt auftaucht. In der spanischen Metropole wurde ein Haus gesprayt, das von einer Welle verschluckt wird. Solche Klimaextreme sind eine Folge der Klimaerwärmung. Wie bei den bisherigen Kunstwerken ist auch bei diesem davon auszugehen, dass es nach wenigen Tagen wieder verschwinden wird. Spanische Kunstexperten versuchen derzeit einen Weg zu finden, das Bild zu erhalten.

Da die Graffitis stets auf geschichtsträchtigen Gebäuden auftauchen, ist es schwierig, die Mauerteile zu entfernen und zu analysieren. Daher wird auch dieses Bild wohl nicht für die Nachwelt erhalten bleiben, was wiederum typisch ist für PAXX – er hat noch nie Wert gelegt auf die Erhaltung seiner Werke. Viel wichtiger ist ihm offensichtlich die Message, die er transportiert. Die Frage ist, wie viele Bilder noch auftauchen werden und vor allem wo.

Nora legte ihr Smartphone auf den Tisch. Sie saß an einem kleinen runden, grünen Metalltischchen, vor ihr hatte ein etwas älterer, aber durchaus attraktiver Kellner mit einem Lächeln ein Sandwich mit geschmolzenem Käse abgestellt. Eine Spezialität hier in Lissabon. Eigentlich gehörte noch Schinken dazu, doch den hatte sie weggelassen. Dazu hatte sie ein Glas Rotwein bestellt. Allerdings konnte sie sich nicht auf den Snack konzentrieren. In ihrem Kopf ratterte es. Sie betrachtete die terrakottafarbenen Häuser um sich herum, die von Olivenbäumen in großen Töpfen gesäumt waren. Über ihren Köpfen befanden sich große beige Sonnenschirme.

Ein Schlürfgeräusch holte sie aus ihren Gedanken. Ennia schienen ihre Muscheln zu schmecken. «Warum isst du denn nicht?», fragte sie.

Nora versuchte, ihre wirren Überlegungen zu sortieren. War das nicht verrückt? Natürlich war es verrückt – aber alles sprach dafür. «Ennia, ich weiß, das klingt jetzt strange, aber hör mir zu. Ein PAXX-Bild in Madrid. Zuvor eins in Rom, eins in Wien, eins in Athen. Und davor Berlin. Wo haben wir Andy überall gesehen? Zuletzt ist er auf die Fähre nach Spanien gestiegen. Andy ist PAXX.»

Ennia hustete. «Verschluckt», brachte sie mühsam hervor. Und dann: «Nora. Du spinnst ...»

«Warum? Überall, wo wir ihn gesehen hatten, sind PAXX-Kunstwerke aufgetaucht. Er spricht nicht über sich und gibt keine Details über sich preis, mit denen man ihn ausfindig machen kann. Er ist Kunstdozent. Und er hat diese gelbe Tasche, die er besser beschützt als die Queen ihre Kronjuwelen.»

«Und was ist in der Tasche, Frau Watson?»

«Na, die Farbe. Die Sprayfarbe, die immer wieder verschwindet nach ein paar Tagen.»

«Mmmhhh ...», machte Ennia.

«Nachhaltigkeit ist ihm wichtig. Logisch, wenn er sich für den Klimawandel starkmacht. Außerdem kann er in den Zügen anonym reisen. Er konnte ja nicht ahnen, dass wir fast die gleiche Tour planen, und das ebenfalls mit dem Zug. Unsere Strecken machen zudem überhaupt keinen Sinn.»

«Vielleicht hast du sogar recht ...»

Nora biss nun doch in ihr Sandwich.

«Und nun?»

«Wenn er wirklich PAXX ist, kann ich sein Verhalten irgendwie verstehen. Ich denke, seine Mission ist noch nicht vorbei und wohl auch nicht ganz ungefährlich. Das hat auch diese Anouk Dubois gesagt. Da sind wohl einige Leute hinter ihm her. Klar, dass er da nicht gerade an die große Liebe denkt. Ja, ich … liebe ihn. Aber ich kann ihn nicht finden. Die einzige Chance ist, dass wir ihm wieder irgendwo zufällig in die Arme laufen. Mensch, Ennia, ich hätte darauf viel früher kommen müssen. Aber ich habe schlichtweg nicht so weit gedacht.»

«Warum solltest du auch? Falls das alles stimmen sollte, wäre es schlichtweg verrückt. Was fühlt er wohl für dich?»

«Ich glaube, ihm geht es auch so. Ennia, wenn er wirklich PAXX ist und auf dieser Mission, dann ist es doch klar, dass es seinen Plan gefährdet, wenn er sich verliebt. Anouk Dubois meinte auch, dass da noch was kommt. Es ist noch nicht vorbei.»

«Gibt es keine Hinweise darauf, wie du ihn finden könntest? Ich meine nicht im Internet, sondern vor Ort.»

«Vor Ort hieße in London, dort wohnt er schließlich. Wenn er nicht gelogen hat. Keine Ahnung, wo ich da anfangen sollte. Außerdem weiß ich auch nicht, ob ich mit PAXX zusammen sein wollen würde. Und was noch wichtiger ist: Ich möchte nicht noch einmal abgewiesen werden.» Nora legte ihr Sandwich zurück auf den Teller. Es war der extremen Hitze zu verdanken, dass der Käse noch immer weitestgehend flüssig war. Das Brot darum herum war es wohl bald aber auch. «Mir ist der Appetit endgültig vergangen.»

Ennia schob sich eine letzte Muschel in den Mund und schlürfte. Als sie damals in der Krankenhauskantine gesessen hatten, war es umgekehrt gewesen. Da hatte Ennia aus lauter Liebeskummer keinen Appetit gehabt. Wie schnell sich die Situation geändert hatte …

«Ich finde es unfair, dass er mich da reingezogen hat. Er hätte einfach stark bleiben müssen und seinen Gefühlen nicht nachgeben dürfen. Diese Tage in Athen … Ist doch klar, dass mich das umhaut.»

«Also, wir sind in Lissabon, dann folgen Paris, Stockholm und London. Dort können wir dann erst mal die Kunsthochschulen abklappern. Oder wir kürzen ab und fahren direkt nach London.»

«Andy ist doch selbst unterwegs. Er hat irgendwas vor – und es ist noch nicht vorbei. Der ist jetzt ganz bestimmt nicht in London. Und niemand weiß, wann er wieder dort sein wird.»

«Spätestens wenn das Semester wieder beginnt, falls er die Wahrheit gesagt hat, was seinen Beruf betrifft.»

«Ich weiß nicht, ob ich das möchte.»

«Was möchtest du denn dann?»

«Ennia, ich habe keine Ahnung. Ich muss erst mal darüber nachdenken, was diese Erkenntnis für mich bedeutet. Bis dahin möchte ich einfach meine Reise genießen und Lissabon entdecken», antwortete sie entschlossen.

51

Nora hatte für zwei Stunden einen lokalen Fotografen gebucht, mit dem sie einen Photowalk unternehmen wollte. Der Kerl hieß Tit, was überhaupt nicht portugiesisch klang. Er wollte Nora vor ihrem Hotel abholen. Ennia beschloss kurzerhand, die beiden zu begleiten. Immerhin war es auch eine Tour zu den schönsten Plätzen der Stadt.

Tit entpuppte sich als schlaksiger Slowake mit langen, dunkelblonden Haaren, die er zu einem Dutt gebunden hatte, und einem Dreitagebart. Er sprach ganz passabel Englisch und erzählte, er sei für sein Wirtschaftsstudium nach Lissabon gezogen und dann geblieben. Inzwischen arbeite er aber ausschließlich als Fotograf.

Er führte die Schwestern zur Altstadt, Alfama genannt, wo sie durch die kleinen, gepflasterten Gassen schlenderten. Tit war überrascht, dass die Schwestern selbst Fotos machen wollten. Für gewöhnlich fotografierte er die Touristen an den Hotspots der Stadt. Social Media hatte sein Business lukrativ gemacht, die meisten Touristen wünschten sich professionell aufgenommene Bilder von sich vor den Wahrzeichen von Lissabon, die sie dann auf Instagram posten konnten. Nora wollte aber selbst Erinnerungsbilder schießen. Und so einigten sie sich auf einen Kompromiss: Tit zeigte Nora interessante Plätze, die sie fotografisch festhalten konnte, er durfte aber auch ein paar Bilder von Nora und Ennia schießen. Das hörte sich für Nora an wie eine perfekte Win-win-Situation. Sie freute sich, ein schönes Bild von sich als Erinnerung an die Reise zu erhalten. Ennia hatte zwar einige Male auf den Auslöser gedrückt, doch sie hatte keinen Sinn fürs Fotografieren. Obwohl Nora die Kamera zuvor perfekt eingestellt hatte, waren die Bilder unscharf, verwackelt oder zu dunkel geworden. Okay, ein, zwei Bilder waren gelungen, das musste sie zugeben. Und dann hatte sie noch die Fotos, die Andy von ihr auf dem Hügel in Athen gemacht hatte.

Nora genoss es nach wie vor, Städte zu erkunden. Jetzt, wo sie in kürzester Zeit so viele nacheinander besucht hatte, erkannte sie Gemeinsamkeiten und Unterschiede. Lissabon hatte etwas Ähnlichkeit mit Athen, was sie, neben den Fotos, sofort wieder an Andy denken ließ. Die Erkenntnis, dass Andy PAXX sein könnte, hatte sie erstaunlicherweise entspannt. Sie konnte ihn verstehen – und das half ihr irgendwie.

Nora beobachtete Ennia und Tit, die sich sehr zu mögen schienen. Tit war begeistert von Ennias roten Haaren und konnte gar nicht damit aufhören, von ihr Fotos zu schießen. Sie musste lächeln. Ennia hatte mehr als genug Bilder, sie war schließlich Noras liebstes Model gewesen, seit sie zusammen unterwegs waren. Aber sie wünschte sich, ihre Schwester würde das große Glück finden.

Ennia saß auf einem Treppengeländer und lachte aus vollem Herzen. Sie trug ein beiges Sommerkleidchen und braune Sandalen, ihre langen, fuchsroten Locken hingen ihr bis fast über die Brust. «Komm auch aufs Foto», bat Tit Nora, und diese setzte sich hinter ihre Schwester aufs Geländer. Sie musste sich gut festhalten, um nicht nach hinten runterzufallen – noch dazu mit Ennias Gewicht, das gegen sie drückte.

«Rutscht mal beide runter», bat Tit die Schwestern, während er immer und immer wieder auf den Auslöser drückte. Nora streckte ihre Beine nach außen und ihre Zunge heraus, auch Ennia zog eine Grimasse. Dann lachten sie beide laut und herzlich. Das waren bestimmt schöne Fotos geworden.

Tit führte sie immer weiter den Hügel hinauf. Nora sah süße kleine Gassen, Wäscheleinen mit frisch gewaschener Wäsche, die zwischen den Häusern flatterte, Orangenbäume mit reifen

Früchten, verschiedene Graffitis und sogar eine Hausfassade, an der Blumentöpfe hingen, die über und über mit Jeansstoff verkleidet waren. Sie versuchte, möglichst viele Details einzufangen – mit der Kamera und mit ihrem Herzen.

Sie fotografierte eine Kirche, doch Tit erklärte ihr, dass sie auf die Straßenbahn warten sollten. So würde das Bild sehr viel spannender. Er legte sich ein paar Meter entfernt mit der Kamera auf den Boden und forderte Nora auf, es ihm gleichzutun. Sie lagen nebeneinander auf der Straße und warteten auf die Bahn. Nora sah aus den Augenwinkeln, wie Ennia sie beide mit dem Handy fotografierte. Es musste ziemlich bescheuert aussehen. Nur ein paar Augenblicke später bog die für Lissabon typische gelbe Straßenbahn um die Ecke und Tit drückte auf den Auslöser. Nora staunte – der Fotograf lag goldrichtig, er hatte den richtigen Winkel und das perfekte Sujet gewählt. Sie drückte ebenfalls ab. Das Foto war großartig.

Nach einem weiteren Fußmarsch gelangten sie auf eine Plattform, von der aus sie die halbe Stadt überblicken konnten. Lissabon von oben. Hier sah man, dass viele Häuser weiß und die Dächer so orange waren wie Ennias Haare. Nora machte Fotos von der Aussicht und Tit machte Fotos von Nora. Ennia beobachtete das Ganze amüsiert. Irgendwie kam es selbst Nora ein bisschen absurd vor. Doch das Licht war zu dieser Tageszeit einfach großartig. Alles leuchtete. Schließlich packte sie die Kamera dann doch in den Rucksack und genoss das wunderschöne Panorama kurz vor dem endgültigen Verschwinden der Sonne. Man konnte die Meerenge sehen mit der Vasco-da-Gama-Brücke und das Castelo de Sao Jorge, das hoch über ihnen auf einem Hügel thronte. «Da müssen wir unbedingt noch rauf», meinte Nora.

«Ihr solltet auch eine Bootstour machen und euch den Turm Belém anschauen», forderte Tit sie auf.

« Und ich würde so gerne noch in einer dieser alten, gelben Straßenbahnen fahren », warf Ennia ein.

« Und ich müsste mal Wäsche waschen », bemerkte Nora lachend.

« Das kriegen wir hin. Aber zuerst etwas essen. Kommst du mit ? », frage Ennia Tit, der fröhlich nickte.

52

Sie blieben noch zwei weitere Tage in Lissabon, besuchten die Festung, Belém und auch das Fußballstadion von Benfica Lissabon. Der Touristenführer im Stadion erzählte ihnen, dass die Portugiesen gar nicht so fußballfanatisch seien und auch Superstar Cristiano Ronaldo im Ausland viel gefeierter sei als in seiner Heimat. Eine Aussage, der Nora nicht so viel Glauben schenken konnte.

Ennia traf sich noch ein zweites Mal mit Tit, es blieb jedoch freundschaftlich, wie sie beteuerte. Was eigentlich schade war. Nora fand, die beiden hatten einen guten Draht zueinander. Und der Slowake war wirklich attraktiv.

Dann fuhren sie wie ausgemacht für eine Woche an die Algarveküste, um zu surfen, zu baden und faul am Strand zu liegen. Sie hatten genügend Zeit und keinen Stress. Und es tat ihnen gut, mal eine Weile keine Rucksäcke zu schleppen, weniger Kilometer abzuspulen, keine Dates zu organisieren und keine Eindrücke neuer Städte und Sehenswürdigkeiten zu verarbeiten. Sie hatten einen Surfkurs gebucht, da sie beide die Sportart noch nie ausprobiert hatten und dies unbedingt nachholen wollten. Vor allem Ennia hatte – nach dem Debakel mit dem Schnorcheln – Gefallen gefunden an der Sache. Und sie hatte sogar Talent, wie Nora fand, während sie selbst zum gefühlt vierhundertsten Mal vom Brett fiel.

Nach der Woche am Meer fuhren sie mit dem Zug zurück nach Lissabon. Von dort aus wollten sie weiter nach Paris. Inzwischen war sogar Ennia ein bisschen braun geworden, während Nora längst aussah, als wäre sie eine waschechte Portugiesin.

Die Fahrt nach Paris dauerte länger als einen Tag und es gab auch keine direkte Zuganbindung. Sie konnten Zwischenstopps machen in Madrid, Barcelona oder aber in der kleinen französischen Küstenstadt Hendaye. Sie entschieden sich für Hendaye, das am Atlantik und unmittelbar an der Grenze zu Spanien lag. Mit dem Nachtzug kamen sie am frühen Morgen in der Hafenstadt an. Am Abend sollte es dann weiter nach Paris gehen.

« Meine Güte, Nora, musst du immer überall deinen Scheiß ausbreiten », schimpfte Ennia und wischte mit ihrer nackten Fußsohle über den Teppichboden. Nora beobachtete die Szene – und schämte sich sogleich. Ihr T-Shirt war auf einem Sandwich gelandet, das sich in ihrem Rucksack befunden hatte, dessen Inhalt sie in der Kabine ausgebreitet hatte. Und nun war Ennias Fuß voller weißer Tartarsauce. Nora schnappte sich das Sandwich, das noch halb in Brotpapier eingepackt war, und stopfte es in den kleinen Abfalleimer. Schade um das schöne Essen – doch nachdem Ennia es barfuß plattgetreten hatte, war ihr der Appetit darauf vergangen.

« Dein permanentes Chaos geht mir so auf die Nerven », schimpfte Ennia weiter. Wütend hob sie Noras Sachen vom Boden auf und warf sie auf deren Pritsche. « Du bist fast dreißig, da sollte man doch fähig sein, ein bisschen Rücksicht zu nehmen. »

« Du bist aber auch überempfindlich. Mein Gott, es sind nur ein paar Shirts. »

« Und eine matschige weiße Sauce an meinem Fuß. Das ist total eklig. »

« Ich kann doch nicht wochenlang leben wie in einem sterilen Operationssaal. »

« Und ich kann nicht wochenlang neben einem Messie leben », ärgerte sich Ennia weiter.

«Ein Messie bin ich nun wirklich nicht.»

«Du bist ein Schwein. Ich habe mir schon vor der Reise gedacht, dass das ein Problem werden könnte. Für mich ist dieses Durcheinander, noch dazu in einem so kleinen Raum, kaum auszuhalten.» Ennia war auf hundertachtzig. Nora wusste, dass Ennia schon länger mit ihrem Chaos haderte, und nun hatte sich alles entladen. Sie selbst hielt sich für ziemlich normal und Ennia für übertrieben ordentlich. «Bei deinem Ordnungsfimmel wundert es mich nicht, dass dir die Kerle davonlaufen», wetterte nun Nora. Ennia funkelte sie wütend an.

«Das sagt gerade die Richtige – immerhin ist dir ein Mann in wenigen Wochen gleich zweimal davongelaufen.» Ein Stich ins Herz – so wie Noras Satz ebenfalls einer in Ennias gewesen sein musste. Sie war jedoch so wütend, dass ihr das egal war. Rein rational wusste Nora, dass kein Mann je wegen ihrer Unordnung davongelaufen war. Andys Verlust tat einfach weh. Noch immer. Es wurde nicht besser, nein. Im Gegenteil. Seit sie wusste – oder ahnte –, wer er war, brannte die Sehnsucht nach ihm wie ein Feuer in ihr. Sie spürte, wie Tränen in ihre Augen traten, also sammelte sie ihre Sachen auf und stopfte diese zurück in den Rucksack. «Lass mich bloß in Ruhe», zischte Nora nun, ehe sie sich so auf ihrem Bett platzierte, dass ihr Gesicht zur Wand gerichtet war. Am liebsten wäre sie ausgestiegen, doch der Zug hatte bereits Fahrt aufgenommen. Es ärgerte sie, dass sie immer dann mit Ennia stritt, wenn sie keine Chance hatte, zu entkommen. Aber womöglich war auch das etwas, was sie auf dieser Reise lernen musste. Sie drehte sich um und sah, dass auch Ennia auf ihrem Bett lag und ihr den Rücken zugewandt hatte. Nora stand auf und ging den halben Meter, der zwischen den Pritschen lag, auf ihre Schwester zu. Sie streifte mit der Hand über Ennias Rücken. «Tut mir leid. Daniel ist ein Arschloch. Du kannst nichts für sein Verhalten.»

Ennia drehte sich um und Nora sah, dass auch sie geweint hatte. Sie fuhr sich mit der Hand über das Gesicht, was zur Folge hatte, dass dieses nun von schwarzen Streifen überzogen war. Ihre Tränen hatten sich mit der Wimperntusche vermischt. «Daniel *ist* ein Idiot. Ich weiß, dass ich pingelig bin. Aber dieses Chaos macht mich wahnsinnig. Ich kann da nicht aus meiner Haut.»

«Ich werde in Zukunft etwas ordentlicher sein, ich verspreche es. Die Kammern in den Zügen sind ja schon klein genug.»

«Mir ist auch klar, dass du Andy vermisst. Ich hätte das nicht sagen dürfen.»

Nora nickte. «Ich vermisse ihn, als hätte ich erst gestern mit ihm am Strand in Athen gelegen. Aber ich möchte mir von ihm nicht die Reise verderben lassen. Du und diese Reise sind mir wichtiger als jeder Mann.»

«Wir haben einiges zu lernen, was?»

Nora nickte erneut. «Du hast Erfahrung im Zusammenleben mit einem anderen Menschen. Seit ich von zu Hause ausgezogen bin, wohne ich allein. Ich bin das einfach nicht gewohnt.»

«Dafür bin ich es gewohnt, immer und überall Rücksicht zu nehmen. Vielleicht sollte ich einfach mal lernen, Kleider liegen zu lassen und Geschirr nicht sofort abzuwaschen.»

Nora lächelte. «Bleib einfach so, wie du bist, Ennia. So habe ich dich nämlich lieb.»

«Der doofe Streit tut mir leid.»

«Mir auch. Das war wirklich unnötig.»

«Wir werden nach Andy suchen, wenn wir in London sind. Ich finde es wichtig, dass du ihn noch einmal sehen kannst. Dann könnt ihr alles klären. Okay?»

«Wir werden sehen», meinte Nora. «Lass uns jetzt ein bisschen schlafen.»

***

Am nächsten Morgen wollte sich Nora über ihr spontanes Zwischenziel informieren. «Hendaye hat etwa 17 000 Einwohner», berichtete sie Ennia. Sie lag auf ihrer Pritsche im Schlafabteil des Zuges, es war schon hell draußen und sie würden in wenigen Minuten in Hendaye ankommen.

«Oh, das ist spannend. 1940 gab es hier eine Konferenz mit Adolf Hitler und Francisco Franco. Offenbar wollte Hitler Franco überreden, aufseiten der Achsenmächte in den Krieg einzutreten. Spanien blieb aber neutral.»

Ennia hatte sich umgezogen und packte ihre Habseligkeiten in den Rucksack. «Viel zu sehen gibt es nicht», erzählte Nora weiter. «Hendaye ist allerdings der Startpunkt mehrerer Pyrenäenwanderungen. Oh, das wäre doch was. Eine Wanderung haben wir noch gar nicht gemacht. Was meinst du?»

«Ich meine, dass du mal deinen Kram einpacken solltest. Der Zug bremst ja schon.»

«Oh», rief Nora und sprang auf. Sie tauschte ihre Schlabberhose und ihr Schlafshirt gegen eine kurze Jeans und ein schwarzes Top, band ihre Haare zu einem Pferdeschwanz und setzte ihre Brille mit dem Goldrand auf die Nase. Ennia putzte sich an dem kleinen Lavabo im Schlafwagen die Zähne.

Der Zug kam bereits mit einem lauten Pfeifen zum Stillstand und Nora schob ihr Zahnputzzeug unbenutzt in die Außentasche ihres Rucksacks. Stattdessen steckte sie sich einen Kaugummi in den Mund. Ennia schaute sie böse an. Nora zuckte mit den Schultern. «Wir müssen eh noch was frühstücken. Komm schon.»

Die beiden jungen Frauen sprangen aus dem Zug und gingen aus dem kleinen Bahnhof heraus. Da standen sie also – auf irgendeiner Straße in der französischen Pampa und gänzlich ohne Plan. Das konnte lustig werden. «Erst essen, oder?»

«Ja», antwortete Ennia. «Und wie war das mit dieser Wanderung?»

«Hendaye ist Ausgangspunkt einer über achthundert Kilometer langen Pyrenäenwanderung. Ist vielleicht etwas weit für einen Tag – aber wir können ja ein paar Kilometer der Strecke laufen und dann wieder zurück.»

«Wir haben keine Wanderschuhe. Und womöglich ist es auch zu heiß für eine Wanderung.»

«Ach komm, wir frühstücken jetzt und dann schauen wir mal, ob es hier so was wie ein Tourismusbüro gibt. Die können uns bestimmt eine schöne Strecke raussuchen, die machbar ist an einem Tag.»

«Hast du gesehen, dass ein paar Kilometer entfernt Biarritz liegt? Das muss ein Surferparadies sein.»

«Wir kommen gerade von einem Surferparadies.»

«Trotzdem, vielleicht könnten wir ja dahin. Ich glaube, diese Wanderung ist eine Nummer zu groß. Da laufen wir schon zwei Tage, bevor wir überhaupt auf dem Wanderweg sind», überlegte Ennia. «Es sind gemäß den Angaben hier etwa fünfundzwanzig Kilometer bis Biarritz. Lass uns doch ein Fahrrad mieten.»

Fahrradfahren war eine Tätigkeit, die sie lange nicht mehr ausgeübt hatten – und somit eine willkommene Abwechslung. Die Schwestern fanden tatsächlich rasch einen Fahrradvermieter. Sie packten ihren kleinen Rucksack mit Badezeug, Wasser, etwas Geld und Sonnencreme und deponierten den Rest in einem Schließfach am Bahnhof. Dann radelten sie los.

Sie erreichten Biarritz nach einer guten Stunde. «Hier fand 2019 der G7-Gipfel statt», erzählte Nora ihrer älteren Schwester, während sie die Mieträder an der Küstenpromenade entlangschoben.

«Stimmt», erwiderte Ennia. «Ich wusste, dass ich den Ort irgendwoher kenne.»

«Da haben die größten Wirtschaftsnationen der Welt über den Amazonas und den Klimawandel diskutiert. Es ist ja schön, dass sie die Probleme sehen – aber sie tun viel zu wenig dagegen.»

«Beim Amazonas liegt das Problem am brasilianischen Präsidenten, der einfach beratungsresistent ist», meinte Ennia. «Es ist mir sowieso ein Rätsel, wie Menschen solche Narzissten an die Spitze ihres Landes wählen können.»

«Die G7 ist zudem ein riesiger Apparat, jede Idee muss durch dreißig Instanzen. Es ist schwierig, da einen Konsens zu finden.»

«Es liegt auch an uns. Ich muss zum Beispiel endlich ganz aufhören, Fleisch zu essen. Auch wenn ich nur sehr wenig esse – Fleisch verursacht am meisten CO_2-Ausstoß. Dass wir nicht fliegen und mit dem Rad fahren statt mit dem Taxi, trägt immerhin ein bisschen was zum Klimaschutz bei. Wenn die Mächtigen uns schon nicht helfen, ist es gut, dass wir selbst tun, was wir können.»

«Und wir haben noch nichts geshoppt, außer, wenn etwas kaputt war. Und dann auch nur Secondhand.»

«Stimmt. Schau mal da vorne, der Fels mit der Brücke. Wollen wir dorthin gehen?»

«Das muss der Rocher de la Vierge sein. Vierge heißt Jungfrau», erklärte Ennia mit Blick auf ihr Smartphone.

«Der Jungfrauenfelsen, da sind wir ja genau richtig», witzelte Nora.

Ennia las weiter vor: «Bis Mitte des neunzehnten Jahrhunderts war Biarritz ein unbedeutendes Fischerdorf. 1854 kam die Kaiserin Eugénie, die Frau von Napoléon III., für zwei Monate nach Biarritz. Der Kaiser ließ ihr eine Residenz bauen, die das Paar regelmäßig im Sommer besuchte. Die Residenz wird heute als Hotel genutzt. Diese Besuche machten Biarritz auch bei anderen Königshäusern Europas bekannt. Auch Kaiserin Sissi erholte sich hier. Bedingt durch die Wellen der Biskaya zählen die Strände um Biarritz zu den Surfhochburgen Europas.»

Sie schlossen ihre Fahrräder ab und schritten über die von Gustave Eiffel erschaffene Stahlbrücke auf den Jungfrauenfelsen. Unter ihnen erstreckte sich das tosende Meer.

Es waren zu ihrer Überraschung nur wenige Leute auf dem Felsen, der auf der anderen Seite auch eine Aussichtsplattform bot. Unter anderem saßen zwei junge Männer auf dem Boden am Geländer und unterhielten sich angeregt. Nora sah, wie einer der Männer aufblickte, sie beide anschaute und seinen Blick dann auf Ennia ruhen ließ. Sie fand es immer wieder erstaunlich, wie ihre Schwester die Blicke der Männer anzog. Ein Wunder, dass Andy sich in sie und nicht in ihre Schwester verliebt hatte. Nora sah, wie Ennia die Blicke des Mannes erwiderte. Er hatte braune Haare und trug eine Brille mit einem dicken, schwarzen Rand, außerdem eine kurze blaue Hose, ein weißes Shirt und Birkenstock-Schlappen. Da er am Boden hockte, konnte Nora nicht einschätzen, wie groß er war. Er hatte was von einem Nerd, und das wiederum passte natürlich super zu ihrer Schwester. Der Fremde bedeutete seinem Kumpel aufzustehen und kam dann auf sie und Ennia zu. «*Bonjour, mesdemoiselles, qu'est-ce qui vous amène à Biarritz?*»

Nora und Ennia hatten beide am Gymnasium Französisch gelernt und sprachen es recht gut. Ennia erklärte dem jungen

Mann, der sich als Rémy vorstellte, dass sie auf der Durchreise waren und am Abend mit dem Zug nach Paris fahren wollten. «Oh, *c'est génial.* Ich fahre auch nach Paris. Mit dem Nachtzug, der um halb neun losfährt.»

«Dann sind wir im selben Zug.»

«Das ist mein Bruder Jean», stellte Rémy den Mann an seiner Seite vor. «Wir sind hier in Biarritz aufgewachsen, allerdings lebe ich jetzt in Paris. Ich habe ihn für ein paar Tage besucht. Und unsere Eltern.» Jean reichte Nora und Ennia die Hand. «Als Kinder saßen wir oft hier oben und redeten», erzählte er.

«Dürfen wir euch ein bisschen was von der Stadt zeigen?», fragte Rémy, noch immer Ennia anblickend.

«Sehr gern», antwortete diese.

Nora sagte nichts, grinste nur. Ebenso Jean, Rémys Bruder.

Die beiden Männer führten sie durch die kleine Stadt. Der Badeort lebte vor allem von seiner atemberaubenden Küste. An der Grande Plage besichtigten sie einen über siebzig Meter hohen Leuchtturm. Oben auf dem Turm hatte man einen irren Blick über die Küste und die Stadt. Auch das Hôtel du Palais, Kaiserin Eugénies ehemalige Sommerresidenz, schauten sie sich an. Das Gebäude erinnerte an den Barock, obwohl es einige Zeit nach dieser Epoche gebaut worden war. In den unteren Stockwerken war die Fassade rot, in den oberen grau geschmückt mit vielen hohen, schmalen Fenstern. Dahinter lag das Meer.

«Wollen wir noch etwas essen gehen, bevor wir zurück nach Hendaye fahren?», fragte Rémy.

«Essen klingt gut», meinte Ennia. «Aber danach müssen wir wohl bald los – wir brauchen sicher eine Stunde mit den Rädern und müssen noch das Gepäck holen.»

«Ich werde mit dem Zug fahren, ich habe einen ziemlich schweren Koffer, den ich schlecht mit dem Fahrrad transportieren kann.»

«Und ich bleibe hier», meinte Jean mit einem Grinsen. «Auch wenn ich es angesichts eures Abenteuers schon fast ein bisschen schade finde.»

***

«Den möchte ich unbedingt besser kennenlernen», sagte Ennia auf der Fahrt nach Hendaye.

«Ah ja, das habe ich gar nicht bemerkt», scherzte Nora. «Ich bin mir nicht sicher, ob du überhaupt was von Biarritz gesehen hast. Du hattest ja nur Augen für Rémy.»

«Ja, er ist ein schöner Mann», erwiderte Ennia schwärmerisch. «Ich bin so froh, dass er mit uns nach Paris fährt.»

Sie hatten einen Nachtzug gebucht. Die direkte Fahrt nach Paris dauerte etwas weniger als sechs Stunden, der Nachtzug hingegen war etwas länger unterwegs. Dadurch war eine genügend lange Nachtruhe gegeben und die Passagiere strandeten nicht mitten in der Nacht in Paris.

«Wäre ja schön, wenn Rémy in unserem Abteil wäre, so wie Andy damals.»

«Mein Schlaf ist nicht so tief wie deiner», meinte Nora grinsend. «Ich kriege alles mit.»

«Wir könnten ja die Abteile tauschen.»

«Ennia, du hast keine Eile. Du weißt ja, wie es mit Andy am Ende ausgegangen ist.»

«Andy ist noch nicht abgeschrieben, Schwesterherz. Den suchen wir, wenn wir in London sind – oder aber er findet dich.»

«Wenn das mit Rémy sein soll, dann wird es sein. Egal, wie die Zugfahrt verläuft.»

«Er ist übrigens Anwalt.»

«Ich weiß. Ich verstehe auch Französisch.»

Nora strampelte eine Steigung hinauf. Sie müssten in wenigen Minuten in Hendaye sein. Der Zug fuhr in einer guten Stunde los und sie wollte gerne vorher noch etwas essen und Wasser kaufen.

«Wir werden Rémy erst im Zug wiedersehen. Wollen wir das Essen einfach auch einkaufen, statt in ein Restaurant zu gehen?»

«Das war auch meine Idee.»

Sie erreichten Hendaye und brachten ihre gemieteten Fahrräder zurück. Noch vierzig Minuten bis zur Abfahrt des Nachtzugs. Für ein Essen in einem Restaurant war die Zeit ohnehin zu knapp. Nora und Ennia gingen in einen kleinen Supermarkt direkt beim Bahnhof und kauften Früchte, Tomaten, Gurke, Brot und etwas Käse. Dazu eine Flasche guten Weins und ein paar Pappbecher.

«Diese Becher werden den ganzen Geschmack des Weins verderben», stöhnte Nora. Doch echte Gläser wollten sie nicht im Rucksack transportieren – und Plastikbecher kamen nicht infrage. Nora packte noch drei Flaschen Wasser in den Einkaufswagen. Die Wasserversorgung auf der Reise war ebenfalls zu einem Ärgernis geworden – es gab viel zu selten die Gelegenheit, die Flaschen aufzufüllen, da in den Hotels kein Trinkwasser aus den Wasserhähnen floss. Sie hatten beide Thermosflaschen dabei, doch die waren meist leer und sie mussten zu PET-Flaschen greifen. Wenn es Glasflaschen gab – was auch sehr selten vorkam –, wählten sie diese und gaben sie in einem anderen Supermarkt zurück. An diesem Tag hatten sie Glück, Wasser in Glasflaschen war vorhanden.

Sie packten die Einkäufe in eine Stofftüte, die sie für diesen Zweck in einen ihrer Rucksäcke gepackt hatten. Dann machten sie sich auf den Weg zum Bahnhof, um nachzuschauen, von welchem Gleis aus ihr Zug starten würde. In einer Viertelstunde würde es losgehen.

«Ob Rémy schon im Zug ist? Er meinte, er würde an alle Abteile klopfen, bis er mich findet.»

«Warum hast du ihm nicht einfach deine Telefon- oder zumindest die Abteilnummer gegeben?»

«Seine Handynummer habe ich. Ich mache doch nicht den gleichen Fehler wie du. Aber die Abteilnummer hatte ich in Biarritz nicht dabei. Die ist hier im großen Rucksack.» Ennia stellte ihren Rucksack im Flur ab, kramte in einer der Seitentaschen und beförderte wenig später einen weißen Zettel heraus. Nora staunte ob der Pingeligkeit ihrer Schwester. Alle Buchungsbestätigungen, Tickets und Hotelreservationen auszudrucken hatte eine ganze Druckerpatrone geleert. Es war auch anfangs wirklich eine dicke Mappe gewesen. Nora hatte alle Informationen auf ihrem Laptop abgespeichert.

«Abteil Nummer vierundzwanzig», erklärte Ennia mit Blick auf das Papier. «Hier ist die dreizehn, da die zwölf. Also müssen wir in die andere Richtung.» Sie hob ihren Rucksack hoch und zog ihr Handy aus der Hosentasche. Nora konnte erkennen, wie sie die Vierundzwanzig eintippte, und musste lächeln. Sie konnte es wohl kaum erwarten, Rémy wiederzusehen.

Ihm ging es offensichtlich ganz genauso, wie Nora kurz darauf feststellen musste. Als sie bei ihrem Abteil ankamen, stand der junge Anwalt nämlich schon vor der Tür und lächelte sie an.

Inzwischen kannten sie Abteile von Nachtzügen in- und auswendig. Es gab Variationen, in den Grundzügen waren aber alle gleich. Pritschen, übereinander, meist hochklappbar, mal mit, mal ohne Bettinhalt. Diesmal mit. Auch ein ausklappbarer Tisch war vorhanden. So klappten sie die oberen

Betten hoch, den Tisch runter und breiteten ihr Abendessen aus. Rémy steuerte noch Schokolade und Kuchen bei, sodass sie auch ein Dessert genießen konnten.

Ennia und Rémy kamen aus dem Plaudern nicht heraus. Es war längst dunkel und Nora wollte sich gerne schlafen legen. Ob sie auch tatsächlich schlafen konnte, war unklar. Doch sie war müde und wollte es zumindest versuchen. Sie erinnerte sich jedoch an ihre Nacht mit Andy und konnte Ennias Gefühle sehr gut verstehen. Daher versuchte sie, die beiden nicht zu stören. Als Nora ein Gähnen übermannte, drückte sie sich sofort die Hand auf den Mund. Dummerweise waren sie in ihrem eigenen Abteil, sie konnte schlecht in das von Rémy wechseln, ohne dass er es anbot. Und sie konnte auch nicht Ennia aus ihrem eigenen Abteil werfen.

«Wollen wir zu mir rübergehen?», frage Rémy Ennia, nachdem er die gähnende Nora beobachtet hatte. «Dann kann deine Schwester hier schlafen? Oder möchtest du auch schlafen?»

«Ich würde gerne noch etwas mit dir plaudern», erwiderte Ennia und stand auf. «Komm, gehen wir rüber.» Nora war froh. Sie hatte nichts zu dem Gespräch beitragen können und hatte sich wie das fünfte Rad am Wagen gefühlt. So bekam sie hoffentlich wenigstens eine Mütze voll Schlaf. Ennia griff nach ihrer Tasche, in der sich ihr Schlafzeug befand. Ob sie diese Nacht noch einmal wiederkommen würde? Die beiden standen auf und Rémy öffnete die Tür des Schlafabteils.

«Gute Nacht, Nora», rief er ihr zu.

«Schlaf gut», doppelte Ennia nach. Dann waren beide verschwunden.

53

Paris war bezüglich der Sehenswürdigkeiten zweifelsfrei die spektakulärste Stadt, die sie besuchten. Es gab einfach unendlich viel zu sehen und zu erleben. Rémy musste arbeiten und so machten sich Nora und Ennia zu zweit auf den Weg. Der erste Gang führte sie direkt zum Eiffelturm. Ennia stellte sich in die Schlange der Menschen, die mit dem Fahrstuhl den Turm erklimmen wollten – doch Nora wollte lieber die Treppe nehmen. «Es sind nur siebenhundertzwanzig Stufen, das schaffst du locker», frotzelte sie.

«Ich bin allemal fitter als du», konterte Ennia und machte sich auf den Weg zu den Treppen.

Nora ging zügig voran und hörte ihre Schwester hinter sich schnaufen und stöhnen, doch nach knapp zwölf Minuten hatten sie beide die Aussichtsplattform erreicht, von welcher aus sie die Stadt überblicken konnten. «Es ist einfach schade, dass wir die tollsten Ausflüge immer mitten am Tag machen. Abends wäre das Licht viel besser», monierte Nora, während sie ihre Kamera klicken ließ. Sie blickte nach unten. «Ich würde gerne noch auf diesen Platz dort gehen. Das ist der Place de Trocadéro und von dort aus soll man die beste Sicht auf den Eiffelturm haben.»

Sie blieben eine ganze Weile oben, genossen die Aussicht auf Paris und den leisen Wind, der sie umwehte. Es kamen jedoch immer mehr Touristen hoch und mit der Zeit wurde es sehr eng und ungemütlich. So gingen sie nach einer Weile die über siebenhundert Treppenstufen wieder hinab.

«Krass, ich war auf dem Eiffelturm», jubelte Nora. «Das stand schon so lange auf meiner Bucketlist.»

«Du hast eine Bucketlist?»

«Eine imaginäre. Ich habe einfach ein paar Ideen im Kopf, die ich noch umsetzen möchte. Das ist alles.»

«Was steht denn da noch so drauf, Schwesterlein?»

«Alles langweiliges Zeug», gab Nora abwinkend zurück. «Komm, auf der anderen Seite der Seine ist dieser Platz. Da bekomme ich ein super Bild vom Turm.»

«In sechs Stunden hat Rémy Feierabend. Ich kann es kaum erwarten, ihn wiederzusehen», meinte Ennia mit Blick auf ihre Armbanduhr.

«Dich hat es ja richtig erwischt.»

«Was, wenn er auch eine andere hat oder es gar nicht ernst meint?» Ennias Lächeln verfinsterte sich. Was Daniel ihr angetan hatte, war selbst jetzt – im Angesicht einer neuen Liebe – noch lange nicht vergessen.

«Ich kann gut verstehen, dass du dir diese Gedanken machst», meinte Nora. «Sogar ich bin fassungslos über das, was Daniel getan hat, und es beschäftigt mich. Ich kann mir nur ansatzweise vorstellen, wie es dir gehen muss.»

«Ich will den Kerl gar nicht zurück – ich bin so froh und dankbar, dass mein Leben diese Wendung genommen hat.»

«Und trotzdem fällt es dir schwer, zu vertrauen. Das ist doch klar. Hast du Rémy von der Sache erzählt?»

Ennia schüttelte den Kopf. «Noch nicht. Aber das sollte ich vielleicht tun, hm?»

«Ich denke, er wird Verständnis haben. Rémy ist total verknallt in dich, Ennia. Ich weiß nicht, was in drei oder vier Jahren sein wird – aber jetzt will er dich. Und er will dich ganz bestimmt nicht verletzen. Aber leider kann uns niemand schützen vor einem Idioten. Vor allem, wenn er erst mit der Zeit einer wird.»

«Mein Bauchgefühl sagt mir, dass es richtig ist», meinte Ennia, die ihr Lächeln wiedergefunden hatte. «Ich wollte mich gar nicht verlieben auf dieser Reise. Wie du gesagt hast – es passiert dann, wenn man es am wenigsten erwartet.»

«Wenigstens gibt es einen Kerl auf dieser Reise, der genügend Eier hat, sich einzulassen.» Nun verfinsterte sich Noras Miene. Auch sie hatte ihr Herz verschenkt, jedoch mit weniger Perspektiven als bei ihrer Schwester.

«Schreib Andy noch nicht ab, Süße.»

«Ach, Andy ist ganz egal. Ich freue mich einfach für dich und Rémy. Er ist wirklich großartig. Ich hoffe, dass ihr einen gemeinsamen Weg findet. Was mit Andy ist oder nicht ist, spielt dabei überhaupt keine Rolle. Du bist meine Schwester und ich gönne dir dein Glück. Immer. Egal, was mit mir ist. Du hast es verdient.»

«Ich habe dich lieb», erwiderte Ennia nur und zog Nora fest in ihre Arme. «Andy ist ein großer Idiot, wenn er nicht zu dir zurückkommt.»

«Kann schon sein. Aber eben – ein Leben an der Seite eines geheimen Streetart-Künstlers stelle ich mir anstrengend vor. Da wäre mir einer von Rémys Kaliber vielleicht doch lieber.»

«Andy lebt Kunst und Abenteuer. Wenn das nicht zu dir passt, was denn dann? Du musst einfach den Mut haben, dich darauf einzulassen. Und er ebenso.»

«Erst einmal müsste ich ihn wiederfinden. Und ich habe wirklich keine Lust, ihm hinterherzurennen.»

«Verstehe ich. Wollen wir uns noch die Notre-Dame anschauen gehen?»

«Klingt nach einem Plan», meinte Nora und hakte sich bei Ennia unter.

54

Rémy hatte es geschafft, sich ein paar Tage freizuschaufeln. Er ließ keinen Zweifel daran, dass er sich in Ennia verliebt hatte und mit ihr zusammen sein wollte. Und so musste es sein, fand Nora. Die Gesellschaft war voll von Männern, die sich einfach nicht einlassen wollten oder konnten, die zwar eine Affäre gerne annahmen, jedoch sofort den Schwanz einzogen, wenn eine feste Beziehung daraus werden sollte. Man könnte ja immer etwas Besseres verpassen. Rémy bewies, dass es durchaus möglich war, von Anfang an Ja zu sagen zu einer festen Beziehung mit allem Drum und Dran – weil man sich einfach verliebt hatte und die Frau nicht wieder gehen lassen wollte. Da waren alle Ängste und Sorgen egal. Und genau das wünschte sich Nora auch für sich selbst.

«Ich möchte dir mein Paris zeigen», hatte Rémy zu Ennia gesagt. Damit Nora sich nicht wieder als fünftes Rad am Wagen fühlte, hatte er noch einen Kumpel mitgebracht, Sébastien, der Lehrer war und aktuell Ferien hatte. Nora hatte keine Lust darauf, neue Männer zu daten. Zu sehr hatte sich Andy in ihr Herz gebrannt – und seit sie erkannt hatte, dass er PAXX war, war sie ihm auch nicht mehr böse wegen seines Verschwindens. Sie konnte ihn verstehen. Trotzdem war sie froh, dass sie sich mit Sébastien gut unterhalten konnte. Er war wirklich nett, klug und witzig. Aber für sie, Nora, kein Typ, in den sie sich hätte verlieben können. Nora war sich auch nicht sicher, ob Sébastien auf sie stand – oder doch eher auf Rémy. Dieser führte sie in den Park Buttes-Chaumont, eine wunderschöne Anlage inmitten der Stadt. Wanderwege, ein kleiner See, grüne Wälder und verschnörkelte Brücken ließen Nora vergessen, dass sie eigentlich in einer Großstadt war. Sie fühlte sich ein bisschen wie im Central Park in New

York. Ennia und Rémy liefen Arm in Arm über dic Wege, die viel zu schmal waren für ein verliebtes Paar. Das störte sie jedoch nicht. Nora musste schmunzeln. Sie freute sich, ihre Schwester so verliebt und glücklich zu sehen. Allerdings hoffte sie auch, dass die Distanz zwischen Paris und Zürich nicht irgendwann zum Drama werden würde.

Anschließend fuhren sie in den Stadtteil Marais, wo sich auch das Centre Pompidou, ein Museum mit interessanten Ausstellungen, befand. Das mondäne Viertel hatte Boutiquen, Galerien und Schwulenbars zu bieten. Einst sei es das jüdische Zentrum der Stadt gewesen, erklärte Rémy. Es gebe auch heute noch zahlreiche koschere Restaurants. Nora wollte unbedingt das Centre Pompidou besichtigen. Das Centre galt als Architekturwunder des zwanzigsten Jahrhunderts. Man konnte es an den Außenrolltreppen und den riesigen farbigen Röhren sofort erkennen. Das Centre Pompidou beherbergte das Nationalmuseum für Moderne Kunst und war somit genau nach Noras Geschmack.

Sie blieben so lange in dem Museum, dass es schon fast Abend war, als sie wieder in die Pariser Sonne traten. Rémy führte sie in ein Café mit dem Namen Le Voltigeur. Es sei eines der derzeit angesagtesten Cafés der Stadt, erklärte er. Sie hatten Glück und mussten nur kurz warten. Sie bestellten sich Quiches mit Salat und Croque Monsieur und zum Dessert Tarte au citron meringuée und den berühmten Cheese Cake. Dazu tranken sie eine Weinschorle. Im Anschluss führten Rémy und Sébastien sie zu Le Hasard Ludique, einen Markt auf den Gleisen, wo abends Livekonzerte stattfanden.

Am nächsten Tag spielten sie Mölkky in einem Park. Das Spiel, das aus kleinen Holzpflöcken bestand, war eine finnische Variante zum Pétanque und wurde derzeit überall in Paris gespielt. Es galt, mit einem Wurfholz die nummerierten

Kegel umzuwerfen und Punkte zu sammeln. Nora hatte keine Chance. Allerdings schlug Ennia Rémy, was der mit einem kritischen Blick quittierte. Dann aber begann er schallend zu lachen und meinte, er sei noch nie von einer Frau geschlagen worden – und dann noch von einer Anfängerin. Ennia durfte sich als Belohnung aussuchen, wohin sie als Nächstes gehen wollte, und entschied sich für Père Lachaise, einen Friedhof. Nora hatte keine Ahnung, warum man einen Friedhof besichtigen sollte, sie konnte aber verstehen, dass Ennia als Ärztin dazu einen anderen Bezug hatte. Und der Friedhof war – das musste Nora zugeben – richtig schön. Père Lachaise war die erste als Parkfriedhof angelegte Begräbnisstätte der Welt. Die Gräber waren zum Teil kleine Häuschen. Die gepflasterten Wege zwischen den Bäumen transportierten etwas Mystisches. Beeindruckend – und da war Nora wieder voll bei der Sache – war auch, wer hier bestattet worden war. Komponist Frédéric Chopin, Dichter Jean de La Fontaine, Autobauer Armand Peugeot, Chansonnière Edith Piaf, Literaturnobelpreisträger Sully Prudhomme oder Schriftsteller Honoré de Balzac.

Sie gingen ins Le Bon Georges essen, hier gebe es französische Spezialitäten, versprach Rémy. Das Bistro schaute schon von außen aus, wie man sich ein typisches französisches Bistro vorstellte. Die dunkelblau getünchte Fassade, die schmalen, hohen Fenster, die schwarzen Kreidetafeln, die in schwungvollen Lettern das Menü des Tages anpriesen. Dazu ein paar kleine Tischchen entlang des Trottoirs. Die Tischchen draußen waren zu klein für vier Personen und es war noch immer sehr heiß, so entschieden sie sich, drinnen Platz zu nehmen. Hier fiel Nora sofort der schwarz-weiß karierte Boden auf, der aussah wie ein riesiges Schachbrett. Schlichte Holztische standen darauf, umgeben von Stühlen, ebenfalls aus Holz. In den Regalen standen Weinflaschen und Gewürze, und wieder konnten sie auf einer riesigen Kreidetafel aussuchen, was sie gerne essen wollten. Es gab hauptsächlich Fleisch- und Fischgerichte und die Schwestern entschlossen sich, dem Fisch eine Chance zu geben.

Nach dem Essen wollte Sébastien ihnen unbedingt das Le Prune zeigen – ein Café, das sich zum absoluten In-Lokal verwandelt hatte. Hier trafen sich viele Freunde von Rémy und Sébastien, um mit einem Drink oder Glas Wein den Tag ausklingen zu lassen. So auch an diesem Abend. Nora und Ennia lernten Claude kennen, Eliane, Fabienne und noch drei, vier weitere Leute, deren Namen Nora zu ihrem Leidwesen direkt wieder vergessen hatte. Rémy hatte den Arm um Ennia gelegt und diese strahlte. Sie genoss es sichtlich, Rémys Freunde kennenzulernen und die neue Frau an seiner Seite zu sein.

55

Der Umweg nach Hause hatte ihn viel Zeit gekostet. Er hatte einige Termine an der Kunsthochschule wahrnehmen müssen. Außerdem war ihm sein Spray ausgegangen. Es war nicht möglich gewesen, die ganze Menge mitzuschleppen, die er brauchte. So war er von Madrid zurück nach London gefahren und dann von London nach Paris. Er lag nun einige Tage hinter dem von ihm vorgesehenen Zeitplan. Was aber auch egal war – er war ja sein eigener Chef und konnte tun und lassen, was er wollte. Der Zeitpunkt musste passen, er durfte sich nicht hetzen lassen. Er musste und wollte die ganze Aktion einfach zu einem guten Ende bringen.

Er liebte Paris. Die Kunstszene hier war riesig. Und auch sonst – es gab so viele schöne Ecken und Plätze zu entdecken, so viele gemütliche Restaurants. Wie gerne wäre er mit Nora über die Champs-Elysées geschlendert oder hätte im Quartier Latin einen Drink in einer Bar genossen. Oder in einem der Tausenden kleinen Cafés einen Cappuccino getrunken und dazu ein Croissant gegessen.

Nora. Er dachte viel zu oft an sie. Eigentlich die ganzen Zugfahrten hinweg. Er hatte viel Zeit, um nachzudenken. Wenn er die Augen schloss, sah er genau vor sich, wie sie sich in Athen an dem verlassenen Strand geliebt hatten.

Ob Paris auch auf ihrer Liste stand? Sie hatten sich nie groß über ihre Reiseziele unterhalten. Sie hatte ihm die Städte aufgezählt, aber er hatte offensichtlich nicht richtig zugehört, war viel zu geflasht gewesen von seinen Emotionen. Er hoffte, er würde sie nach Abschluss seiner Mission in Zürich ausfindig machen können.

Er holte sein Smartphone aus dem Rucksack. Sein richtiges, das mit der SIM-Karte. Er hatte noch zwei weitere Handys ohne Karte oder Nummer, die ihm als Kamera dienten. Wenn er irgendwo eins zurücklassen musste, hatte er Ersatz. Aber in diesem war alles gespeichert. Die Nummern seiner Freunde, seiner Familie, die wenigen Fotos, die er als Andy machte. Er klickte sich durch die Bildergalerie. Da war es. Das Selfie, das er von sich und Nora an dem Strand gemacht hatte. Sie hatte ihn von hinten umklammert und lachte in die Kamera. Ihre Haare waren zerzaust, ihre Wangen rot und man konnte die vielen kleinen Sommersprossen erkennen. Ob sie wusste, wie schön sie war? Sie war keine Frau, die ihre Schönheit zur Schau stellte. Sie war einfach schön. Punkt. Er betrachtete das Foto eine halbe Ewigkeit.

Bald erreichte er die französische Hauptstadt. Er liebte es, in Zügen zu reisen. Normalerweise arbeitete er während der Fahrten oder plante neue Graffitis. Er machte sich immer viele Gedanken, wie er aktuelle Themen bildhaft erzählen konnte. Während der Zugfahrten kamen ihm oft die besten Ideen. Aktuell fühlte er sich aber wie leergesaugt. Er hatte Liebeskummer. Das war ihm klar. Und das war ein sehr ungewohntes und dummes Gefühl. PAXX brauchte eine Pause, denn Andy sehnte sich nach einem geregelten Privatleben. Nach Liebe. Nach einer beständigen Beziehung. Wünsche, die er bis anhin nicht gekannt hatte und die ihm nun den Schlaf raubten und seine großen Pläne über den Haufen zu werfen drohten.

Nora tat ihm leid. Sie liebte ihn, das war ihm klar. Und er hatte sie zweimal ohne Kommentar stehen gelassen. Er konnte nur hoffen, dass sie ihn anhörte. Und dann musste er ehrlich sein. Zugeben, wer er war und warum es ihm so schwerfiel, sich einzulassen. Sein Geheimnis teilen. Zum ersten Mal in seinem Leben. Wenn er daran dachte, bekam er Bauchschmerzen. Denn das bedeutete auch, dass er sich angreifbar machte. Bisher hatte er allein gehandelt. Niemand hatte gewusst, wer er war und was er nachts trieb, das hatte ihm eine gewisse Sicherheit gegeben. Er wusste: Wenn herauskam, wer hinter PAXX steckte, war es mit dem Phänomen PAXX vorbei.

Der Zug kam mit einem ohrenbetäubenden Quietschen zum Stehen. Paris. Die Stadt der Liebe. Er konnte noch nicht einmal lange bleiben. Er wollte die Sache so rasch wie möglich hinter sich bringen und weiterfahren. Die verlorene Zeit aufholen, damit er endlich nach Zürich fahren konnte. Er schnappte sich seinen Rucksack und die gelbe Tasche und verließ in eiligen Schritten den Zug.

56

Am nächsten Tag machten Nora und Ennia ohne männliche Begleitung einen Ausflug zum Schloss Versailles. Das Schloss in der gleichnamigen Nachbarstadt von Paris war eine der größten Palastanlagen Europas. Es wurde einst als Jagdschloss für König Ludwig XIII. gebaut. Ab 1661 wurde es unter Ludwig XIV., dem Sonnenkönig, aus- und umgebaut. Seither diente es bis zum Ausbruch der Französischen Revolution als Hauptresidenz der Könige von Frankreich. In dieser Zeit war der Palast von einem mehrere tausend Personen umfassenden Hofstaat bewohnt und bildete das kulturelle und politische Zentrum Frankreichs. Heute wurde das Schloss als Museum genutzt. Die Besucher konnten auch die riesigen Gartenanlagen und drei Lustschlösser, die sich im Park befanden, besichtigen.

Nora und Ennia interessierten sich sehr für die Geschichte. Nora stellte sich gerne vor, wie die Menschen vor Jahrhunderten auf denselben Wegen wandelten wie sie heute. Damals die Frauen in prächtigen bunten Kleidern mit ausladenden Röcken, kunstvollen Hochsteckfrisuren. Allerdings auch mit weit weniger Freiheiten. Nein, Nora hätte nicht in der damaligen Zeit leben wollen. Wenn die aktuelle auch ihre Tücken hatte und die Zukunft auf dem Spiel stand. Stattdessen hätte sie gerne eine Zeitmaschine besessen, mit der sie für einen kurzen Moment nach Versailles in der Zeit des Sonnenkönigs reisen und Mäuschen spielen würde. Wobei sie als Frau aus dem einundzwanzigsten Jahrhundert bestimmt bald aufgefallen und auf dem Scheiterhaufen gelandet wäre.

***

Am Tag darauf standen noch ein paar Sehenswürdigkeiten inmitten von Paris auf dem Programm. Sie kauften ein Ticket für den Louvre und bestaunten die Mona Lisa, wobei das Erstaunliche an dem Bild vor allem die Größe war – es war winzig. Sie bummelten über die Champs-Elysées, stiegen auf den Arc de Triomphe und in der Abenddämmerung schipperten sie in einem Touristenboot über die Seine.

Ennia wollte den nächsten Tag, einen Samstag, noch einmal mit Rémy verbringen, bevor sie dann am Abend nach Stockholm weiterreisen würden. Sie beschlossen spontan, noch eine Kabarettshow im berühmten Moulin Rouge zu besuchen und den Tag so ausklingen zu lassen.

57

«Andy ist in Paris!»

«Wie kommst du denn jetzt darauf? Ein neues Graffiti?»

«Ja. Am Fuße des Arc de Triomphe. Der Kerl hat echt Nerven.» Nora wedelte aufgeregt mit ihrem Handy, das die Seite einer Onlinezeitung zeigte.

«Allerdings. Ist der nicht bewacht?»

«Mann, da waren wir doch noch gestern. Andy muss kurz danach dort gewesen sein – wahrscheinlich in der Nacht. Krass, wie schnell die Zeitungen auf das Auftauchen der Bilder reagieren.»

«Andy ist also bestimmt noch hier irgendwo in der Stadt. Er ist kaum mitten in der Nacht wieder abgereist.»

«Ja, er muss definitiv noch hier sein. Aber den finden wir nie. Das ist wie die Suche nach der Nadel im Heuhaufen.»

«Du musst eben im Bahnhof campen und warten, bis er kommt. Denn dass er mit dem Zug weiterreist, das ist so sicher wie das Amen in der Kirche.»

«Haha. Ich bin mir ja nicht mal sicher, ob ich ihn wiedersehen *will.*»

«Du weißt auch nicht, ob er tatsächlich PAXX ist.»

«Nein, aber da bin ich mir ziemlich sicher. Alles andere macht einfach keinen Sinn. Und es wäre auch der einzige Grund, warum ich ihn für seine beiden Abgänge nicht lynchen würde.»

Sie saßen in einem gemütlichen Straßencafé im Quartier Latin. Sie hatten einen Schattenplatz gewählt, die Sonne brannte heiß vom Himmel. Die Tischchen waren schwarz, die Stühle darum herum rot. Sie warteten auf Rémy, der jeden Augenblick kommen wollte. Ennia wollte etwas mit ihm unternehmen. Und Nora? Sie hatte sich noch ein paar

Kunstgalerien anschauen wollen – doch jetzt war sie sich unschlüssig. Sollte sie tatsächlich versuchen, Andy zu finden?

Ennia trug ein lachsfarbenes, bodenlanges Kleid, das ihr hervorragend stand, wie Nora zugeben musste. Sie selbst hatte ein braunes Seidenkleid angezogen, das sehr leicht war, aber sofort zerknitterte, wenn sie sich bewegte. Sie hatte sich die Mühe gemacht, das Kleid im Hotel zu bügeln. Es war definitiv das falsche Kleid für eine solche Reise und deshalb hatte sie es auch noch nie getragen. Doch wenn nicht jetzt, wann dann? Paris war ideal dafür.

Sie hatten einen Kaffee bestellt und ein kleines Frühstück, das aus Croissants, Früchten und ein wenig Butter bestand. «Nora», begann Ennia dann zögernd. «Ich möchte hier aus unserer Reise aussteigen und bei Rémy bleiben. Wärst du mir sehr böse?»

Nora blickte ihre Schwester an und schüttelte langsam den Kopf. «Das kommt nicht überraschend. Die Stimmung auf unserer Reise hat sich geändert, mir ist klar, dass das zwischen euch ernst ist. Daher habe ich irgendwie damit gerechnet.»

«Ich möchte gerne mit ihm zusammen sein, eine richtige Beziehung führen. Und er möchte das auch. Ich habe jetzt noch ein paar Wochen Zeit, wo ich das ausprobieren kann. Und ich wünsche es mir sehr.»

«Wir hätten noch Stockholm, London und Dublin auf der Liste.»

«Du kannst auch hierbleiben. Oder natürlich deine Reisepläne ändern. Aber wenn es dir lieber ist, die Reise wie geplant zu beenden, dann bin ich natürlich dabei.»

Nora griff nach Ennias Händen. «Natürlich bin ich traurig, allein weiterzureisen. Aber ich freue mich für dich. Das Ziel war, dass du dich ablenkst, deinen Liebeskummer hinter dir lässt und dich vielleicht sogar neu verliebst. Und das alles passiert gerade. Wie sollte ich mich da nicht für dich freuen?

Aber ich möchte gerne weiterreisen. Ich habe das Gefühl, hier störe ich nur.»

«Du störst nie», entgegnete Ennia bestimmt. «Ich danke dir, dass du mich verstehst. Ich finde, wenn Andy in Paris ist, solltest du ihn finden – ihn mit deinem Verdacht konfrontieren und eine Lösung für eure Zukunft finden.»

«Wenn er nicht PAXX ist und er mich einfach nicht will ... Dann bin ich wieder enttäuscht.»

«Ich habe lange darüber nachgedacht und ich glaube, dass du wirklich recht hast. Er ist PAXX. Und auch wenn er die Beziehung nicht will, soll er dir wenigstens eine Erklärung liefern. Das ist er dir schuldig, finde ich.»

«Ich frage mich, wieso er sich so viel Zeit gelassen hat zwischen Madrid und Paris. Ich meine, wir waren noch an der Algarve. Er hätte doch längst hier sein müssen. Und zwischen Madrid und hier gab es kein neues Bild. Oder ich habe zumindest nichts davon gehört.»

«Vielleicht musste er seine Spraydosen auffüllen oder sonst etwas erledigen.»

«Keine Ahnung.»

«Willst du ihn nicht doch fragen?»

Nora überlegte und schüttelte dann den Kopf. «Nein, ich habe das abgehakt.»

«Hahaha», machte Ennia. «Du kannst an nichts anderes denken. Und es wäre jetzt nicht richtig, ihn einfach gehen zu lassen. Jetzt, wo du weißt, wo er ist, und ihn abfangen kannst. Nora, wir werden ihn suchen. Punkt.»

«Das entscheidest nicht du.»

«Schau, schlimmer kann es nicht werden. Und im dümmsten Fall hast du wenigstens eine Erklärung.»

«Was bringt mir die? Daniels Erklärung hat dir auch nicht geholfen.»

«Das kannst du doch nicht vergleichen. Daniels Erklärung

war eine andere Frau. Andy hat heiklere Probleme, denke ich. Und wenn er weiß, dass du ihn enttarnt hast, geht er womöglich auch anders mit dir um. Es ist in erster Linie einfach eine Chance. Wenn er sich wirklich verliebt hat und dich schützen wollte – dann hat sich jetzt alles geändert. Auch für ihn.»

«Du hast ja recht. Ich würde ihn gerne noch einmal sehen.»

«Dann packen wir jetzt alles und fahren zum Gare du Nord. Alle internationalen Züge fahren von dort ab. Wenn wir ihn irgendwo erwischen, dann da.»

«Dann hoffen wir mal, dass wir nicht tagelang dort ausharren müssen.»

Nora sah, wie Rémy auf sie zukam. Ennia kramte in ihrer Tasche nach ein paar Münzen, die sie auf den Tisch legte.

«Hallo, Rémy!», rief Nora, und Ennia drehte sich um. Rémy beugte sich zu ihr hinunter und gab ihr einen Kuss auf den Mund. «Was haben wir heute vor?», fragte er.

«Wir suchen und finden einen Geist», erklärte Ennia bestimmt. Rémy guckte wie ein Auto und Nora brach in schallendes Gelächter aus.

58

Das Problem: Es war nahezu unmöglich, zu dritt den ganzen Bahnhof zu überwachen. Die Schwestern wussten nicht, wie Andy zum Bahnhof kommen würde – zu Fuß, mit der Straßenbahn oder gar mit der Métro? Ein Taxi schlossen sie angesichts seiner Einstellung bezüglich des Klimawandels aus.

Rémy mobilisierte zwei seiner Freunde, Sébastien und Marc, die für ein paar Stunden mithelfen konnten, den Geist zu finden. Nora fühlte sich wie in einem Agentenfilm. Sie hatten extra eine Chatgruppe gegründet, in der sie sich gegenseitig informieren konnten. Sie zeigte den Männern das Foto von Andy, das sie in Athen aufgenommen hatte. Außerdem wussten sie, dass er mit einer gelben Tasche reiste. Diese Hinweise mussten reichen.

Nora saß direkt neben dem Haupteingang am Boden. Sie hatte das braune Seidenkleid ausgezogen und gegen eine bequeme Stoffhose und ein weißes Top getauscht. Dazu trug sie jetzt Turnschuhe, denn darin konnte sie sich am besten bewegen – schließlich wusste sie nicht, welche Art von Bewegung noch auf sie zukommen würde an diesem Tag. Zudem hatte sie sich eine schwarze Baseballmütze aufgesetzt. So, glaubte sie, würde Andy sie nicht sofort erkennen können.

Ennia hatte ihre auffälligen roten Haare unter einem Kopftuch versteckt und für einen Augenblick dachte Nora, dass sie ohne Kopftuch womöglich unauffälliger gewirkt hätte. Sie hatte sich bei der Métro stationiert, Rémy hockte an der Straßenbahnhaltestelle und die beiden Freunde patrouillierten im Bahnhof. Es war schon früher Abend, sie hatte Hunger und alle Knochen taten ihr weh vom unbequemen Sitzen. Der Agentenjob wäre nichts für sie, dachte Nora, während sie ihre schmerzenden Glieder streckte. Zudem hatte sie Ennia und

Rémy den gemeinsamen Tag versaut. Wobei das egal war – sie hatten schließlich noch viele Tage zusammen.

«Das ist doch völlig absurd», tippte sie in den Chat. «Der könnte auch erst in drei Tagen kommen. Oder gar nicht.»

Marc kam nach einer Weile mit Wasser und Sandwiches vorbei, die er an einem der Stände im Bahnhof gekauft hatte. Nora war froh, denn ihr Magen knurrte verdächtig. Zum Glück hatte sie ihr Interrailticket, überlegte sie, während sie ein großes Stück ihres Tomaten-Mozzarella-Baguettes abbiss, schließlich fuhr ihr Zug bald ab. Und dann erschrak sie plötzlich – da vorne, da war er. Gleiche Größe, gleiche Haarfarbe. Aber keine gelbe Tasche. Als der Typ sich umdrehte, sah sie jedoch, dass er noch keine zwanzig war.

Sie wurde langsam verrückt. Die ganze Aktion war völlig verrückt. Es wurde inzwischen Abend und bald musste sie in ihren eigenen Zug steigen, wenn sie noch an dem Tag aus Paris wegkommen wollte. Das führte doch zu nichts. Sie konnte doch nicht hierbleiben und jeden Tag am Bahnhof hocken. Sie hatten Andy so oft zufällig entdeckt – irgendwann war ihr Glück doch versiegt. Oder?

«Der könnte es sein», schrieb auf einmal Rémy in den Chat. «Größe und gelbe Tasche passen.» Er schickte ein Foto mit.

«Er ist es», antwortete Ennia als Erste. «Oh mein Gott. Folge ihm. Dich kennt er nicht.»

Nora war auf einmal hellwach. Sollte sie tatsächlich so viel Glück haben? Sie sprang auf die Beine, wickelte das angebissene Sandwich ins Papier und stopfte es in die Außentasche ihres Rucksacks. Dann zog sie diesen an. Sie hatte extra nichts ausgepackt, weil sie nicht gewusst hatte, wie schnell sie würde bereit sein müssen. Nun ging es also los – aber wohin wohl?

«Er geht in den Bahnhof. Du müsstest ihn gleich sehen, Nora. Aber warte, ich folge ihm weiter. Bleib du etwas zurück.»

Andy lief wenige Augenblicke später an ihr vorbei. Am liebsten hätte sie ihn angesprungen und ihm die Augen ausgekratzt. Sie riss sich aber zusammen – im Zug war es besser, da konnte er ihr nicht entwischen. Hier könnte er locker davonrennen und in eine Métro springen. Und dann wäre er weg. Sie drehte sich um, sodass sie mit dem Rücken zu ihm stand. Obwohl es ihr schwerfiel, sie hätte gerne gesehen, was er tat, doch er durfte sie jetzt noch nicht erkennen.

«Er geht zu Gleis 14. Hier steht, das Ziel sei Brüssel.»

Mist, eine sehr kurze Reise, dachte Nora. Hoffentlich ließ sich da alles klären. Sie folgte Rémy in einigem Abstand. Der Zug fuhr gemäß Anzeigetafel in neun Minuten los.

«Schau, wo er einsteigt, und bleib dort. Nicht, dass er auf einmal wieder rausgeht», bat Nora Rémy. «Ich steige weiter vorne oder weiter hinten ein.»

Sie sah, wie Ennia auf sie zugelaufen kam. «Du fährst also los?»

Nora nickte. «Mir geht ganz schön die Düse. Hoffentlich tue ich das Richtige.»

«Bestimmt. Auch wenn es nur dazu beiträgt, dass du Klarheit gewinnst.»

«Er ist eingestiegen. Im vorletzten Waggon. Ich hoffe, er hat mich nicht gesehen. Ich steige ebenfalls ein, sonst sieht es verdächtig aus, wenn ich da draußen rumstehe», schrieb Rémy.

«Du willst doch nicht nach Brüssel fahren?», antwortete Ennia.

«Im Notfall. Ich bin spätestens in drei Stunden wieder zurück.»

Die Fahrt von Paris nach Brüssel dauerte nur eineinhalb Stunden. Es war jetzt kurz nach halb acht Uhr abends. Ennia reichte Nora eine Tüte. « Ich habe noch ein paar Sandwiches gekauft und eine Flasche Wasser. Und natürlich eine Tüte Bio-Gummibärchen.»

« Du bist die Beste.»

« Schreib mir oder ruf mich an, sobald du mehr weißt, okay? Und wenn es dir nicht gut geht, dann komm zurück nach Paris. Brüssel ist nicht weit.»

« Versprochen.» Nora stopfte die Gaben ihrer Schwester oben in den Rucksack. « Ich muss los, noch vier Minuten.»

Ennia umarmte ihre Schwester fest.

« Genieße deine Zeit hier mit Rémy. Wir sehen uns bald wieder.»

« Ich habe dich lieb.»

« Und ich dich erst. Was war das für ein Abenteuer, was?»

« Es ist noch nicht vorbei.»

Nora setzte ihre Sonnenbrille auf. Dann hob sie ihren Rucksack an, ging Gleis 14 entlang, bis sie den zweitletzten Waggon sah, und stieg einen Waggon davor in den Zug. Kaum war sie drin, sah sie, wie Rémy heraussprang. Das war in allerletzter Sekunde, denn gleich darauf setzte sich der Zug in Bewegung. Nora sah Ennia winken. Sie winkte zurück. Rémy lief zu Ennia und legte einen Arm um ihre Taille. Dann begann auch er zu winken. Allerdings war der Zug schon kurz darauf aus dem Bahnhof heraus und die beiden verschwanden aus Noras Sichtweite. Jetzt war sie auf sich allein gestellt. Doch Andy war da – und wenn er die Wahrheit gesagt hatte und tatsächlich PAXX war, würde sie nicht lange allein bleiben. Sie atmete tief ein. Ihr Handy vibrierte. « Viel Glück », schrieb Ennia. « Du fehlst mir schon jetzt.»

« DANKE. Danke für alles.»

Dann machte sich Nora auf den Weg.

59

Sie musste sich ein bisschen beeilen – der Zug würde in etwas weniger als eineinhalb Stunden in Brüssel halten. Kaum war er so richtig in Fahrt, nahm sie ihren Rucksack und machte sich auf den Weg in den Nachbarwaggon. Ein paar Schritte nur, da sah sie ihn auch schon. Groß, blond, strubbelige Haare, Shirt, kurze Hose. Die gelbe Tasche lag neben ihm auf dem leeren Sitz, die andere, dunkelblaue Sporttasche thronte über ihm auf der Gepäckablage. Er war in ein Buch vertieft. In Athen hatte er einen schwarzen Rucksack gehabt, erinnerte sich Nora. Das sprach für eine kurzzeitige Rückkehr nach Hause. Ihre Knie gaben ein wenig nach – und es lag nicht am Ruckeln des Zugs. Sie hatte keine Ahnung, welches ihrer vielen Gefühle in dem Augenblick am stärksten war. Die Wut? Die Liebe? Das Verständnis? Die Neugier? Sie machte einen letzten Schritt auf ihn zu und trat in sein Abteil. Noch bevor er seinen Blick anhob, sprach sie ihn an: «Hallo, Andy. Oder sollte ich besser PAXX sagen?»

Er sah verschreckt aus, die Farbe wich aus seinem Gesicht. Das Buch, in dem er gelesen hatte, ließ er zu Boden fallen. Doch dann reagierte er blitzschnell, sprang auf und drückte Nora ganz sanft einen Finger auf den Mund. Er schaute ihr eindringlich in die Augen. Ein Blick, der ihre Knie noch weicher werden ließ. Ein Blick voller Liebe und Sehnsucht. «Psssst», zischte er. «Bitte sag so was nicht laut.»

Nora nickte verwirrt und er nahm seine Hand weg. Dann lächelte er sie an. «Nora! Meine Nora.»

«Du bist schon wieder abgehauen. Obwohl du versprochen hast, es nicht zu tun.» Sie musste aufpassen, dass ihre Stimme nicht überbordete.

«Können wir darüber reden, wenn wir in Brüssel sind? Irgendwo in einem ruhigen Hotelzimmer?»

Sie schüttelte den Kopf. «Es ist mir ganz egal, wo wir sind. Ich möchte gerne Antworten haben.»

«Du bekommst alle Antworten. Aber nicht hier – in der Öffentlichkeit.»

Nora blickte sich um. Das Abteil war praktisch leer. Einzig ein älteres Paar saß am anderen Ende des Waggons, sie hatte ihre Nase in ein Buch gesteckt, er war in eine Zeitung vertieft.

«Es ist keine Sau hier», meinte Nora. Sie wollte sich gar nicht aufregen, aber irgendwie wollte die ganze angestaute Wut aus ihr heraus.

«Du hast keine Ahnung, warum ich gegangen bin», zischte Andy. «Nora, ich verstehe deine Gefühle. Aber du musst dich jetzt beruhigen. Bitte. Es ist wichtig. In etwas mehr als einer Stunde sind wir da. Und dann erkläre ich dir alles.»

Sie hatte das Gefühl zu platzen. Andy wiederzusehen überforderte sie. Sie wünschte sich, Ennia wäre ebenfalls in den verdammten Zug gestiegen. «Ich kann nicht ...», sagte sie, nahm ihren Rucksack und lief davon. Sie musste in einen anderen Waggon, sich beruhigen und durchatmen. «Die verdammte Tür», fluchte sie und rüttelte. Warum ging sie nicht auf? Sie spürte Andys Hand auf ihrer Schulter und seinen Atem in ihrem Nacken. «Lass mich», fauchte sie.

«Nora. Du weißt schon alles. Und jetzt, wo du mein Geheimnis kennst, lasse ich dich bestimmt nicht gehen.»

«Ich werde es nicht schaffen, nicht zu schreien.»

«Ich verstehe dich. Doch ich weiß nie, wo ich sicher bin. Und wenn du bei mir bist, bist du auch nicht sicher. Bitte. Warte, bis wir in Brüssel sind.»

Sie schaute ihm in die Augen. Sie waren voller Liebe.

«Ich liebe dich», sagte er.

«Pff!» Sie schloss die Augen, atmete tief ein und zählte innerlich langsam bis zehn. Andy hatte recht, es hatte keinen Sinn, sich hier zu streiten.

«Ich erkläre dir alles, was ich in diesem Moment erklären kann. Und den Rest in Brüssel.»

Sie nickte langsam. Sie spürte, wie sich ihr Puls allmählich beruhigte. Wenn er wirklich in Gefahr war – und sie mit ihm –, dann musste sie sich jetzt kontrollieren. Sonst verloren sie beide mehr, als sie gewannen.

«Bitte setz dich zu mir. Du hast mir so gefehlt.»

«Ich weiß nicht, ob ich dir das noch einmal glauben kann.» Ihre Stimme zitterte, war jedoch wieder leiser. Sie setzte sich vorsichtig auf den Sitz ihm gegenüber, während er ihren Rucksack neben seinen auf die Gepäckablage wuchtete. «Bitte sag mir nur, warum du verschwunden bist», fragte sie.

«Sie hatten mich entdeckt und ich musste fliehen. Ich wollte dich da nicht reinziehen und ich hatte genügend Informationen über dich, um dich nach der ganzen Mission zu finden. Was ich auch getan hätte. Aber jetzt gebe ich dir als Erstes meine Nummer. Ich möchte dich nicht noch einmal verlieren. Wir brauchen nur etwas Zeit. Gib mir dein Handy.»

Sie tat wie geheißen und er tippte seine Nummer ein. Sie war unfähig zu agieren und fühlte sich wie eine wehrlose Puppe. Ihr wurde erst jetzt bewusst, wie sehr Andy ihr gefehlt hatte. Und dass er offensichtlich tatsächlich der geheimnisvolle PAXX war. «Ruf mich an», bat er sie und hielt dann zum Beweis sein klingelndes Telefon hoch.

«Wer bist du?», flüsterte sie.

«Andy. Ich heiße Philip Andrew Davies und bin Dozent am Chelsea College of Art and Design in Pimlico, London.

Meine Familie und meine besten Freunde nennen mich seit meiner Kindheit Andy. An der Uni kennt man mich als Philip.»

«Jetzt ist auch klar, warum ich dich im Netz nicht finden konnte. Philip. Darauf bin ich nicht gekommen.»

Er lächelte sie an: «Dafür bist du auf eine Menge anderer Dinge gekommen. Und du hast mich gefunden. Ich bin echt beeindruckt. Wobei es mir auch ein bisschen Angst einflößt.»

«Angst?»

«Du bist der einzige Mensch auf dieser Welt, der mich hochgehen lassen könnte ...»

«Nein, es gibt noch einen. Ennia.»

«Stimmt. Obwohl sie nicht so viel weiß wie du. Zumindest kennt sie noch nicht meinen richtigen Namen.»

«Ich habe kein Interesse daran, dich hochgehen zu lassen.»

«Du bist Kunst- und Kulturjournalistin. Du würdest einen Pulitzer-Preis dafür bekommen.»

«Darüber habe ich noch gar nie nachgedacht.»

«Ich setze dir noch einen Floh ins Ohr. Aber sprechen wir nachher weiter? Kommst du mit mir in mein Hotel? Bitte, Nora.»

«Okay», willigte sie ein. Schließlich hatte sie Antworten gewollt – und dort würde sie welche bekommen.

60

Andy hatte ein Zimmer in einem Businesshotel gebucht, das in der Nähe des europäischen Brüssel lag. Er reiste offiziell als Philip Davies. Warum auch nicht, es kannte ihn ja keiner. Links an der Rezeption war das Restaurant, das über einen Innenhof verfügte. Über drei Treppenstufen ging es hoch auf eine kleine Galerie, wo sich auch die Aufzüge befanden. Andy hatte Nora nachgemeldet, was kein Problem gewesen war – er hatte ohnehin ein Doppelzimmer gebucht. «Ich schlafe gerne groß», hatte er dazu gemeint. Sie hatten rasch das Gepäck in eine Ecke gestellt und sich dann auf das breite, weiß bezogene Bett gesetzt, mit dem Rücken gegen die Rückwand. Das Gespräch war wichtiger als irgendwelche Umstände. Das Zimmer war eher praktisch als gemütlich, aber es erfüllte seinen Zweck. Auf die Wände waren dunkelblaue Streifen gemalt, über die lange, schmale Leuchten angebracht waren, die ein grelles Neonlicht verbreiteten. In einer Ecke stand ein weißer Schreibtisch. Die Kissen waren ebenso blau wie die Streifen an der Wand. «Du bist also PAXX», fiel Nora gleich mit der Tür ins Haus.
«Ja», antwortete Andy. «Und es macht mir wirklich Angst, dass du das weißt. Das ist neu für mich. Damit umzugehen ... Ich werde ab jetzt immer jemanden in meinem Leben haben, der das Potenzial hat, mich auffliegen zu lassen.»

«Erzähl mir, warum du mich in Athen sitzen gelassen hast.»

«Mein Gott, Nora, ich hätte mich doch gar nie auf dich einlassen dürfen. Was ich tue, ist nicht legal. Und es sind Leute hinter mir her – irgendwelche Kunstmäzene, die viel Geld haben und die es sich zur Lebensaufgabe gemacht haben, meine Identität zu lüften. Journalisten, Polizisten. Es ist wirklich nicht ganz ohne.» Er berichtete ihr von den beiden bulligen Typen und von der nächtlichen Verfolgungsjagd. «Und da habe ich gedacht, ich bringe das erst mal zu Ende und suche dich danach. Dass ich dich wiedersehen will, war mir immer klar. Darum ging es nicht. Aber mir ist auch klar, dass du das nicht wusstest.»

«Was wollen die Typen denn von dir? Sind die gefährlich?»

«Keine Ahnung. Ich nehme mal nicht an, dass sie mich um die Ecke bringen wollen. Sie wollen sich einfach beweisen, dass sie meine Identität lüften können. Aber dann ist es vorbei mit dem Mythos PAXX. Seine Kunst lebt von der geheimen Identität. Ihn nehmen die Menschen ernst. Aber doch nicht den kleinen Dozenten Philip.»

«Wie bist du auf den Namen PAXX gekommen?»

«Der Name hat mehrere Bedeutungen», erklärte Andy. «Es sind die Initialen meines Namens Philip Andrew. Zudem bedeutet PAX Frieden und PAX ist auch die Abkürzung im Flugverkehr für ‹Passenger X›. Ich dachte, das passt ganz gut zu meiner Anonymität.»

«PAXX' Kunst lebt davon, dass sie gesellschaftskritische Themen mit wenigen Mitteln exakt auf den Punkt bringt. Ist die Identität nicht egal?»

«Nein. Ich bin kein Cartoonist. Ich bin auch kein überaus talentierter Sprayer. Die Kunst besteht ganz klar darin, dass ein Mensch, von dem keiner weiß, wer er ist, die Gesellschaft an den Pranger stellt. Ich könnte allenfalls Cartoons für Zeitungen malen, wenn meine Identität auffliegt. Nachdem ich ein paar Jahre im Knast gesessen bin, wahrscheinlich.»

«Ich habe PAXX' Arbeit – deine Arbeit – immer bewundert. Ich habe mir auch jedes Bild angesehen in den letzten Wochen, sofern es noch da war.»

«Bist du jetzt mein Groupie?»

«Idiot. Denkst du, ich finde das lustig? Ich habe mir lange überlegt, ob ich mit PAXX zusammen sein wollen würde.»

«Wie bist du überhaupt darauf gekommen?»

«Na ja, überall, wo ich dich sah, tauchten die Graffitis auf. Ich habe gesehen, wie du in Rom auf ein Schiff in Richtung Spanien gestiegen bist. Und dann tauchte ein Graffiti in Rom auf und danach noch eins in Madrid. Da habe ich es gecheckt. Als eins in Paris auftauchte, war mir klar, dass du auch dort sein musst. Wir waren am Abend davor noch am Arc de Triomphe, da gab es noch kein Graffiti. Es musste also neu sein. Und so haben wir uns zu fünft im Bahnhof positioniert.»

«Zu fünft?»

«Ennia hat sich in Rémy verliebt, aus Paris. Deshalb ist sie dortgeblieben. Er und zwei seiner Kumpels haben uns geholfen.» Nora sah, wie Andy bleich wurde. «Sie wissen nichts von der PAXX-Sache. Wir haben nur erzählt, dass du mich sitzen gelassen hast.»

«Danke», stieß er erleichtert aus. «Auch wenn ich dabei nicht so gut wegkomme.»

«Das war mir ehrlich gesagt herzlich egal. Du hast mich schließlich allein gelassen.»

«Verstehst du nun warum?»

«Erzähl mir von deiner Mission. Was kommt noch?»

«Noch ein Bild hier in Brüssel, das achte. Und dann das große Finale in London mit Livestream auf allen Social-Media-Kanälen. Aber Nora, ich möchte dich da nicht reinziehen.»

«Das kann ich immer noch selbst entscheiden. Bist du reich?», wollte sie von ihm wissen, die Frage interessierte sie brennend. Nicht wegen des Geldes – sie wollte wissen, wie das System PAXX funktionierte. Er musste lachen. «Suchst du einen reichen Mann?»

«So ein Blödsinn. Wenn ich als PAXX viel verdienen würde, würde ich das Geld nicht behalten wollen. Ich könnte nicht ernsthaft die Gesellschaft kritisieren und mich gleichzeitig damit bereichern. Ich möchte wissen, wie du das siehst.»

«Man merkt, dass du Journalistin bist. Du denkst weit und stellst gute Fragen. Ich bin so reich, wie man als Hochschuldozent eben ist. Ich behalte von meinen Einnahmen als PAXX nur das, was ich für meine Ausgaben als PAXX brauche. Und ein bisschen was für meine Wohnung in der Stadt, die ich mir sonst nicht leisten könnte. Da bezahle ich lieber etwas mehr, als dass ich jedes Mal lange anreisen oder mir ein Auto kaufen muss. Den Rest spende ich. Es ist ja nicht so, dass ich sonderlich viel Wert darauf lege, meine Kunst zu erhalten. Ich mache sie oft wieder kaputt. Diese Bilder hier ja auch. Aber natürlich können Auktionshäuser und Galerien meine Kunst kaufen. Wenn sie überlebt. Ich habe mit dem Geld zum Beispiel die Forschung an der Farbe finanziert, die sich von selbst auflöst.»

«Wie funktioniert das?»

«Das ist zu kompliziert zum Erklären. Aber die Basis ist die Farbe, die oft für vorübergehende Markierungen auf dem Fußballplatz verwendet wird. Ich habe das Prinzip etwas ausgebaut. Das war wichtig, weil ich meine Bilder an wirklich namhafte Bauten sprayen wollte. Und ich möchte diese nicht verunstalten.»

«Warum hast du denn keine normalen Hauswände genommen?»

«Weil ich Aufmerksamkeit erregen wollte. Mehr als sonst. Das ist ja das Gute an PAXX: Er wird gehört. Ich möchte diese Stimme nutzen und auf die Probleme der Erde aufmerksam machen. Das ist mir wichtig. Als Andy hört mir keiner zu. Noch nicht mal mein Vater.» Es klang etwas verbittert. Nora nahm sich vor, ihn dazu ebenfalls zu befragen.

«Wo warst du jeweils zwischen den Graffitis? So lange braucht man nicht für die Reise von einem Ort zum nächsten. Du hättest viel schneller vorankommen können.»

Er musste lachen. «Ich habe mir die Gegend angeschaut. Wenn ich schon in so schönen Städten bin, noch dazu im Sommer, möchte ich es auch ein bisschen genießen. Zwischen Madrid und Paris war ich in London – ich musste meine Spraydosen nachfüllen und hatte ein paar Termine in der Uni.»

«PAXX, der Tourist», stichelte Nora. «Wie haben die dich in Athen entdeckt?»

«Merkst du, wie ich dir vertraue? Ich erzähle dir alles, weil ich dich nicht verlieren will – obwohl ich alles aufs Spiel setze, was ich bin und habe.»

«Andy, ich will PAXX nicht zerstören. Das wollte ich noch nie. Ich verstehe, dass du nur in dieser Rolle eine Stimme hast, und zwar eine gewaltige. Mir liegt die Zukunft der Erde genauso am Herzen wie dir. Ich würde ihn eher unterstützen als verraten.»

«Ich würde dich so gerne küssen.»

«Ich bin noch nicht so weit. Also, warum haben die dich entdeckt?»

«Das Verhör geht also weiter.» Er lächelte sie an, sodass ihr Herz einen Sprung machte. «Ich weiß es nicht. Es war wohl Zufall. Diese Häscher, wie ich sie nenne, haben genug Geld. Die haben einfach ein paar Männer ausgeschickt – an Orte in Europa, an denen ich auftauchen könnte. Und die beiden hatten Glück. Sie waren zur richtigen Zeit am richtigen Ort.»

«Kennst du diese Häscher?»

«Ja, es gibt zwei, drei, von denen ich weiß, dass sie hinter mir her sind. Und dann natürlich ein paar Journalisten, die gerne eine Sensationsmeldung hätten. Brenzlig wird es dann in London, wenn ich die Aktion live im Internet übertragen will. Die werden schnell checken, wo ich bin. Und dann muss ich die Beine in die Hand nehmen. Ich denke, da wird auch die Polizei noch ein Wörtchen mitreden wollen.»

«Ich werde dir helfen.»

«Ganz sicher nicht!»

«Ich bin nicht aus Zucker.»

«Das weiß ich. Deshalb liebe ich dich auch. Trotzdem ist es bestimmt das Beste, wenn ich einfach danach nach Zürich komme.»

«Ich glaube nicht, dass du mir PAXX vorenthalten kannst, wenn das mit uns funktionieren soll.»

Seine Augen blitzten auf. «Du möchtest, dass es funktioniert?»

«Natürlich», erwiderte sie leise. «Ich liebe dich doch auch.» Und dann drehte sie sich zu ihm hin, um ihm endlich das zu geben, wonach er sich so sehr sehnte.

61

Es war einfach schön bei Andy, in seinen Armen, ganz nah bei ihm. Sie hatte immer den Eindruck, ganz sie selbst sein zu dürfen, sich nicht verstellen zu müssen. Andy «sah» sie – das war eine Umschreibung, die sie nicht so richtig erklären konnte. Er sah in ihre Seele, erkannte, wie sie wirklich war, was sie ausmachte, wie sie dachte und was sie zu bieten hatte. Sie konnte sich ihm ganz hingeben. So auch jetzt, sie wollten sich spüren, so intensiv wie möglich. Sie rissen einander die wenigen Kleider vom Leib, bis sie nackt und eng verschlungen auf dem Bett lagen. Andy hatte die unsäglichen Neonleuchten ausgemacht, jetzt war es stockdunkel in dem Zimmer. Er tastete im Dunkeln nach einem Gummi in seinem Portemonnaie, das sich in der Hosentasche befand. «Nora, ich will dich spüren. Ich will dich so sehr. Das ist verrückt, aber selbst PAXX ist mir nicht so wichtig, wie du es bist.»

«Ich will dich auch», stöhnte sie. «Komm zu mir.»

Er streifte das Kondom über. Sie lagen beide auf der Seite, Bauch an Bauch, und Nora legte ihr Bein über seine Hüfte. Es war eine gemütliche, liebevolle Stellung, die nichts anderes bot als Nähe und Gefühl. Er drang immer tiefer in sie ein und sie bewegten sich im langsamen Rhythmus, während sie sich küssten, streichelten, miteinander redeten und manchmal auch gemeinsam lachten. Jetzt war es für immer – keine Angst mehr, keine Geheimnisse. Nur noch Liebe, Glück und Leidenschaft.

***

Sie fuhr mit dem Zeigefinger die lange Narbe auf seinem Oberkörper entlang. Sie hatte sie schon fast vergessen. Jetzt war der richtige Zeitpunkt, ihr zu erzählen, was geschehen war. «Was ist passiert?»

Er nahm sanft ihre Hand, legte sie auf seine Brust und seine darüber, während ihr Kopf auf seiner Schulter lag und ihr rechtes Bein über seinem Unterkörper. Er zog mit der anderen, freien Hand das Kissen zurecht. «Ich war noch sehr jung, keine zwanzig. Ich bin damals oft mit einigen Kumpels sprayen gegangen, harmlos, Graffitis unserer Lieblingsfußballmannschaft und solche Sachen. Nur halt leider nicht ganz legal. Wie alles, was ich als PAXX tue. Ich hatte mich damals noch nicht so genannt – meine Freunde wissen nicht, dass ich PAXX bin. Das würden sie mir auch nicht zutrauen, denke ich.» Er schmunzelte. «Dafür war ich viel zu schüchtern und viel zu untalentiert als Sprayer. Auf jeden Fall hatten wir an einem späten Abend an einem alten Bahnhof in Manchester gesprayt, wir waren zu viert. Irgendjemand hat uns wohl gesehen und die Polizei gerufen. Die kamen mit Blaulicht – es war eine ziemliche Überraschung. Zwei Kumpels sind über die Gleise davongerannt. Einer ist gestolpert und auf die Gleise gefallen, ich hörte schon den Zug einfahren. Ich bin zu ihm und habe versucht, ihn vom Gleis runterzuziehen. Es gelang mir, allerdings bin ich dabei hingefallen. Ich habe weitergezogen und erst danach gemerkt, dass ich auf etwas Scharfem gelandet war. Ich konnte nicht mal erkennen, um was es sich gehandelt hatte. Der Zug fuhr schließlich an uns vorbei und schnitt uns vor der Polizei ab. So konnten wir entwischen. Doch mein Freund hatte ein verstauchtes Bein und ich auf einmal Schmerzen in der Brust. Als ich an mir runterblickte, sah ich, dass alles voller Blut war. Der Zug war schnell vorbei und die Polzisten kamen näher. Wir sind einfach weitergerannt, so schnell wir konnten. Die anderen beiden waren längst über alle Berge. Irgendwie schafften wir es, die Stadt zu erreichen und in einer dunklen Gasse zu verschwinden.» Er machte eine abweisende Handbewegung. «Ich konnte ja nicht einfach zum Arzt gehen. Wenn mein Vater das herausgefunden hätte, hätte er mich enterbt. Das würde er wohl heute noch, wenn er von meinen nächtlichen Aktivitäten erfahren würde. Mit den beiden Jungs, die einfach abgehauen waren, hatten wir nie wieder Kontakt. Der Kumpel mit dem verletzten Bein ist inzwischen jedoch vernünftig geworden. Er ist mein bester Freund, arbeitet als Notar in Manchester und hat zwei kleine Töchter.»

«Du hast echt was erlebt», meinte Nora. «Und nicht alles, was du mir erzählst, wirft ein gutes Licht auf dich.»

Er lachte leise. «Ich hoffe, dass du mich trotzdem liebst. Auch wenn ich bis heute nicht wirklich vernünftiger geworden bin. Aber dazugelernt habe ich gewiss.»

«Ich liebe dich», sagte sie schlicht und fuhr mit ihrem Finger wieder über die weiße, lange Linie auf seiner Brust und Taille.

62

Hand in Hand schlenderten sie eine kleine Gasse entlang. Brüssel hatte ein paar wenige Sehenswürdigkeiten zu bieten – spannend war aber vor allem der EU-Standort, den sie nachher besichtigen wollten. Sie interessierten sich beide für Politik und waren gespannt, was sie dort erleben würden. Doch auch dieses Highlight der belgischen Hauptstadt durften sie nicht verpassen. «Da vorne ist er», rief Nora. «Der ist ja winzig.» Tatsächlich war das Wahrzeichen Brüssels gerade mal rund sechzig Zentimeter hoch. Und auch nicht sonderlich anständig. Manneken Pis, das kleine Männlein, das in den Brunnen pinkelte. Andy las: «Die Skulptur wurde 1619 erschaffen. Allerdings wurde sie mehrmals gestohlen, das hier ist eine Kopie. Selbst beim vermeintlichen Original, das in einem Kaufmannshaus ausgestellt sein soll, sind sie sich nicht sicher ob der Originalität.»

«Zur Entstehungszeit hat man sich oft über die Menschen lustig gemacht. Diese Form von Kunst nennt sich Drolerie.»

«Ich bin Kunstdozent, vergessen? Aber ich bin begeistert, dass du das weißt.»

«Also komm, gehen wir mal zum Europaparlament.»

Auch der EU-Rat sowie die europäische Kommission hatten ihren Sitz im Europaviertel von Brüssel. Und zahlreiche Botschaften waren dort angesiedelt.

«Möchtest du das Parlament vollsprayen?»

«Eher nicht. Das ist alles zu gut bewacht. Lieber den kleinen Pisser.»

«Du hast eh längst einen Plan.»

Er lächelte. «Es ist alles seit Monaten minutiös durchdacht. Ich habe sogar die Bilder immer und immer wieder zur Probe gesprayt. Die Kunstexperten wären begeistert, wenn sie wüssten, dass es von jedem Bild, das verschwindet, noch ein paar Exemplare gibt. Aber natürlich habe ich auch mit der Farbe, die wieder verschwindet, geübt.»

Sie besuchten eine Parlamentsdebatte, die allerdings thematisch eher langweilig war. Politisch interessierte sie vor allem die Zukunft der Erde, der Klimawandel. Und so verließen sie den Saal nach einer halben Stunde wieder. Sie setzten sich mit einem Bier und einem Sandwich mitten auf den Großen Platz. Es wurde langsam dunkel und die Menschen hatten sich überall auf den Boden gesetzt, um zu reden, zu essen und den Sonnenuntergang zu genießen. Es war unglaublich, wie schön und heiß es während ihres ganzen Trips war. Auch eine Folge des Klimawandels.

Der Platz war eine Wucht. Er war gesäumt von mehreren altehrwürdigen Gebäuden. Hinter ihnen befand sich das gotische Rathaus, auf der linken Seite war eine barocke Fassadenfront zu sehen. Der Platz war zu Recht Teil des UNESCO-Kulturerbes.

«Dass die es nicht schaffen, das 1,5-Grad-Ziel zu erreichen ...», meinte Nora betrübt. «Ich meine, es ist ja toll, dass während meiner Reise ständig schönes Wetter ist – aber gut ist das überhaupt nicht.»

«Dass sich die Erde nicht mehr als anderthalb Grad aufwärmen darf, da sind sich alle einig. Nur nicht, wie das zu schaffen ist.»

«Weil viele Länder die Notwendigkeit nicht sehen. Sie sind blind dafür oder verteidigen ihre Macht und ihr Geld. Schon jetzt leiden Millionen Menschen unter den Folgen extremer Klimakatastrophen, die durch den Klimawandel verschärft werden: Dürren, Stürme, Hungersnöte, Wassermangel, Obdachlosigkeit.»

«Mir musst du das nicht erzählen.» Andy trank einen großen Schluck aus seinem Wasserglas. «Viele Klimaaktivisten werden zudem im besten Fall belächelt – in gewissen Regionen sogar getötet.»

«Was denkst du, was wird deine Aktion bewirken?»

«PAXX gilt – glaube ich – als cool. Wenn er sagt, dass der Klimawandel eine Tatsache ist, glauben es vielleicht einige, die es sonst nicht glauben würden. Sein Publikum ist nicht nur jung. Er hat nur schon auf Instagram über elf Millionen Follower.»

«Du bist ein verdammter Influencer.»

«Irgendwie schon», meinte er grinsend. «Ich versuche durchaus, die Menschen zu beeinflussen. Bei Themen, die ich für wichtig halte.»

Je mehr Nora über Andy erfuhr, desto mehr hatte sie den Eindruck, er könnte eine Nummer zu groß für sie sein. «Warum ich?», wollte sie plötzlich wissen. «Du könntest doch jede haben. Die halbe Welt kennt und bewundert dich.»

«Nicht mich, sondern PAXX. Du bist die Einzige, die dieses Geheimnis kennt. Nora, das ist für mich auch nicht einfach. Ich muss mich daran gewöhnen, dass ich nicht mehr allein bin – als PAXX und als Andy. Ich hatte noch keine längere Beziehung, hatte immer Angst, mich einzulassen. Vor allem wegen PAXX. Und im realen Leben bin ich sowieso eher der nerdige, schusselige Dozent. So ein bisschen wie Clark Kent und Superman.»

«Lois Lane hat Superman auch nicht verraten. Und die war auch Journalistin.»

«Stimmt. Wollen wir mal zurück ins Hotel? Ich möchte das heute Nacht hinter mich bringen – und brauche etwas Schlaf.»

***

Endlich öffnete Andy seine ominöse gelbe Tasche. Es befanden sich einige Spraydosen darin. Die meisten seien leer, erklärte Andy. Doch er habe sie nicht entsorgt, weil er sie erstens wieder füllen konnte und er zweitens das Geheimnis seiner Farbe nicht aus Versehen verraten wollte. Er wollte nicht, dass jemand sie auf ihre Bestandteile untersuchte. Doch es waren noch mehr Gegenstände in der Tasche. Schwarze Kleidung, eine Maske sowie seine Ersatzhandys und ein Handystativ. «Ich nehme damit alle Aktionen auf Video auf», erklärte Andy. «Ich habe auch die Reaktionen gesammelt, die Videos und Fotos aus den Medien. Vor allem die absurden Versuche, die Bilder zu retten. Dafür bin ich später, tagsüber, noch einmal zu den Bildern gegangen. Einmal habe ich dabei auch dich gesehen», sagte er zu Noras Überraschung. «Es hat mich viel Überwindung gekostet, nicht zu dir zu gehen.»

«Du hast mich gesehen? Wo?»

«Gleich zu Beginn in Wien beim Stephansdom. Kurz nachdem ich davongerannt war. Ich habe mich so scheiße gefühlt. Ich dachte, ich sehe dich nie wieder – und dann standest du vor meinem Bild. Das war schon krass.»

Nora wusste, dass es keinen Sinn machte, ihn weiter damit zu konfrontieren. Er war gegangen, weil er Angst hatte. Das hatte er zu Genüge erklärt. Aus diesem Grund hatte er sie später auch nicht wieder angesprochen.

«Wozu hast du die ganzen Videos gedreht?»

«Das wirst du dann sehen.» Er nahm ihre Hand. «Nora, gib mir etwas Zeit, mich an all das zu gewöhnen. Ich bin froh, wenn die Mission bald vorbei ist. Ich kann mich sowieso schon kaum konzentrieren, weil ich ständig nur an dich denke. Aber vor allem in London muss alles glattgehen. Und dann wird PAXX einfach für eine lange Zeit von der Bildfläche verschwinden. Und Andy wird sich um seine große Liebe kümmern. Danach sehne ich mich nämlich sehr.»

Nora lächelte ihn an. «Ich will nicht schuld sein an PAXX' Tod.»

«Ich glaube, auch ohne dich bräuchte er eine Pause. Jetzt braucht er sie nur umso mehr. Aber totsagen würde ich ihn nicht.»

Er steckte seine Maske in eine Innentasche des schwarzen Kapuzenpullis. «So, für heute ist alles bereit. Fehlt nur eine Mütze Schlaf.»

«Ein paar Minuten hast du aber noch?», fragte sie verschmitzt und schob ihre Hand unter sein Shirt.

63

Er hielt sie fest in seinen Armen, spürte ihre nackte Haut, ihre Hitze, ihren Atem. Sie schlief tief und fest. Er dagegen bekam kein Auge zu. Was alles passiert war, seit sie am Vortag auf einmal vor ihm im Zug gestanden hatte ... Wie er sich gefühlt hatte, nachdem ihm klar geworden war, dass sie sein Geheimnis gelüftet hatte. Dieses Gefühl zwischen Angst und Liebe. Zwischen dem Wunsch, sich selbst zu schützen, und dem Wunsch, zu vertrauen. Er merkte erst jetzt, wie gut es ihm tat, sein Geheimnis zu teilen. Wie gut es ihm tat, nicht mehr allein zu sein, zu lieben und geliebt zu werden. Und auf der anderen Seite kannte er das Risiko, das er dafür einging. So war es also, wenn man frisch verliebt war. Kopflos, schlaflos, aufgeregt und entspannt. Das ständige Bedürfnis, sie zu berühren, zu küssen, mit ihr eins zu sein.

Er blickte auf seine Armbanduhr. Es war erst kurz nach Mitternacht – zu früh für seine Aktion. Obwohl es unter der Woche war und die Menschen nur am Wochenende um diese Uhrzeit unterwegs zu sein schienen. Trotzdem, er wollte kein Risiko eingehen. Schlafen konnte er aber auch nicht. Er löste sich von Nora und drehte sich auf den Rücken. Er musste jetzt einfach die Nerven behalten. Er vermutete nicht, dass seine Verfolger in Brüssel unterwegs waren, aber wissen konnte er es nicht.

«Was hast du denn?», fragte Nora mit verschlafener Stimme.

«Schlaf ruhig. Ich kann es leider nicht.»

«Komm zu mir», hauchte sie. Er war erstaunt, dass sie mitten in der Nacht und im Halbschlaf an so was denken konnte, doch bloß der Gedanke daran erregte ihn bereits. Nora hatte eine Packung Kondome auf den Nachttisch gelegt, so waren sie jederzeit griffbereit. Sie zog ihm eins über. Dann drehte sie sich um, sodass ihr Po in seinem Schoß lag. Er glitt von hinten in sie hinein. Seine Hand umschloss ihre Brust, sie stöhnte leise. Sie bewegten sich zusammen, ganz langsam und vorsichtig. Er hielt sie fest in seinen Armen, als wollte er sie beschützen, was tatsächlich auch so war. Der starke Mann und die schwache Frau – ein Klischee, das nicht in jeder Situation stimmte. Nora war verdammt stark. Auch jetzt. Und er fühlte sich schwach, weil er kaum in der Lage war, seine Aufgabe anständig zu beenden. Vor allem aber war er nicht mehr allein und nichts war ihm wichtiger, als dass Nora nichts passierte und sie zusammen glücklich sein konnten. «Ich liebe dich», flüsterte er ihr zu.

«Ich dich auch.»

Es dauerte nur ein paar Minuten, bis sie zum Höhepunkt kam, leise, ohne sich groß zu bewegen. Er tat es ihr gleich. Er merkte, wie er sich entspannte. Er zog sich aus ihr zurück und umklammerte sie fest. Dann, endlich, schlief auch er ein.

***

Der Wecker war unbarmherzig. Er klingelte nur zwei Stunden später und holte ihn aus dem Tiefschlaf. Auch Nora erwachte sofort. «Ich muss los», flüsterte er. «Wenn ich in einer Stunde nicht zurück bin, dann darfst du gerne nach mir suchen», meinte er scherzhaft. Er streifte das Kondom, das ihn an die Begegnung vor zwei Stunden erinnerte, ab und zog eine Boxershorts an. Darüber die schwarze Hose, ein schwarzes Shirt und den schwarzen Kapuzenpulli. Er schlüpfte in die ebenfalls schwarzen Turnschuhe. Die Spraydose verbarg er im Pulli, in den er eine Tasche eingenäht hatte. Eine Taschenlampe steckte er sich in die hintere Hosentasche. Zum Schluss küsste er Nora, die noch immer nackt im Bett lag.

Am liebsten wäre er wieder zu ihr unter das Laken gekrochen. Aber er musste sich jetzt konzentrieren.

Er trat aus dem Zimmer und verließ über die Treppe das Hotel. Ausnahmsweise musste er den Schlüssel nicht deponieren. Er konnte danach einfach an die Zimmertür klopfen. Er hatte sich den Weg zum Manneken Pis genau gemerkt und war in wenigen Minuten dort. Er hatte nicht einen einzigen Menschen gesehen.

Die Straßenlaternen brannten, aber in einigen Gassen Brüssels war es finster, also brauchte er die Taschenlampe, um den Weg auszuleuchten. Etwa hundert Meter vor dem Wahrzeichen blickte er sich um und setzte sich die Maske auf. Er wagte es nicht, mit der Maske durch die Stadt zu laufen – er wollte niemandem Angst einjagen oder aus Versehen als Einbrecher verhaftet werden. Dann zog er sich die Handschuhe an. Das Spray wollte er nicht verlieren, doch sollte es dazu kommen, dass er Handy oder Taschenlampe zurücklassen musste, wollte er zumindest keine Fingerabdrücke darauf hinterlassen. Er hatte das Handy, das Stativ und die Lampe gereinigt, bevor er ging – ebenfalls mit den Handschuhen. Wie immer hatte er keinen Ausweis dabei, auch kein Geld oder sonst etwas, was ihm hätte zum Verhängnis werden können. Er platzierte die Kamera auf dem Stativ am anderen Ende des kleinen Platzes, auf dem sich der Brunnen befand. Er kontrollierte, dass die Kamera wirklich auf den Manneken Pis ausgerichtet war, und drückte auf Play. Dann holte er das Spray heraus und begann sein Bild zu gestalten. Er sprayte zwei Thermometer auf die Wände links und rechts vom pinkelnden Männchen, darüber je eine kunstvoll gestaltete Schneeflocke und eine brennende Sonne. Das Symbol sollte auf die starken Temperaturschwankungen hinweisen, die der Klimawandel mit sich brachte. Nach rund einer halben Stunde war er fertig. Er sprang vom Brunnen hinunter, verstaute sein

Spray in der Innentasche des Pullis, ging auf die andere Seite des Platzes, montierte die Kamera ab und steckte diese ebenfalls in die Tasche.

«Stehen bleiben, Polizei!», erklang plötzlich eine Stimme auf Französisch. Sie kam von links. Er konnte niemanden erkennen, auch kein Auto. Dann, plötzlich, leuchtete das Licht einer Taschenlampe auf. Ohne groß zu überlegen, sprintete er los. Er warf die Lampe in eine dunkle Gasse hinein, es klirrte laut. Doch mit der Lampe hätten die Beamten ihn leichter entdeckt. Zudem konnte er ohne den Ballast schneller laufen. Er rannte im Zickzack durch die engen Gassen der Brüsseler Altstadt. Als er sich umdrehte, konnte er niemanden erkennen. Auch das Licht war weg. Er nahm die Maske ab und stopfte sie in die Tasche, dann zog er den Pulli aus und band ihn sich um die Hüfte. Dann lief er weiter. Leider hatte er keine Ahnung mehr, wo er war, und auch das Hotel war außer Reichweite. Verdammt, dachte er, Nora scheuchte bestimmt schon alle auf, um ihn zu finden. Die Stunde war längst vorbei. Wo auch immer die Polizisten waren – er schien sie abgehängt zu haben. Er konnte nur hoffen, dass sie nicht alle verfügbaren Kollegen mobilisierten. Dummerweise hatte das Handy, mit dem er gefilmt hatte, keinen Internetzugang. Und so musste er den Weg zurück richtiggehend suchen.

Endlich stieß er auf eine größere Straße, die von Autos befahren war. Dort winkte er einem Taxi. Er würde zum Hotel fahren und dort das Geld holen, um den Fahrer zu bezahlen. Zum Glück ließ dieser sich auf den Deal ein.

Sofort nach der Ankunft sprintete er ins Hotel und hoch ins Zimmer. Nora war wach und tigerte nervös auf und ab. «Mein Gott, was ist passiert? Wo warst du? Ich habe mir die ganze Zeit Gedanken gemacht, wie ich dich suchen könnte. Ich kann ja schlecht die Polizei informieren.»

«Bin gleich zurück», erwiderte er, drückte ihr einen Kuss auf den Mund, griff nach seinem Portemonnaie und stürmte aus dem Zimmer. «Polizei ist schon informiert», rief er noch über die Schulter hinweg.

64

Die Polizei war informiert? Was zum Teufel war da los? Und wo war Andy jetzt schon wieder hin?

Nach weniger als vier Minuten betrat er erneut das Zimmer, legte sich diesmal auf das Bett – und begann zu ihrem Erstaunen laut zu lachen.

«Bist du übergeschnappt?»

«Die Polizei hat mich erwischt. Zum Glück erst, als ich schon fertig war. Ich musste durch halb Brüssel rennen.»

Nora hielt sich die Hand vor den Mund. «Das war ein Zufall, oder? Ein dummer Zufall.»

«Klar. Aber sie haben PAXX gesehen. Sie werden das Bild sehen und eins und eins zusammenzählen.»

«Sie haben eine schwarze Gestalt mit Maske gesehen.»

«Meine Größe müssten sie ungefähr abschätzen können. Mensch, Nora. Ich habe noch nie so eine Aktion gewagt. So viele Bilder in so kurzer Zeit. Ich mache mich angreifbar. Es geht auch langsam an die Substanz. Jetzt noch London, der gefährlichste Teil. Ich hoffe einfach, dass alles gut ausgehen wird.»

***

Sie schliefen aus am nächsten Morgen. Und als sie aufwachten, checkte Nora als Erstes die Onlinemedien. Das Graffiti war längst entdeckt worden.

«PAXX von Polizisten überrascht», titelte eine lokale Onlinezeitung. Die Polizeibeamten brüsteten sich mit ihrem Beinahe-Fang:

Das Graffiti war bereits fertig und PAXX wollte verschwinden, als zwei Beamte der Brüsseler Polizei die schwarz maskierte Gestalt sahen und sie zum Stillstehen aufforderten. Der hochgewachsene und sportliche Künstler habe in der Dunkelheit mit den schwarzen Kleidern untertauchen können. Es handele sich gemäß den Beamten aber definitiv um einen Mann – und dieser sei allein gewesen.

Und dann folgte eine Beschreibung des Bildes und der übliche Hinweis, dass dieses in ein paar Tagen wieder verschwunden sein würde:

Dass sich PAXX an solch bekannte Sehenswürdigkeiten und Wahrzeichen wagt, ist ungewöhnlich. Die Farbe ist in den anderen europäischen Städten spurlos verschwunden, Experten konnten keinerlei Rückstände finden.

Nora las Andy den Text vor: «PAXX ist gemäß Aussage der Polizisten etwa eins neunzig groß.»

«Kommt genau hin. Die haben gelernt, das einzuschätzen», meinte Andy. «Ich brauche wirklich eine Pause. Es kommen immer mehr Details heraus. Bisher war noch nicht mal klar, ob ich ein Mann oder eine Frau bin.»

«Denkst du, du bekommst die Sache in London hin?»

«Ich muss, sonst war alles umsonst. In London wird erst klar, was das alles sollte. Im Grunde genommen führen die vergangenen Aktionen allesamt auf diesen einen Moment hin. Aber danach lasse ich Spraydosen Spraydosen sein und verbringe meine Zeit mit dir. Zumindest bis das Semester wieder beginnt.»

«Was machen wir eigentlich, wenn wir beide wieder arbeiten müssen?»

«Nora, wir werden einen Weg finden. Zürich und London sind nicht so weit auseinander.»

«Mit dem Zug schon. Und du willst ja jetzt nicht zum Klimasünder werden und anfangen zu fliegen?»

«Für dich würde ich alles tun. Aber ich mag da jetzt gar nicht drüber nachdenken. Wir haben noch ein paar Stunden, dann geht der Zug nach London. Ich möchte sie noch nutzen.»

«Ah ja, und wie?»

«Ich kann doch nichts dafür, dass du so sexy bist», meinte er lachend, griff mit der Hand an ihren Hals, zog sie zu sich heran und begann sie leidenschaftlich zu küssen.

65

Mit der Direktverbindung von Brüssel nach London waren sie in zwei Stunden in der britischen Hauptstadt. Nora telefonierte im Zug lange mit Ennia. Sie berichtete, dass Andy tatsächlich PAXX war, dass sie das jedoch für sich behalten solle, was Ennia hoch und heilig versprach, und dass sie auf dem Weg waren nach London, wo Andys letzte Aktion stattfinden würde. Ennia erzählte von den Tagen mit Rémy, die sie genoss und durch die sie sich immer mehr in ihn verliebte. Rémy hatte Pläne, nach Zürich zu ziehen. Als Anwalt hatte er durchaus Chancen, dort einen Job zu finden. Er mochte die Schweiz und ihm war es egal, wo er lebte. Allerdings würden sie noch den Rest ihres Urlaubs in Paris bleiben und schauen, wie sich alles entwickelte.

Zum ersten Mal gingen sie nicht in ein Hotel, sondern direkt in Andys kleine Wohnung im Stadtteil Greenwich. Es waren nur zwei Zimmer, aber Nora fühlte sich sofort wohl. Andys Stil war ähnlich wie ihr eigener. Ein hellgrauer Teppich bedeckte fast den ganzen Wohnzimmerboden. Darunter befand sich braunes Fischgrätparkett. Ein kleines, graues Ecksofa stand auf dem Teppich, daneben gab es einen Sessel aus schwarzem Leder mit Beinen und Lehne aus Holz. Vor dem Sofa stand ein kleiner, runder Holztisch. Eine Stehleuchte aus schwarzem Aluminium bog sich über den halben Raum. In einer Ecke stand ein kleiner Esstisch mit lediglich zwei Stühlen. Das Highlight war der Balkon, der mit Holzpanelen belegt war und einen tollen Ausblick über den angrenzenden Park bot. Andy hatte ihn recht spartanisch eingerichtet – es gab nur eine Tischgarnitur aus Metall in dunklem Grün sowie ein paar Pflanzentöpfe. Die Pflanzen machten keinen sehr guten Eindruck – kein Wunder bei der brütenden Hitze und der Abwesenheit des Besitzers.

Andy forderte Nora auf, ihr Gepäck abzulegen, und bot ihr etwas zu trinken an. Auch in London – es war Ende August – brütete die Hitze. «Komm, wir setzen uns auf den Balkon. Nicht, dass es dort kühler wäre, aber irgendwie finde ich es schade, bei dem Wetter drinnen zu sein.» Andy holte eine schwarze Gießkanne aus Metall aus der Küche und begann, die Pflanzen in den Töpfen zu bewässern. Es war ein bisschen, als würde man die Sahara bewässern wollen. «Und nun?», wollte Nora wissen.

«Das ist sehr speziell für mich. Ich zeige meiner Freundin, wo ich wohne. Das kam lange nicht vor.»

«Bin ich denn deine Freundin?»

«Das hoffe ich doch», meinte er lächelnd. «Oder?»

«Erzähl mir doch mal etwas über meine Vorgängerinnen.»

Er grinste verlegen. «Ich habe wirklich keine Beziehung gesucht, weißt du. Vor allem wegen der PAXX-Sache. Aber zuvor hat auch lange keine Frau mehr mein Herz berührt. Klar, ich war auch schon mal länger mit einer Frau zusammen – damals, im Studium und noch vor PAXX. Aber seither hat es mich einfach nicht mehr gepackt. Und bei dir?»

«Ich hatte eine längere Beziehung, etwa vor fünf Jahren. Und seither gestaltete sich die Liebe immer einseitig.»

Andy lachte. «Ja, das kommt mir bekannt vor. Einseitig bei dir oder bei ihm?»

«Abwechselnd, würde ich sagen.»

«Natürlich hatte ich ein paar Affären. Ich war ja nicht im Zölibat», gab er zu. «Mein Gott, aber das ist alles nicht wichtig. Ich habe sicher seit fast zehn Jahren keiner Frau mehr gesagt, dass ich sie liebe. Und ich war mir noch bei keiner so schnell sicher, dass ich das überhaupt tue. Du haust mich um.»

«Und du mich», gab sie lächelnd zurück. Sie rückte mit dem Stuhl etwas näher an ihn heran, um sich an seine Schulter zu lehnen. «Was machen wir nun mit deiner Aktion?»

Er seufzte. «Ja, da müssen wir noch durch. Ich werde zwei Graffitis übereinandersprayen, relativ große. Dann werde ich live gehen und das eine Bild löst sich auf, sodass das andere zum Vorschein kommt. Und dann muss ich wahrscheinlich rennen, weil einige Leute hinter mir her sein werden. Es wird aber kein bekanntes Gebäude sein – ich muss relativ früh am Abend beginnen und brauche Zeit. Deshalb wähle ich eine eher abgelegene Mauer. Eingefleischte Londoner werden trotzdem wissen, wo sie ist.»

«Und wie machst du den Livestream bekannt?»

«Gar nicht. Wenn ich auf Instagram live gehe, wird das den Followern automatisch angezeigt. Da ich das sehr selten tue, ist die Neugier in der Regel groß und die Leute schauen zu. Letztes Mal hatte ich über vier Millionen Views.»

«Wow! Und dann gehen wir einfach wieder hier in die Wohnung?»

«*Wir* gehen nirgendwo hin. *Ich* gehe ... Aber nicht nach Hause, ich will nicht, dass man mich hierhin verfolgen kann.»

«Ich werde dabei sein. Und dann springen wir in den Zug und fahren irgendwohin, wo es schön ist. Kein PAXX, keine Presse, keine komischen Kunstexperten, keine Follower. Nur wir beide.»

«Klingt gut. Aber ich will dich dieser Gefahr trotzdem nicht aussetzen.»

«Ich möchte dir helfen. Ich kann filmen. Oder dich warnen. Wann?»

«In drei Tagen. Am Abend, so gegen dreiundzwanzig Uhr geht es los.»

«Und bis dahin?»

«Bereite ich mich vor. Es gibt noch einiges zu tun. Ich möchte dir aber auch gerne die Stadt zeigen. London steht ja auch auf deiner Liste, oder? Und natürlich haben wir jede Menge Sex.» Er lachte.

66

Andy ließ auf seine Versprechen Taten folgen. Am nächsten Tag machten sie sich auf, die Stadt zu entdecken. Sie hatten London gewählt, weil Ennia noch nie hier gewesen war. Nora hatte mal einen Abstecher hierhin gemacht, als sie in Manchester eine Freundin besucht hatte, aber der war viel zu kurz ausgefallen, um die Stadt komplett erfassen zu können. Sie wusste aber bereits, dass sie London liebte.

London war Leben, war Action. London war von allem sehr viel. Überall und jederzeit gab es etwas zu entdecken. Sie wusste nicht, ob sie hier leben könnte – sie mochte das ruhige, besonnene Zürich sehr gerne. Aber kulturell und historisch hatte London viel mehr zu bieten.

Andy holte zwei Fahrräder aus dem Keller. Sein Alltagsrad, das er jeden Tag brauchte, und noch ein zweites, ein Rennrad, mit dem er gerne trainierte. Beide Räder waren eigentlich viel zu groß für Nora, doch sie schraubten den Lenker und den Sattel ganz nach unten und so ging es. Andy fuhr auf dem Rennrad, was zur Folge hatte, dass er noch ein zweites Paar Schuhe in einem Rucksack mitnehmen musste – denn mit den Schuhen für die Klickpedalen konnte er schlecht zu Fuß die Sehenswürdigkeiten erkunden. Sie klapperten die Klassiker ab – die Westminster Abbey, den Tower und die Tower Bridge, die St. Paul's Cathedral, das Parlament, das London Eye. Hier spendierte Andy Nora eine Fahrt, sodass sie ein paar tolle Fotos von Londons Skyline schießen konnte – inklusive der Themse. Dann besuchten sie den Buckingham Palace und den Hyde Park.

Am nächsten Tag, einem Samstag, fuhren sie mit den Rädern nach Notting Hill, wo sie den berühmten Portobello Market, einen Flohmarkt, besuchten und sich durch die zahlreichen feilgebotenen Kunstwerke stöberten. Nora hätte am liebsten einige Bilder eingepackt – sie hatte aber nur den großen Rucksack dabei und reiste weiterhin mit dem Zug, das wäre etwas sperrig geworden.

«Ich kann schon verstehen, warum Julia Roberts sich in Notting Hill verliebt hat», meinte sie, während sie auf einer Parkbank fläzten und an einem Eis schleckten.

«Und trotzdem willst du wieder weg?»

«Warum lässt du das Finale in deiner Heimatstadt steigen?»

«Ich glaube, weil ich mich hier am besten auskenne … Wenn etwas schiefgeht, könnte es hilfreich sein.»

«Es wird ja sowieso vermutet, dass PAXX Brite ist.»

«Ach, da habe ich schon einige Theorien gelesen. Er war auch schon Schweizer. Oder ein Kollektiv.»

«Wo planst du die Aktion überhaupt?»

«In der Nähe des Bahnhofs Kensington. Auf der gegenüberliegenden Seite ist das Parkhaus des Olympiastadions, das eignet sich ganz gut als Malunterlage. Wenn ich es in der Nähe eines Bahnhofs mache, kann ich in einem Zug wegfahren. Ich möchte nicht, dass mich jemand hierher verfolgen kann. Da ich die Aktion live streamen werde, werden Leute dort auftauchen. Das ist ein großes Risiko.»

«Ich möchte dir noch immer helfen. Und dann mit dir wegfahren.»

«Das ist viel zu gefährlich.»

«Du kommst aus der Nummer nicht mehr raus, mein Lieber.»

«Ich weiß», seufzte er. «Und ich will da auch gar nicht raus. Im Moment möchte ich einfach mit dir glücklich sein. PAXX für eine lange Weile in der Versenkung verschwinden lassen. Aber ich muss das noch beenden.»

«Ich würde dich nie davon abhalten. Ich wäre nur gerne dabei. Natürlich helfe ich nicht zu sprayen, das kann ich gar nicht. Aber ich kann Schmiere stehen und dich warnen. Und dann mit dir in den Zug springen. Ich möchte dir nicht wieder irgendwo zufällig begegnen müssen oder dich stundenlang suchen.»

«Wir werden zusammen sein. Das ist mein Wunsch. Ich weiß, ich bin der Letzte, der sagen sollte: Vertrau mir. Das Vertrauen muss ich mir erst wieder verdienen.»

«Ich verstehe es, jetzt, wo ich weiß, wer du bist.»

«Vielleicht könntest du einfach im Bahnhof auf mich warten und schauen, dass das mit dem Zug klappt. Ich denke, die Leute, die checken, wo ich bin, werden auch teils mit dem Zug anreisen.» Er überlegte angestrengt. «Hör zu, es gibt etwas, wobei du mir tatsächlich helfen kannst. Jemand muss die Kamera bedienen und die Videos in den Livestream einspeisen. Würdest du dir das zutrauen?»

«Ich hatte Filmen und Videoschnitt in meinem Studium und ich liebe es.»

Andy lachte herzlich. «Scheint, als wärst du die ideale Komplizin.»

«Na ja, regelmäßig will ich das nicht machen. Wer macht das denn sonst?»

«Ich. Normalerweise stelle ich einfach eine Handykamera auf ein Stativ. Fertig. Aber bei dieser Aktion müsste man noch die vorbereiteten Videos einspeisen.»

«Ich mach's.»

Andy nickte. «Aber zuerst üben wir. Jeden Handgriff, jeden Fluchtweg. Alles muss genau sitzen.»

«Einverstanden. Ich werde keine Alleingänge unternehmen, versprochen.»

67

Er hatte seinen Arm um sie gelegt, ihr Kopf ruhte an seiner Schulter und ihre Finger waren ineinander verschränkt. Tatsächlich ein bisschen wie im Film, dachte er, während er auf der braunen Bank saß, mitten in einem Park in Notting Hill. Nirgendwo hätte er aktuell lieber sein wollen. Es war für ihn noch immer schwer nachvollziehbar, dass er sich so schnell so intensiv hatte verlieben können. Im Moment wünschte er sich nichts mehr als ein normales Leben mit Nora. Reisen, leckeres Essen, Reden, Reden, Reden, Sex, lange Spaziergänge.

Er hatte sich seine Rolle als PAXX selbst ausgesucht. Er war ein talentierter Maler, ohne Zweifel. Normalerweise malte Andy eher abstrakte Kunst. Er war kein sonderlich guter Sprayer, da gab es wesentlich bessere, das wusste er selbst. Dass er an einer solch renommierten Kunstschule unterrichtete, sprach jedoch für sein Talent. Er war erst zweiunddreißig Jahre alt. Sein Professor hatte ihn stets gefördert und ihn dann unter seine Fittiche genommen. Wenn dieser Professor wüsste, dass er PAXX war, dann wäre es mit seiner akademischen Karriere wohl vorbei. Und mit seiner Sprayerkarriere ebenso. Nur schon deshalb durfte dieses Geheimnis auf keinen Fall gelüftet werden. Würde seine Identität preisgegeben, würde er alles verlieren. Als Andy und als PAXX.

PAXX hatte sich irgendwann verselbstständigt. Andy hatte früher gerne mit seinen Kumpels an Bahnhöfen gesprayt. Harmlose Jungsstreiche. Durch seinen Vater, der Politiker war, war er auch mit den gesellschaftskritischen Themen in Berührung gekommen – doch Vater und Sohn hatten selten auf derselben Seite gestanden, was oft zu Spannungen und Streit geführt hatte. Sein Vater hatte ihm auch die finanzielle Unterstützung gestrichen, als er ihm offenbart hatte, dass er

Kunst studieren werde – und nicht, wie von seinem alten Herrn gewünscht, Jura, um dann eine Politikerkarriere anzustreben. Seine Mutter dagegen war immer dafür gewesen, sein Talent zu fördern.

Andy hatte sich mit den Themen, über die sein Vater sprach, intensiv informiert und war zum Schluss gekommen, dass er vieles davon anders sah. Und so hatte er angefangen, heimlich Graffitis zu sprayen, die die medialen Themen, die Probleme der Welt, mit einfachen Motiven auf den Punkt brachten. Irgendwann hatte ein lokales Blatt darüber berichtet, und so hatte die Sache ihren Lauf genommen. Ihm war bewusst, dass er als PAXX die gewichtigere Stimme hatte als sein Vater in der lokalen Politik. Das war auch seine persönliche Genugtuung. Trotzdem wünschte er sich in diesem Augenblick, es gäbe keinen PAXX, keinen Klimawandel, keine sich auflösende Sprayfarbe. Keine schwierige Aufgabe, die ihm bevorstand und die er mit Schmetterlingen in seinem Bauch noch schwerer bewältigen konnte.

Nur noch einmal. Er war PAXX. Er konnte ihn zum Leben erwecken oder schlafen lassen, wann immer er wollte. Er konnte alles mit Nora machen, wonach er sich sehnte. Nur noch ein einziges Mal.

Er blickte sie zärtlich an und streichelte ihre Haare. Sie saßen schweigend auf der Bank, jeder gefangen in seinen Gedanken.

«Was denkst du?», fragte sie ihn.

«Dass du wunderschön bist. Und dass ich dich liebe. Und dass ich nicht mehr PAXX sein will.»

«So ein Quatsch.»

«Was?»

«Alles davon. Außer der Teil, in dem du sagst, dass du mich liebst, den finde ich gut. Aber PAXX zieht das jetzt durch. Und dann bekommt er eine Pause.»

«Ja, ich möchte einfach verliebt sein und es genießen. Das ist wirklich das erste Mal in meinem Leben, dass ich so was fühle.»

Sie schaute ihn mit ihren großen, dunkelbraunen Augen an, die Sonne spiegelte sich in ihren Pupillen. «Gehen wir zu dir?»

68

Sie blieben tatsächlich den ganzen restlichen Tag und den ganzen nächsten Tag im Bett und verließen es nur, wenn sie hungrig oder durstig waren. Eng umschlungen lagen sie zwischen den zerknüllten Laken, nackt, wie Gott sie geschaffen hatte, und redeten, lachten, lernten sich immer besser kennen. Und wann immer ihnen danach war, wurden sie eins. Das kam ziemlich oft vor an diesem Tag. Es ging nicht immer bis zum Höhepunkt, es ging auch nicht darum, dies und das auszuprobieren oder sich etwas zu beweisen. Es ging einfach nur um Nähe und Intimität.

Nora hatte so einen Tag noch nie erlebt – sie hatte nur oft davon geträumt. Dass die Zeit stillstand und sie sich auf nichts weiter konzentrieren musste als auf ihren Körper und den ihres Partners. Alles geben, alles nehmen.

Gegen Mittag vibrierte Noras Handy. Ennia. «Geh ran», forderte Andy sie auf. Er erhob sich, schlüpfte in seine Boxershorts und ging aus dem Zimmer. «Ich gehe kurz auf den Balkon.»

«Ennia. Wie schön, dich zu hören.»

«Wo bist du?»

«Bei Andy zu Hause in London.»

«Geht es dir gut?»

«Es ging mir nie besser», meinte Nora grinsend und betrachtete ihren nackten Körper im Bett. Sie zog das Bettlaken über sich. Irgendwie fühlte es sich komisch an, nackt zu telefonieren. «Und dir? Bist du noch in Paris?»

«Ja. Zwei Wochen habe ich noch frei und die werde ich auch noch hierbleiben. Wobei: Vielleicht fahren Rémy und ich für ein paar Tage ans Meer – noch einmal nach Biarritz.»

«Und dann? Wollt ihr zusammenbleiben?»

«Auf jeden Fall. Zürich und Paris sind nicht weit voneinander entfernt. Mit dem Zug bin ich in vier Stunden da. Oder er bei mir. Und wenn es gut läuft, zieht er vielleicht sogar in die Schweiz. Er kann es sich zumindest vorstellen.»

«Wow, das klingt toll. Ich freue mich so für euch.»

«Ja, wer hätte das gedacht. Ich habe gar nie bemerkt, was mir in der Beziehung mit Daniel gefehlt hat. Ich merke es erst jetzt, wo ich es habe. Aufmerksamkeit, Behutsamkeit, jemand, der sich wirklich für mich interessiert. Das ist einfach so schön.»

«Weißt du, Schwesterherz, das und nichts anderes hast du verdient. Diese Reise hat unsere Leben ganz schön durcheinandergewirbelt, was?»

«Ich bin froh, dass du mich überredet hast. Aber erzähl – was ist mit Andy? Wie geht es weiter?»

«Keine Ahnung. Er muss noch diese Aktion zu Ende bringen. Und dann wird PAXX eine Weile verschwinden. Wir möchten auch gerne zusammenbleiben. Ich liebe ihn. Er öffnet sich immer mehr, erzählt von seiner Kindheit, seinem angespannten Verhältnis zu seinem Vater, wie aus ihm PAXX geworden ist. Er ist ein sehr interessanter Mensch und so talentiert. Manchmal frage ich mich, was er überhaupt von mir will.»

«Nora, weil du ebenso talentiert bist. Und dazu noch ein schöner Mensch – von innen und von außen. Ich glaube, es gäbe einfachere Männer als Andy. Aber genau das macht ihn wohl so interessant.»

«Kann sein. Ich glaube, er sehnt sich aber auch nach Normalität. Wobei ... So ganz normal wird es bei ihm wohl nie sein.»

«Wann findet denn die finale Aktion statt? Und wird das gefährlich?»

«In ein paar Tagen, denke ich. Er hat sie meinetwegen noch ein paar Tage nach hinten verschoben. Gefährlich im klassischen Sinne wird es nicht. Es kann aber sein, dass er verhaftet oder enttarnt wird. Das ist das Risiko.»

«Und für dich?»

«Wenn er verhaftet wird, dann ich wohl auch. Aber ich werde nicht lange festsitzen, denke ich. Ich habe mir ja nichts zuschulden kommen lassen. Aber es wird nicht so weit kommen. Andy hat alles genau geplant.»

«Warum hält er dich da nicht raus?»

«Das wollte er. Aber ich möchte ihm helfen. Es ist mein Wunsch.»

«Du bist total verrückt», sagte Ennia nun mit deutlich lauterer Stimme.

«Keine Sorge, es wird alles klappen. Und danach werden wir eine Weile untertauchen.»

«Was habt ihr vor?»

«Ich weiß es noch nicht. Aber ich verspreche dir, dass ich mich gleich danach bei dir melde.»

«Mensch, Nora, ich setze mich gleich in den Zug nach London.»

«Das brauchst du nicht, wirklich. Gib mir drei Tage Zeit, dann ist alles vorbei und ich rufe dich an.»

«Pass auf dich auf, Nora. Wirklich. Pass auf.»

«Das werde ich. Und das bleibt eine Ausnahme. Andy wird PAXX danach für lange Zeit verschwinden lassen.»

«Bis bald, Nora. Ich habe dich lieb.»

«Und ich dich erst.»

***

Sie hüllte sich in die dünne Decke und ging auf den Balkon, wo Andy Brötchen, Butter, Konfitüre und Saft auf das grüne Metalltischchen gestellt hatte. Ihr Magen knurrte. Und natürlich hatte sie auch ein flaues Gefühl in ebendiesem. Ennia hatte ihr ganz schön ins Gewissen geredet.

«Hast du doch noch Muffensausen bekommen?» Es schien, als könnte Andy ihre Gedanken lesen.

«Ein bisschen.»

«Du kannst auch einfach im Bahnhof auf mich warten.»

«Nein, ich möchte das durchziehen. Ganz sicher.» Sie atmete tief ein und setzte sich samt Decke auf einen der kleinen Stühle. Es war ein ziemliches Durcheinander mit der Decke, sie zog und zupfte daran. Andy lachte. Er zog sie Nora vom Körper, sodass sie nun splitterfasernackt auf dem Balkon stand. Andy breitete die Decke auf dem Boden aus und fing an, das Frühstück darauf zu verteilen. «Komm», bat er sie, schlüpfte aus seiner Boxershorts und setzte sich auf die Decke. «Es sieht uns hier keiner.»

Sie blickte sich um. Andy hatte wahrscheinlich recht. Die Häuser an der einen Seite des Balkons lagen tiefer. Und auf der anderen Seite grenzte ein Park an Andys Wohnhaus. Wenn jemand hochblickte, war durch das Geländer dennoch alles zu sehen. Andererseits konnte es ihr auch herzlich egal sein – sie wohnte ja nicht hier.

Andy biss in ein Brötchen, das er mit Butter und Konfitüre bestrichen hatte. «Das ist nicht sehr britisch», meinte Nora.

Er lachte wieder. «Ich habe durchaus auf meinen Reisen bemerkt, dass das Frühstück im Ausland leckerer ist als hier.»

Nora entspannte sich. Es war heiß, die Sonne schien auf ihren nackten Körper. Sie trank ein Glas kühlen Saft und biss ihrerseits in ein knuspriges Brötchen. Es war verrückt, wie schnell die Spannung wieder stieg, wie sie sich berühren wollten, wie selbst die geringe Distanz durch das Frühstück zwischen ihnen zu viel war. Andy schob die Sachen vor die Decke und zog Nora wieder in seine Arme. «Es geht mir besser, wenn ich dich berühre», sagte er zärtlich. Er streichelte ihren Hals, ihre Schulter, ihren Rücken, den Po und sie spürte, dass er viel mehr wollte, als sie einfach nur zu berühren. Und so liebten sie sich auf der Decke auf dem Balkon, und Nora war es ganz egal, sollte der Nachbar doch mit dem Fernglas am Fenster stehen.

69

Nun war es also so weit. Sie hatten alles punktgenau abgesprochen und mehrfach geübt – es wurde ernst. Das große Finale von PAXX' Klimaaktion in Europa hatte begonnen.

Nora brauchte nichts weiter zu tun, als dafür zu sorgen, dass die richtigen Videos über den Livestream gezeigt wurden. Doch zuerst musste Andy alles vorbereiten – und er musste sich beeilen. Erst gegen elf Uhr abends war es dunkel genug, damit er arbeiten konnte, ohne gesehen zu werden. Und vor Mitternacht mussten sie fertig sein – denn sonst gab es nicht mehr genügend Menschen auf den Straßen, um unterzutauchen.

Andy hatte sich eine Wand auf der Rückseite des Parkhauses beim Olympiastadion in Kensington ausgesucht. Er wollte ihnen eine rasche Flucht ermöglichen und im Bahnhof Kensington konnten sie ganz einfach in den nächsten Zug springen. Sofern sie ungesehen dort hineingelangten.

Diesmal verwendete er normale Sprühfarbe, die nicht wieder verschwand. Zuerst platzierte er einen neuen Schriftzug in der Mitte – die Message der Aktion. Nora lächelte. Sie war schlichtweg genial. Rasch und sicher sprayte er dann die acht Bilder, die er bereits in Berlin, Wien, Warschau, Athen, Rom, Madrid, Paris und Brüssel gesprayt hatte, auf die Wand – so angeordnet, dass sie ein großes Quadrat um den Schriftzug herum ergaben.

Sie hatten Fotos und Videos aus dem Internet zusammengesucht, die Medien und Schaulustige auf ihren Social-Media-Kanälen teilten, und auch Andys Clips wurden verwendet, die er während des Sprayens und an darauffolgenden Tagen in den Städten gedreht hatte. Die Bewegtbilder zeigten, wie Menschen vor Ort Fotos machten von den Graffitis oder sie sogar zu retten versuchten. Es gab eine absurde Szene, in der Kunstexperten versuchten, Teile einer Mauer herauszubrechen. Dieses Unterfangen war jedoch nicht von Erfolg gekrönt gewesen. Nora und Andy hatten auch Überschriften aus Zeitungsartikeln in das Video integriert:

PAXX' Werke verschwunden
Künstler zerstört eigene Graffitis
Kunstexperten versuchen, wertvolles PAXX-Graffiti zu retten

Das Video war bereit. Doch war Nora es auch? Ihr war bewusst, welches Risiko Andy eingegangen war, als er sich bereit erklärt hatte, sie mitzunehmen. Er wollte mit dem Zug fliehen und nicht in seine Wohnung zurückkehren. Er hatte die Aktion nicht in der Nähe der Wohnung durchführen wollen – und der Fluchtweg musste kurz sein. Obwohl der Bahnhof gleich gegenüberlag – nur wenige Meter von der Wand entfernt –, war der Fluchtweg doch länger als gedacht. Sie mussten einen Umweg laufen, um auf der anderen Seite des Bahnhofs in diesen hineinzugelangen, sonst würden sie PAXX' Häschern direkt in die Arme laufen.

Nora sah, wie Andy nun das neunte, einzig neue Bild mittig über den Schriftzug sprayte. Dafür hatte er eine andere Farbe verwendet, wiederum eine besondere, die nicht verschwand, aber dafür einen anderen Effekt hatte. Das neunte Bild über der Schrift zeigte eine Erdkugel, die von zwei Händen gehalten wurde.

Er gab Nora ein Zeichen, was bedeutete, dass sie live gehen konnte. Sie wartete, bis sich ein paar Leute eingewählt hatten. Schon nach ein paar Sekunden waren es Hunderttausende.

Nora hatte sich in der Maclise Road positioniert, direkt neben einem dichten Gebüsch. So war sie – schwarz angezogen und noch dazu in der Dunkelheit – kaum zu erkennen.

Wie abgesprochen richtete sie die Kamera zuerst auf Andy, der mit dem Spray die neun Bilder präzisierte. Er hatte eine Lampe auf die Wand richten müssen, damit er überhaupt etwas sehen konnte. Bestimmt waren die ersten Schnüffelnasen nun schon unterwegs hierher, dachte Nora. Dann spielte sie das Video ein, das sie vorbereitet hatten und das die ganzen absurden Aktionen zeigte, in denen die Menschen versuchten, PAXX' Bilder zu erhalten. Es dauerte rund eine halbe Minute. Inzwischen hatten sie über zwei Millionen Zuschauer. Sie gab Andy ihrerseits ein Signal. Er hatte verstanden. Er nahm eine Sprühflasche und besprühte damit die Erde auf den beiden Händen in der Mitte. Nora hielt genau auf das Bild. Die Farbe begann zu zerlaufen und rann in dünnen Rinnsalen nach unten über die Graffitis. Der Schriftzug darunter wurde lesbar:

RETTET DIE ERDE, NICHT MEINE BILDER!

Dieser Satz prangte nun in großen Lettern in der Mitte der acht Graffitis.

Nora spielte noch einmal ein Video ein, das zeigte, wie Leute versuchten, PAXX' Bild aus einer Mauer zu brechen. Fast drei Millionen Zuschauer. Noch immer keine Spur von Leuten, die ihren Standort erkannt hatten. Doch hatte Nora von ihrem Standort aus lediglich einen guten Blick auf die Mauer, nicht auf das ganze Gelände. «Da ist er», hörte sie schließlich eine Stimme in der Dunkelheit. Jetzt war es also so weit. Doch das war okay, die Message war verbreitet, die Weltkugel zerlaufen, der Schriftzug klar zu lesen. Es hatte alles geklappt. Jetzt mussten sie nur noch rechtzeitig verschwinden.

Nora ermahnte sich, ruhig zu bleiben. Sie stellte die Handykamera, die bereits auf einem kleinen Stativ festgeklemmt war, auf den Boden, sodass sie auf die Bildmitte mit dem Schriftzug gerichtet war. Der Livestream würde weiterlaufen und die Szene ohne Unterbrechung übertragen. Die Bilder würden sie jedoch nicht mehr verwenden können.

70

«Lauf!», brüllte Andy.

Sie war schon darauf vorbereitet gewesen. Nora sah einige Leute, die vom Bahnhof her um das Parkhaus gelaufen kamen. Einige kamen auch aus dem Parkhaus selbst. Es war ein absurdes Schauspiel. Erst erschienen fünfzehn bis zwanzig Leute, die offenbar alle miteinander angekommen waren, dann wurden es rasch immer mehr.

Nora und Andy hatten geahnt, dass es so weit kommen würde – und sie hatten alles vorbereitet. Nora musste sich nur auf ihre Aufgabe konzentrieren. Die Kamera stehen lassen, damit die Livebilder weiterhin übertragen wurden. Als Andy bei ihr ankam, rannte sie los. Sie mussten zunächst vom Bahnhof weglaufen, denn von dort aus kamen die Leute, die den Standort herausgefunden hatten. Daher sprinteten sie an der Rückwand des Parkhauses vorbei die Blythe Road hinunter. Nora wusste, dass zu ihrer Linken das Olympiastadion stand. Es war ihr in diesem Moment egal. Andy bog nach links ab und am Olympiastadion vorbei wieder in Richtung Bahnhof. Es war dunkel, sie waren beide schwarz angezogen und nicht zu sehen. Nora konnte jedoch hinter sich Menschen rufen hören. Sie hoffte, ihr würde die Puste nicht ausgehen. Um sicherzugehen, dass sie es rechtzeitig schaffen würden, waren sie die Strecke am Tag zuvor mehrfach abgelaufen. Nora wusste also, dass es machbar war, auch wenn Andy deutlich schneller als sie sprinten konnte und allein bessere Chancen hätte, zu entkommen. Umso mehr schätzte sie das Vertrauen, das er in sie steckte.

Irgendwo hörte sie eine Polizeisirene. «Die kesseln uns ein», rief Nora.

«Die wissen nicht, wo wir sind, vertrau mir. Lauf!»

Nora hatte keine Ahnung, wer alles hinter Andy her war – Fans, Kunstexperten, Polizisten ... Womöglich sogar diese Anouk Dubois. Auf jeden Fall hörte sie die Schritte und Schreie mehrerer Personen hinter sich. «Da vorne», brüllte jemand. Was würden sie mit ihnen anstellen, wenn sie sie erwischten? Wohl erst mal festnehmen. Sie hatten absichtlich keine Ausweise dabei.

Andy lief ein paar Schritte vor ihr – nur so schnell, dass sie mithalten konnte. Es würde nicht lange dauern. Sie durfte nicht stoppen und nicht zurückblicken. Einfach geradeaus weiter durch die Gassen. Andy bog erneut links ab – sie waren nun auf der anderen Seite der Bahngeleise in der Russel Road. Gleich hatten sie den Bahnhof erreicht. Andy führte sie zu dem Nebeneingang des Kensington Bahnhofs, der auf der gegenüberliegenden Seite des Haupteingangs lag. Er war hell beleuchtet. An einem Freitagabend, kurz nach Mitternacht, waren hier noch genügend Leute unterwegs. Nora sah, wie Andy sich umschaute. Sie selbst konnte keine Verfolger erkennen. Sie mussten jetzt untertauchen – und das hieß, sich unauffällig unter die Leute zu mischen. Hierfür rissen sie ihre Masken von den Gesichtern und zogen ihre schwarzen Pullis und die Handschuhe aus. Darunter trugen sie bunte Shirts, Andy eins mit blau-weißen Streifen, Nora ein grünes mit blauen Blumen. Zudem hatte sie noch eine kleine Umhängetasche dabei. Sie stopften die Handschuhe, die Masken und die Pullis in den Mülleimer vor dem Eingang. Die Spraydosen packten sie in Noras Umhängetasche. Dafür nahm sie zwei andere Dosen heraus und reichte eine davon Andy. Niemand wusste, wie sie aussahen. Sie mussten sich einfach unter die Menge mischen und abwarten.

Andy griff nach Noras Hand und zog sie in den Bahnhof hinein. Hand in Hand spazierten sie zu einer Bar, an der ein paar Leute Schlange standen. Vor der Bar waren ein paar

Stehtischchen platziert. An einem von ihnen stellten sie die zwei Dosen ab, die zuvor in Noras Täschchen gewesen waren. Zwei Dosen Bier – genau die Marke, die an der Bar verkauft wurde. Sie hatten sie am Tag zuvor besorgt. Alles sollte so wirken, als wären sie schon länger Teil der Szenerie. Nora war komplett nassgeschwitzt. Es war noch immer sehr schwül in der Nacht und sie hatten einen minutenlangen Sprint hingelegt.

Und tatsächlich: Es dauerte nur ein paar Sekunden und der Bahnhof wurde von einer aufgeregten Menge gestürmt. «Das sind längst nicht alle», raunte Andy Nora zu. «Da sind wohl einige schon nach Hause gegangen.»

«Kennst du die Leute?»

«Nein, nicht wirklich. Ich kann nicht mal sagen, ob diejenigen dabei sind, die mich für Ruhm und Geld enttarnen wollen.»

«Dahinten ist Anouk Dubois. Hat sie dich also tatsächlich in London aufgespürt …»

«Sie will wenigstens nicht meine Identität verraten.»

«Sie weiß auch nicht, wer du bist. Mit ihrem Verdacht liegt sie falsch.»

Andy kicherte. «Bisher waren alle Hypothesen falsch. Es ist noch keiner auf mich gekommen. Ich weiß nicht, wie viele Kunstkenner in und um London schon E-Mails bekommen haben diesbezüglich.»

Die Menge hatte sich zerstreut, die PAXX-Suchenden gingen nun einzeln durch den Bahnhof. Nora sah, wie teilweise auch Passanten angesprochen wurden. Dachten die wirklich, PAXX würde mit schwarzer Maske einen Bahnhof stürmen? Sie nippte unschuldig dreinblickend an ihrem Bier und hoffte, dass niemand sie ansprechen würde – sie würde bestimmt in einen hysterischen Lachanfall ausbrechen. Andy tippte auf seinem Handy. «Der Livestream läuft noch immer – und es schauen dreieinhalb Millionen Leute zu.»

Nora klickte sich ihrerseits durch die Onlinemedien. «Du hast schon eine gute Resonanz erhalten», meinte sie anerkennend. Viele wichtige nationale und internationale Onlinemedien nutzten PAXX' Aktion als Aufmacher.

«Deine Frau Dubois bekommt vor Freude wohl einen Orgasmus», meinte Andy und lachte erneut. Nora boxte ihn in die Taille. «Wir müssen das Ausmaß später genau anschauen. Ich hoffe einfach, dass es etwas bewirkt, dass mehr Leute umdenken – auch die Regierungen. Anouk Dubois' Engagement ist ja richtig. Es ist bloß nicht mein Ding.»

«Wir sollten langsam los», meinte Nora. Sie blickte sich im Bahnhof um. Die Suchenden hatten weitestgehend aufgegeben. Nora und Andy gingen zu den Spinden und holten ihren Rucksack und seine Reisetasche heraus. Die blaue. Die gelbe war zu Hause geblieben. Dann stiegen sie in den Zug ein, der als Nächstes losfuhr.

Im Zugwaggon gab es kaum Passagiere. Sie setzten sich in ein leeres Abteil und Nora kuschelte sich an Andys Schulter. Er legte seinen Arm um sie. Der Zug fing langsam an zu rollen. Sie hatten es tatsächlich geschafft.

Nora blickte aus dem Fenster ... Direkt in das lächelnde Gesicht von Anouk Dubois. Diese hielt einen Daumen hoch und fing dann an zu winken. «Schau», flüsterte Nora.

Andy schaute nun ebenfalls aus dem Fenster. «Sie hat es gecheckt», meinte er.

«Sie hat mich erkannt, dich nicht.»

«Aber sie hat gecheckt, dass du die Frau bist, die PAXX bei seiner Aktion gefilmt hat.»

«Ja, das bestimmt. Sie wird es aber niemandem erzählen. Sie weiß, dass du nur für ihre Sache einstehen kannst, wenn deine Identität geheim bleibt. Und der Klimaschutz ist ihr wichtiger als persönlicher Ruhm.»

«Ich hoffe, du hast recht. Sie kennt jetzt immerhin mein Gesicht.»

«Ich glaube, bei der ganzen Sache ist es erfreulich, dass nur sie dein Gesicht kennt. Und PAXX macht jetzt eh ein Sabbatical.»

«Da hast du wohl recht», meinte Andy und drückte Nora einen Kuss auf den Scheitel. «Mir war von Anfang an klar, dass die Sache hier in London brenzlig wird. Ich bin zufrieden – es ist besser ausgegangen, als ich gedacht hatte. Und ich bin einfach nur froh, dass es jetzt vorbei ist. Das war eine ziemliche Odyssee.» Er nahm ihr Gesicht in seine Hände und schaute sie zärtlich an. «Ich liebe dich. Danke, dass du das mit mir durchgezogen hast.»

«Ich liebe dich auch. Und wohin fahren wir nun?»

«Hm, welche Städte stehen denn noch auf deiner Liste? Mein Projekt ist ja beendet.»

«Nach London käme noch Dublin.»

«Gut, dann fahren wir jetzt zum Hafen, mieten uns dort ein Segelboot und segeln damit nach Dublin. Und danach um die ganze Welt. Was meinst du?»

«Das klingt nach einem guten Plan.»

71

PAXX-Graffiti auf Santorini entdeckt

Das erste Graffiti des noch immer unbekannten Streetart-Künstlers PAXX – seit seiner aufsehenerregenden Klimaaktion in London – ist auf der griechischen Insel Santorini entdeckt worden. Es handelt sich um ein ganz anderes Bild als bei den bisherigen. Das Graffiti, das auf eine Mauer am Hafen von Oia gesprayt worden war, zeigt zwei Menschen von hinten, die sich umarmen und über denen eine Sonne in Herzform schwebt. Kunstexperten rätseln, was der Künstler mit dem Graffiti aussagen will. Bisher hatte er mit seinen Kunstwerken immer gesellschaftskritische Themen aufgegriffen.

PAXX selbst hat sich auf seinem Instagram-Account dazu bekannt. Es ist das erste Bild von PAXX, seit er vor einigen Wochen in London fast demaskiert worden wäre, als er mit einer Liveaktion zum Thema Klimawandel Polizei und Kunstexperten auf den Plan rief und fliehen musste. Die Aktion mit der geschmolzenen Erde sowie der Aussage, man solle besser diese retten und nicht PAXX' Bilder, hatte weltweit ein riesiges Medienecho ausgelöst und Diskussionen losgetreten – vor allem auch in der Politik. Es hatte die Absurdität vor Augen geführt, wie weit Menschen zu gehen bereit sind, um die millionenschweren Bilder zu erhalten, während beim Thema Klimaschutz nur schwer Lösungen zu finden sind.

Jetzt also ein Liebespaar vor untergehender Sonne. Was dies bedeuten soll, ist und bleibt unklar. Die bekannte Klimaaktivistin Anouk Dubois twitterte ein Foto des Bildes mit dem Kommentar «Erhol dich gut, PAXX». Sie wollte den Tweet auf Anfrage aber nicht weiter kommentieren.

Epilog

Nadja und Daniel: Liebesaus nach wenigen Monaten

Die große Liebe zwischen Moderatorin Nadja und Musiker Daniel ist verflogen. Noch vor wenigen Monaten waren sich die beiden sicher, ihre Liebe halte für immer. Doch jetzt ist alles vorbei, Daniel ist bei Nadja ausgezogen.

«Es hat einfach im Alltag nicht gepasst», beantwortet Nadja die Anfrage von fastnews.ch. Daniel wollte sich zur Trennung nicht äußern. Aus dem Umfeld des Ex-Paares hat fastnews.ch erfahren, dass Nadja bereits einen neuen Partner hat – er soll ein aufstrebender Fußballprofi sein.

Ennia legte ihr Smartphone weg. Sie konnte sich ein Grinsen nicht verkneifen. Eine Freundin hatte ihr den Link geschickt und sie hatte den Artikel einfach lesen müssen. Nicht, dass es sie irgendwie kümmern würde, was Daniel tat oder dachte – trotzdem war es eine kleine Genugtuung.

Sie hatte nichts gesucht – und alles gefunden.

Plötzlich war das Wohnzimmer hell erleuchtet, nur für ein paar Sekunden. Der Krach des Donners folgte auf dem Fuße. Sie kuschelte sich noch dichter an Rémy, der neben ihr auf der Couch lag. Sie wusste erst jetzt, was sie bei Daniel vermisst hatte. Warum sie so viel gearbeitet hatte. Jetzt machte alles Sinn. Rémy küsste sie auf die Stirn. «Ich liebe dich», sagte er. Und das war alles, was sie brauchte.

Danksagung

Eine Autorin allein kann kein gutes Buch schreiben. Im Hintergrund wirken viele kleine und große Helferlein mit, damit die Geschichte am Ende rund und spannend wird. Und bei diesen Helferlein möchte ich mich an dieser Stelle gerne bedanken.

Mein erstes und größtes Danke geht an Sabrina Haja von der Tatwort Medienagentur in Berlin. Sie hat in der Geschichte viel Potenzial gesehen und sie unter Vertrag genommen. Schließlich hat sie für mich und meine Geschichte geweibelt und gekämpft, um ein schönes Zuhause für sie zu finden. Es ist toll, eine so sympathische und kompetente Verbündete im Rücken zu haben.

Natürlich bedanke ich mich sehr herzlich beim Zytglogge Verlag. Auch die Menschen hier haben Potenzial in der Geschichte gesehen und sich bereit erklärt, sie zu verlegen. Es ist ein großartiges Gefühl, einen so renommierten Verlag an seiner Seite zu haben.

Dann möchte ich mich bei meinen Testleserinnen und Testlesern bedanken. Natascha Mathis, die schon so oft meine Bücher testgelesen hat und mich immer wieder mit klaren und nachvollziehbaren Gedanken überrascht. Bettina Oertli, die auch immer wieder gerne meine Manuskripte liest und immer liebevolle und emotionale Worte findet. Stefan Zenhäusern, der als Mann einen anderen Blick auf die Geschichte hatte und mir gute Inputs liefern konnte, wo es noch an Emotionalität oder Konflikt fehlte. Nadine Anderegg, die einige meine Reise-Räubergeschichten schon aus meinen Erzählungen kannte und sie im Buch dann wiederfand. Christine Jaeggi, meine Lieblingsautorin und gute Freundin, die eigentlich ein großer Krimifan ist und für mich immer wieder in die Welt der Liebesromane eintaucht. Sie weiß genau, wo mehr « show » und weniger « tell » gefragt ist.

Ich bedanke mich auch herzlich bei meiner Familie und meinen Freunden, die mein Schreiben unterstützen und mir freie Zeit dafür ermöglichen. Und ein herzliches Dankeschön an meine Reisebegleitungen, die mit mir die Städte in Europa besucht haben, über die ich in diesem Buch geschrieben habe. Die vielen tollen Erlebnisse haben mein Vorwissen bereichert und mir meine Recherchen erleichtert. Eveline, Mami, Nana, Raphael, Lias, Maé, Natascha und viele mehr.

Vielen Dank euch allen. Ohne euch wäre es nicht gegangen …

Herzlich
Eure Nadine

Ebenfalls bei Zytglogge erschienen

Christina Hug
Unser Haus
ISBN 978-3-7296-5117-3

Herbst 2002, Paul ist neunzehn und frustriert. Seine alten Schulfreunde sind auf Reisen und er drückt immer noch die Schulbank, weil er sitzengeblieben ist. Als er mit einer Gruppe Freaks ein Geschäftshaus mitten in Zürich besetzt, ahnt er noch nicht, welche Abenteuer ihn dort erwarten: Während die Lehrer sich an Pauls «Horrorklasse» die Zähne ausbeissen und die Weltpolitik auf einen dritten Golfkrieg zusteuert, entsteht in der bunt zusammengewürfelten Hausgemeinschaft ein ganz eigenes Biotop mit wilden Partys, uferlosen basisdemokratischen Sitzungen, ungewöhnlichen Freundschaften – und so einigen Komplikationen. Paul versucht mehr oder weniger erfolgreich, im Chaos den Überblick zu behalten, sich den Grabenkämpfen zu entziehen und ganz nebenbei das Herz der Punk-Sängerin Ronja zu gewinnen. Und irgendwann im Sommer hat er auch noch die Matur zu bestehen …

Ebenfalls bei Zytglogge erschienen

Cornelia Zahner
Das Mädchen vom blauen See
ISBN 978-3-7296-5125-8

Mitholz, 1920: Clera Catschader wächst als einzige Tochter eines Bergbauern im Berner Oberland auf. Oft schleicht sie sich vom Hof, um zu dem geheimnisvollen blauen See im Wald zu gehen. Eines Tages trifft sie dort Konstantin, den Sohn des reichsten Mannes im Tal. Er behandelt sie zunächst herablassend, doch als sie nach einem dramatischen Zwischenfall zu Verwandten zieht, wird er zu ihrer wichtigsten Stütze. Das, was die beiden verbindet, ist der blaue See im Wald und ihre gemeinsame Geschichte. In den Aufzeichnungen ihrer Grossmutter findet Clera vergessene Einzelheiten über Konstantins und ihre eigenen Vorfahren und entdeckt den wahren Kern der Sage vom Blausee.

Nadine Gerber

Geb. 1980 im Kanton St. Gallen, ist Journalistin sowie Autorin, Hobbyfotografin, Sportlerin und Mutter. Sie lebt mit ihren zwei Kindern in der Nähe von Zürich. Publikationen u.a.: *Kevin Lötscher – Eiszeit* (Weber Verlag, 2023), *Unvergessen – Dein Bild für die Ewigkeit* (Piper, 2020) und *Galway Girl* (Piper, 2018).

www.nadinegerber.ch